T0054425

CLASSIQUES JAUNES

Littératures francophones

Monsieur de Pourceaugnac, Les Amants magnifiques

Molière

Monsieur de Pourceaugnac, Les Amants magnifiques

Édition critique par Charles Mazouer

PARIS
CLASSIQUES GARNIER
2023

Charles Mazouer, professeur honoraire à l'université de Bordeaux Montaigne, est spécialiste de l'ancien théâtre français. Outre l'édition de textes de théâtre des XVIᵉ et XVIIᵉ siècles, il a notamment publié *Molière et ses comédies-ballets*, les trois tomes du *Théâtre français de l'âge classique*, *Théâtre et christianisme. Études sur l'ancien théâtre français*, ainsi que deux volumes consacrés à *La Transcendance dans le théâtre français*.

Illustration de couverture : Monsieur de Pourceaugnac. Artiste inconnu.
Source : www.meisterdrucke.de

ISBN 978-2-406-14155-6
ISSN 2417-6400

ABRÉVIATIONS USUELLES

Acad.	*Dictionnaire de l'Académie* (1694)
C.A.I.E.F.	*Cahiers de l'Association Internationale des Études Françaises*
FUR.	*Dictionnaire universel* de Furetière (1690)
I. L.	*L'Information littéraire*
P.F.S.C.L.	*Papers on French Seventeenth-Century Literature*
R.H.L.F.	*Revue d'Histoire Littéraire de la France*
R.H.T.	*Revue d'Histoire du Théâtre*
RIC.	*Dictionnaire français* de Richelet (1680)
S.T.F.M.	Société des Textes Français Modernes
T.L.F.	Textes Littéraires Français

AVERTISSEMENT

L'ÉTABLISSEMENT DES TEXTES

Il ne reste aucun manuscrit de Molière.

Si l'on s'en tient au XVIIᵉ siècle[1], comme il convient – Molière est mort en 1673 et la seule édition posthume qui puisse présenter un intérêt particulier est celle des *Œuvres* de 1682 –, il faut distinguer cette édition posthume des éditions originales séparées ou collectives des comédies de Molière.

Sauf cas très spéciaux, comme celui du *Dom Juan* et du *Malade imaginaire*, Molière a pris généralement des privilèges pour l'impression de ses comédies et s'est évidemment soucié de son texte, d'autant plus qu'il fut en butte aux mauvais procédés de pirates de l'édition qui tentèrent de faire paraître le texte des comédies avant lui et sans son aveu. C'est donc le texte de ces éditions originales qui fait autorité, Molière ne s'étant soucié ensuite ni des réimpressions des pièces séparées, ni des recueils factices constitués de pièces

---

1   Le manuel de base : Albert-Jean Guibert, *Bibliographie des œuvres de Molière publiées au XVIIᵉ siècle*, 2 vols. en 1961 et deux *Suppléments* en 1965 et 1973 ; le CNRS a réimprimé le tout en 1977. Mais les travaux continuent sur les éditions, comme ceux d'Alain Riffaud, qui seront cités en leur lieu. Voir, parfaitement à jour, la notice du t. I de l'édition dirigée par Georges Forestier avec Claude Bourqui des *Œuvres complètes* de Molière, 2010, p. cxi-cxxv, qui entre dans les détails voulus.

déjà imprimées. Ayant refusé d'endosser la paternité des *Œuvres de M. Molière* parues en deux volumes en 1666, dont il estime que les libraires avaient obtenu le privilège par surprise, Molière avait l'intention, ou aurait eu l'intention de publier une édition complète revue et corrigée de son théâtre, pour laquelle il prit un privilège ; mais il ne réalisa pas ce travail et l'édition parue en 1674 (en six volumes ; un septième en 1675), qu'il n'a pu revoir et qui reprend des états anciens, n'a pas davantage de valeur.

En revanche, l'édition collective de 1682 présente davantage d'intérêt – même si, pas plus que l'édition de 1674, elle ne représente un travail et une volonté de Molière lui-même sur son texte[2]. On sait, indirectement, qu'elle a été préparée par le fidèle comédien de sa troupe La Grange, et un ami de Molière, Jean Vivot. Si, pour les pièces déjà publiées par Molière, le texte de 1682 ne montre guère de différences, cette édition nous fait déjà connaître le texte des sept pièces que Molière n'avait pas publiées de son vivant (*Dom Garcie de Navarre, L'Impromptu de Versailles, Dom Juan, Mélicerte, Les Amants magnifiques, La Comtesse d'Escarbagnas, Le Malade imaginaire*). Ces pièces, sauf exception, seraient autrement perdues. En outre, les huit volumes de cette édition entourent de guillemets les vers ou passages omis, nous dit-on, à la représentation, et proposent un certain nombre de didascalies censées représenter la tradition de jeu de la troupe de Molière. Quand on compare les deux états du texte, pour les pièces déjà publiées du vivant de Molière, on s'aperçoit que 1682 corrige (comme le prétend la Préface)... ou ajoute des fautes et propose des variantes

---

2   Voir Edric Caldicott, « Les stemmas et le privilège de l'édition des *Œuvres complètes* de Molière (1682) », [in] *Le Parnasse au théâtre...*, 2007, p. 277-295, qui montre que Molière n'a jamais entrepris ni contrôlé une édition complète de son œuvre, ni pour 1674 ni pour 1682.

(ponctuation, graphie, style, texte) passablement discutables. Bref, cette édition de 1682, malgré un certain intérêt, n'autorise pas un texte sur lequel on doute fort que Molière ait pu intervenir avant sa mort.

Voici la description de cette édition :

- Pour les tomes I à VI : LES / ŒUVRES / DE / MONSIEUR / DE MOLIERE. Reveuës, corrigées & augmentées. / *Enrichies de Figures en Taille-douce.* / A PARIS, / Chez DENYS THIERRY, ruë saint Jacques, à / l'enseigne de la Ville de Paris. / CLAUDE BARBIN, au Palais, sur le second / Perron de la sainte Chapelle. / ET / Chez PIERRE TRABOUILLET, au Palais, dans la / Gallerie des Prisonniers, à l'image S. Hubert ; & à la / Fortune, proche le Greffe des Eaux & Forests. / M. DC. LXXXII. / *AVEC PRIVILEGE DV ROY.*
- Pour les tomes VII et VIII, seul le titre diffère : LES / ŒUVRES / POSTHUMES / DE / MONSIEUR / DE MOLIERE. / Imprimées pour la première fois en 1682.

Je signale pour finir l'édition en 6 volumes des *Œuvres de Molière* (Paris, Pierre Prault pour la Compagnie des Libraires, 1734), qui se permet de distribuer les scènes autrement et même de modifier le texte, mais propose des jeux de scène plus précis dans ses didascalies ajoutées.

La conclusion s'impose et s'est imposée à toute la communauté des éditeurs de Molière. Quand Molière a pu éditer ses œuvres, il faut suivre le texte des éditions originales. Mais force est de suivre le texte de 1682 quand il est en fait le seul à nous faire connaître le texte des œuvres non éditées par Molière de son vivant. *Dom Juan* et *Le Malade imaginaire* posent des problèmes particuliers qui seront examinés en temps voulu.

Au texte des éditions originales, ou pourra adjoindre quelques didascalies ou quelques indications intéressantes de 1682, voire, exceptionnellement, de 1734, à titre de variantes – en n'oubliant jamais que l'auteur n'en est certainement pas Molière.

Selon les principes de la collection, la graphie sera modernisée. En particulier en ce qui concerne l'usage ancien de la majuscule pour les noms communs. La fréquentation assidue des éditions du XVIIe siècle montre vite que l'emploi de la majuscule ne répond à aucune rationalité, dans un même texte, ni à aucune intention de l'auteur. La fantaisie des ateliers typographiques, que les écrivains ne contrôlaient guère, ne peut faire loi.

La ponctuation des textes anciens, en particulier des textes de théâtre, est toujours l'objet de querelles et de polémiques. Personne ne peut contester ce fait : la ponctuation ancienne, avec sa codification particulière qui n'est plus tout à fait la nôtre, guidait le souffle et le rythme d'une lecture orale, alors que notre ponctuation moderne organise et découpe dans le discours écrit des ensembles logiques et syntaxiques. On imagine aussitôt l'intérêt de respecter la ponctuation ancienne pour les textes de théâtre – comme si, en suivant la ponctuation d'une édition originale de Molière[3], on pouvait en quelque sorte restituer la diction qu'il désirait pour son théâtre !

---

3   À cet égard, Michael Hawcroft (« La ponctuation de Molière : mise au point », *Le Nouveau Moliériste*, n° IV-V, 1998-1999, p. 345-374) tient pour les originales, alors que Gabriel Conesa (« Remarques sur la ponctuation de l'édition de 1682 », *Le Nouveau Moliériste*, n° III, 1996-1997, p. 73-86) signale l'intérêt de 1682.

Il suffirait donc de transcrire la ponctuation originale. Las! D'abord, certains signes de ponctuation, identiques dans leur forme, ont changé de signification depuis le XVIIᵉ siècle : trouble fâcheux pour le lecteur contemporain. Surtout, comme l'a amplement démontré, avec science et sagesse, Alain Riffaud[4], là non plus on ne trouve pas de cohérence entre les pratiques des différents ateliers, que les dramaturges ne contrôlaient pas – si tant est que, dans leurs manuscrits, ils se soient souciés d'une ponctuation précise! La ponctuation divergente de différents états d'une même œuvre de théâtre le prouve. On me pardonnera donc de ne pas partager le fétichisme à la mode pour la ponctuation originale.

J'aboutis donc au compromis suivant : respect autant que possible de la ponctuation originale, qui sera toutefois modernisée quand les signes ont changé de sens ou quand cette ponctuation rend difficilement compréhensible tel ou tel passage.

PRÉSENTATION
ET ANNOTATION DES COMÉDIES

Comme l'écrivait très justement Georges Couton dans l'Avant-propos de son édition de Molière[5], tout commentaire d'une œuvre est toujours un peu un travail collectif, qui tient compte déjà des éditions antécédentes – et les éditions de Molière, souvent excellentes, ne manquent pas, à commencer par celle de Despois-Mesnard[6], fondamentale et

---

4   *La Ponctuation du théâtre imprimé au* XVIIᵉ *siècle*, Genève, Droz, 2007.
5   *Œuvres complètes*, t. I, 1971, p. xi-xii.
6   *Œuvres complètes* de Molière, pour les « Grands écrivains de la France », 13 volumes de 1873 à 1900.

remarquable, et dont on continue de se servir… sans toujours le dire. À partir d'elles, on complète, on rectifie, on abandonne dans son annotation, car on reste toujours tributaire des précédentes annotations. On doit tenir compte aussi de son lectorat. Une longue carrière dans l'enseignement supérieur m'a appris que mes lecteurs habituels – nos étudiants (et nos jeunes chercheurs) sont de bons représentants de ce public d'honnêtes gens qui auront le désir de lire les classiques – ont besoin de davantage d'explications et d'éléments sur les textes anciens, qui ne sont plus maîtrisés dans l'enseignement secondaire. Le texte de Molière sera donc copieusement annoté.

Mille fois plus que l'annotation, la présentation de chaque pièce engage une interprétation des textes. Je n'y propose pas une herméneutique complète et définitive, et je n'ai pas de thèse à imposer à des textes si riches et si polyphoniques, dont, dans sa seule vie, un chercheur reprend inlassablement (et avec autant de bonheur !) le déchiffrement. Les indications et suggestions proposées au lecteur sont le fruit d'une méditation personnelle, mais toujours nourrie des recherches d'autrui qui, approuvées ou discutées, sont évidemment mentionnées.

En sus de l'apparat critique, le lecteur trouvera, en annexes ou en appendice, divers documents ou instruments (comme une chronologie) qui lui permettront de mieux contextualiser et de mieux comprendre les comédies de Molière.

Mais, malgré tous les efforts de l'éditeur scientifique, chaque lecteur de goût sera renvoyé à son déchiffrement, à sa rencontre personnelle avec le texte de Molière !

Nota bene :

1/ Les grandes éditions complètes modernes de Molière, que tout éditeur (et tout lecteur scrupuleux) est amené à consulter, sont les suivantes :

MOLIÈRE (Jean-Baptiste Poquelin, dit), *Œuvres*, éd. Eugène Despois et Paul Mesnard, Paris, Hachette et Cie, 13 volumes de 1873 à 1900 (Les Grands Écrivains de la France).

MOLIÈRE (Jean-Baptiste Poquelin, dit), *Œuvres complètes*, éd. Georges Couton, Paris, Gallimard, 1971, 2 vol. (La Pléiade).

MOLIÈRE (Jean-Baptiste Poquelin, dit), *Œuvres complètes*, édition dirigée par Georges Forestier avec Claude Bourqui, Paris, Gallimard, 2010, 2 vol. (La Pléiade).

2/ Le présent volume, comme tous ceux de la série des volumes de poche parus et à paraître en 2022-2023, sont issus du *Théâtre complet* de Molière, édité par Charles Mazouer (Paris, Classiques Garnier, 5 volumes de 2016 à 2021).

3/ Signalons quelques études générales, classiques ou récentes, utiles pour la connaissance de Molière et pour la compréhension de son théâtre – étant entendu que chaque comédie sera dotée de sa bibliographie particulière :

BRAY, René, *Molière homme de théâtre*, Paris, Mercure de France, 1954.

CONESA, Gabriel, *Le Dialogue moliéresque. Étude stylistique et dramaturgique*, Paris, PUF, s. d. [1983] ; rééd. Paris, SEDES, 1992.

CORNUAILLE, Philippe, *Les Décors de Molière. 1658-1674*, Paris, PUPS, 2015.

DANDREY, Patrick, *Molière ou l'esthétique du ridicule*, Paris, Klincksieck, 1992 ; seconde édition revue, corrigée et augmentée, en 2002.

DEFAUX, Gérard, *Molière ou les métamorphoses du comique : de la comédie morale au triomphe de la folie*, 2e éd., Paris, Klincksieck, 1992 (Bibliothèque d'Histoire du Théâtre) (1980).

DUCHÊNE, Roger, *Molière*, Paris, Fayard, 1998.

FORESTIER (Georges), *Molière*, Paris, Gallimard, 2018.

GUARDIA, Jean de, *Poétique de Molière. Comédie et répétition*, Genève, Droz, 2007 (Histoire des idées et critique littéraire, 431).

JURGENS, Madeleine et MAXFIELD-MILLER, Élisabeth, *Cent ans de recherches sur Molière, sur sa famille et sur les comédiens de sa troupe*, Paris, Imprimerie nationale, 1963. – Complément pour les années 1963-1973 dans *R.H.T.*, 1972-4, p. 331-440.

MCKENNA, Anthony, *Molière, dramaturge libertin*, Paris, Champion, 2005 (Essais).

MONGRÉDIEN, Georges, *Recueil des textes et des documents du XVIIe siècle relatifs à Molière*, Paris, CNRS, 1965, 2 volumes.

PINEAU, Joseph, *Le Théâtre de Molière. Une dynamique de la liberté*, Paris-Caen, Les Lettres Modernes-Minard, 2000 (Situation, 54).

4/ Sites en ligne :

Tout Molière.net donne déjà une édition complète de Molière.

Molière 21, conçu comme complément à l'édition 2010 des *Œuvres complètes* dans la Pléiade, donne une base de données intertextuelles considérable et offre un outil de visualisation des variantes textuelles.

CHRONOLOGIE

(du 23 août 1669 au 18 novembre 1670)

1669   23 août – 1er septembre. Séjour de la troupe à Saint-Germain pour quatre représentations (la première fois le 25 août) de *La Princesse d'Élide* « dans la galerie du Chasteauneuf », selon La Grange, dans la grande salle du Vieux Château, selon la *Gazette*.

10 septembre. Molière est une nouvelle fois parrain ; l'enfant, Jeanne-Catherine Toubel, est baptisée à Saint-Roch.

14 septembre. La pension royale de 6000 livres est payée à la troupe.

17 septembre – 20 octobre. Séjour de la troupe à Chambord. Entre autres comédies représentées, *Monsieur de Pourceaugnac* y est créé le 6 octobre.

26 octobre. Dernier ordre de paiement pour les frais concernant la représentation de *La Princesse d'Élide* à Saint-Germain en août : 2247 livres et 1 sol destinés à régler la construction d'un théâtre avec décoration de feuillées ainsi que les dépenses de nourriture des comédiens et de louage de carrosses pour leur transport. On voit que les frais engagés et réglés concernent toute l'organisation des spectacles donnés par la troupe de Molière,

et pas seulement le défraiement et la rémunération de la troupe.

4-8 novembre. Séjour de la troupe à Saint-Germain, où est repris *Monsieur de Pourceaugnac* dans la salle du Vieux Château.

9 novembre. Divers ordres de paiement royaux : 6263 livres et 8 sols destinés « à régler diverses dépenses faites à Chambord [en septembre], telles que construction de cloisonnages pour les logements des musiciens, danseurs et comédiens, salaire de deux pages, deux chantres et cinq violons, fourniture de cire, habits de danseurs et autres menues dépenses engagées pour la représentation de quinze comédies » ; 1500 livres, « comme à compte de la dépense faite pour le ballet et divertissement de Chambord représentés dans la salle du vieux château à Saint-Germain-en-Laye » — c'est-à-dire pour la reprise de la comédie-ballet de *Monsieur de Pourceaugnac* début novembre à Saint-Germain.

15 novembre. Création de *Monsieur de Pourceaugnac* au Palais-Royal.

2-7 décembre. Interruption des représentations au Palais-Royal.

5 décembre. L'envoyé du sultan ottoman Mehmed IV (le Grand Turc), Soliman Aga, est reçu fastueusement par le roi et la cour à Saint-Germain.

16 décembre. Gratification royale annuelle de 1000 livres accordée à Molière « en considération de son application aux belles-lettres et des pièces de théâtre qu'il donne au public ».

24 décembre. Ordre de paiement pour la dépense des préparatifs des *Amants magnifiques*, « les ballets et comédie » qui doivent être dansés au mois de janvier 1670 au château de Saint-Germain-en-Laye.

1670   4 janvier. Acte de décès de Marie Hervé, mère des Béjart, qui sera inhumée le 10.

4 janvier. Achevé d'imprimer par Sercy d'*Élomire hypocondre, ou Les Médecins vengés*, pamphlet haineux et diffamatoire écrit par Le Boulanger de Chalussay contre Molière, sous la forme d'une comédie en cinq actes. Élomire-Molière est, entre autres, désigné comme fils de Juif et de fripier, à nouveau accusé d'inceste et menacé d'être cocu.

6-18 janvier. Interruption des représentations au Palais-Royal.

18 janvier. Ordre de paiement de 10 000 livres comme acompte des dépenses à faire pour la nourriture des comédiens et autres personnes qui participeront au grand ballet qui doit être donné à Saint-Germain-en-Laye – *Les Amants magnifiques*.

25 janvier. Ordre de paiement royal de 3000 livres « à la troupe de mes comédiens du Palais-Royal », « pour le voyage et séjour qu'ils ont fait par mon ordre et pour mon divertissement en mon chasteau de Chambord l'année dernière 1669 ».

Janvier-février. Nouvelle gratification royale annuelle de 1000 livres accordée au dramaturge Molière, comme aux autre gens de lettres.

30 janvier – 17 février. Séjour de la troupe à Saint-Germain-en-Laye. *Les Amants magnifiques* y sont donnés les 4, 13 et 17 février. C'est le *Divertissement royal*. Ballard en a publié le livret pour la représentation. Mais Molière ne publia jamais sa comédie des *Amants magnifiques*. Pour ce voyage, la troupe reçut une gratification de 12.000 livres, selon La Grange.

20 février. Molière prend un privilège pour cinq ans pour l'impression de *Monsieur de Pourceaugnac*.

1er-8 mars. La troupe est à Saint-Germain pour le roi. La *Gazette* indique des représentations des *Amants magnifiques* les 4 et 8 mars – reprise du *Divertissement royal* –, et celle de *Monsieur de Pourceaugnac* le 6 mars.

3 mars. Première édition de *Monsieur de Pourceaugnac*.

24 mars – 17 avril. Clôture de Pâques et renouvellement de la troupe. Louis Béjart se retire (il est « mis à la pension ») ; pour sa retraite, comme nous dirions, il recevra une rente viagère de 1000 livres. Molière recrute Baron, fin avril, et deux mois plus tard, le couple des Beauval (Madame Beauval avec une part, Beauval avec une demi-part) – tous comédiens qu'il fait venir de troupes de campagne.

15 avril. État détaillé des dépenses pour les représentations de *Monsieur de Pourceaugnac* et des *Amants magnifiques* à Saint-Germain, les 4, 6 et 8 mars : paiement pour les costumier et tailleur, pour des pièces de vêtement (de la perruque aux bas et aux escarpins), pour le logement et la

nourriture des danseurs, musiciens et comédiens, pour les carrosses et voitures destinés aux transports, pour les ouvriers recrutés par Vigarani pour ses machineries et décors, pour les copistes de la musique de Lully...

26 avril. Paiement de la pension royale de 6000 livres « à ma troupe de mes comédiens du Palais-Royal, pour leur pension et entretenement de l'année dernière 1669 ».

18 juin. La Grange signale que la troupe a reçu 1320 livres de Monsieur, duc d'Orléans, pour plusieurs visites.

Mai-juin. Au cours d'un séjour en Grande-Bretagne pour négocier le traité de Douvres qui rapprochera la France de Louis XIV et l'Angleterre de Charles II (frère d'Henriette), Henriette d'Angleterre, Madame, assiste à la représentation d'une anthologie des comédies de Molière, en anglais. Madame mourra brutalement le 29 juin.

30 juin – 10 juillet. Interruption des représentations au Palais-Royal.

31 juillet. Mention de la somme de plus de 15 000 livres accordées au Trésorier des Menus-Plaisirs pour parfaire le paiement des dépenses engagées pour la représentation des *Amants magnifiques* en février, à Saint-Germain-en-Laye.

11-16 août. Interruption des représentations au Palais-Royal.

31 août. Mention de l'ordre de paiement de 5716 livres 10 sols pour le parfait paiement des dépenses faites pour les représentations de

Monsieur de Pourceaugnac et du *Sicilien* au Vieux Château de Saint-Germain en février.

31 août. Mention de la somme de 19 776 livres accordées au Trésorier de l'argenterie pour les dépenses liées aux *Amants magnifiques*, au même lieu et à la même date.

31 août. Molière reçoit du trésorier des Menus-Plaisirs 500 livres « pour l'impression de la comédie et ballet de *La Princesse d'Élide* ». Comme Molière avait fait imprimer sa comédie-ballet en 1665, cette somme pourrait couvrir les frais d'impression des livrets nécessaires aux représentations de la pièce à Saint-Germain en août 1669.

6 septembre. Représentation des *Amants magnifiques* à Versailles devant le duc de Buckingham.

3-28 octobre. La troupe se rend à Chambord par ordre du roi. « On y a joué entre plusieurs comédies *Le Bourgeois gentilhomme* », dit La Grange, cette comédie-ballet ayant été créée le 14 octobre, et plusieurs fois reprise alors. Toujours selon La Grange, à cette occasion, la troupe reçut « de part pour nourritures et gratification 600 livres 10 sols ».

8-15 novembre. La troupe doit aller à Saint-Germain par ordre du roi pour trois autres représentations du *Bourgeois gentilhomme*. La Grange note qu'elle a reçu 54 livres pour la nourriture « à 6 livres par jour chacun ».

15 novembre. Aux côtés de sa commère Catherine Leclerc (la De Brie), Molière est parrain de la fille des Beauval, récemment recrutés par le chef de la troupe.

18 novembre. Molière reçoit du trésorier des Menus-Plaisirs 2800 livres «pour les habits qu'ils ont fait faire pour le grand *Divertissement royal* qui s'est fait le dernier carnaval à Saint-Germain-en-Laye» – la représentation des *Amants magnifiques* de février-mars. Comme souvent, les remboursements de frais s'échelonnèrent au long des mois de cette année.

MONSIEUR
DE
POURCEAUGNAC

INTRODUCTION

Pendant ses dernières années, Molière multiplia surtout les créations destinées à la cour, en particulier les comédies-ballets ; les séjours de la troupe dans les résidences royales étaient bien entendu l'occasion de reprises, qu'il s'agisse de comédies-ballets ou de comédies unies. Trois de ces séjours eurent lieu en 1669 : deux à Saint-Germain en août, et un dernier à Chambord, entre le 17 septembre et le 20 octobre. Sur ce versant de l'année, à l'automne, les chasses royales étaient l'occasion de fêtes et de divertissements – de *régales*, disait-on au XVIIe siècle – qui accompagnaient le plaisir essentiel de la chasse. Le 6 octobre, dans ces conditions, Molière proposa une nouvelle comédie entremêlée d'entrées de ballet, *Monsieur de Pourceaugnac* ; *Monsieur de Pourceaugnac* sera proposé au public parisien du Palais-Royal à la mi-novembre, avec ses ornements. Le gazetier Robinet le confirme, qui attrape assez bien l'esprit de fantaisie débridée de ce nouveau spectacle, dont il loue le « sujet follet / De comédie et de ballet » (*Lettre à Madame* du 23 novembre 1669).

À Chambord, *Monsieur de Pourceaugnac* fut donné sur un petit théâtre construit par Vigarani[1] dans le château, à l'étage, dans un des bras de la croix, autour du fameux escalier monumental, le bras qui fait face à l'entrée principale.

---

1   Voir Jérôme de La Gorce, *Carlo Vigarani, intendant des plaisirs de Louis XIV*, 2005, p. 100-101.

L'espace était donc aussi exigu pour la scène, avec ses cinq paires de châssis latéraux et sa toile de fond qui fermait la perspective, que pour le public, forcément restreint.

Quant aux sources de cette histoire cruelle et hilarante d'une exclusion, elles ont été repérées et discutées par la critique récente[2]. *Monsieur de Pourceaugnac* doit beaucoup à la *commedia dell'arte*, à des canevas de tromperies et de mystifications ; mais, hors littérature, il se souvient de certains rituels carnavalesques et de leur esprit d'exclusion.

UNE COMÉDIE D'INTRIGUE

L'intrus se nomme Monsieur de Pourceaugnac – Léonard de Pourceaugnac –, de Limoges. Choisi comme gendre, à cause de sa fortune, par le père de Julie, Oronte, il est venu à Paris pour épouser et trouble de ce fait les amours entre Julie et son amant Éraste, à qui d'ailleurs Oronte avait d'abord promis sa fille. Un amour contrarié et entravé par un père et le gendre indésirable ? Il faut éliminer cette opposition et cet obstacle. Ce sera le sujet de la comédie, qui parviendra à changer la volonté du père et à expulser le prétendant haï, en l'accablant d'avanies et de tromperies. En face des victimes ciblées, les amoureux contrariés ont recours aux

---

2   Voir essentiellement Patrick Dandrey, *Monsieur de Pourceaugnac ou le carnaval des fourbes*, 2006. Cet ouvrage, dont le cœur est une étude de la séquence médicale consacrée à la mélancolie hypocondriaque prétendue de M. de Pourceaugnac, constitue en fait une analyse d'ensemble de la comédie-ballet, suivie d'une bibliographie ; le dessein en est présenté par l'auteur dans l'article suivant : « La fête entre réalité et imaginaire dans *Monsieur de Pourceaugnac* de Molière », [in] *Fête et imagination dans la littérature du XVIe au XVIIIe siècle*, 2004, p. 205-220.

adjuvants attendus, deux intrigants de haute volée : Nérine, femme d'intrigue, et surtout Sbrigani, Napolitain, homme d'intrigue lui aussi et fourbe génial, qui organisera, jouera et fera jouer la comédie des mystifications à d'autres, qu'ils en soient conscients ou non. Ces deux complices, plutôt inquiétants car ce sont de terribles coquins, se présentent réciproquement en deux répliques savoureuses de I, 2, en se louant hautement d'actes immoraux et franchement ignobles (pour Nérine, peinte par Sbrigani) ou des terribles condamnations qui suivirent des « exploits », c'est-à-dire de graves délits contraires à la loi (pour Sbrigani, présenté par Nérine). Ce double portrait de « l'ingénieuse Nérine et de l'adroit Sbrigani » fait en quelque sorte un usage jubilatoire de la figure de l'euphémisme. Grâce aux inventions, à l'organisation et à la réalisation des tromperies par Sbrigani (qui annonce bien évidemment Scapin, un autre Napolitain), l'action de *Monsieur de Pourceaugnac* est nourrie d'une accumulation des bons tours, de bourles – on a pu en compter six successives – qui s'abattent sur la victime de Limoges. Comme dit Nérine d'emblée : « [...] nous lui jouerons tant de pièces, nous lui ferons tant de niches sur niches, que nous renvoyerons à Limoges Monsieur de Pourceaugnac » (I, 1).

Comme toute comédie de tromperies, *Monsieur de Pourceaugnac* se structure sur deux plans : le niveau des victimes qui subissent et celui des trompeurs qui agissent. Et cette structure subsistera jusqu'au bout, car jamais les victimes ne seront désabusées : Oronte est sûr d'avoir imposé sa volonté à sa fille, et M. de Pourceaugnac part persuadé d'avoir rencontré en Sbrigani « le seul honnête homme » qu'il ait trouvé en cette ville ; les deux plans ne se rejoignent jamais. Et ils sont très nettement caractérisés grâce au rôle de Sbrigani, stratège en chef et véritable metteur en scène des tromperies, qui régit une *comédie* jouée à ses dupes. À Nérine, tandis qu'il s'apprête à prendre en main le Limougeaud : « [...] de votre côté, vous nous tiendrez prêts au besoin les autres acteurs de la comédie » (I, 2). Molière ménage également à Sbrigani quelque *a parte* (II, 1), quelque réplique ou quelque monologue qui ponctuent sa tâche de metteur en scène d'un commentaire ou d'un encouragement à poursuivre la comédie. C'est le cas avec le très court monologue de II, 9 : « Je conduis de l'œil toute chose, et tout ceci ne va pas mal ». Ou, un peu plus tard, en III, 1 : « Songez de votre part à achever la comédie ; et tandis que je jouerai mes scènes avec lui, allez-vous-en... » Tout cela ressortit au vocabulaire du théâtre. C'est du théâtre dans le théâtre ! D'ailleurs, M. de Pourceaugnac lui-même, pendant la consultation médicale où il ne comprend rien et ne peut rien comprendre, a le sentiment que lui et les deux médecins jouent du théâtre : « Messieurs, il y a une heure que je vous écoute. Est-ce que nous jouons ici une comédie ? » (I, 8). Il ne croyait pas si bien dire, car cette consultation, mais aussi la plupart des autres bourles sont des impostures, des jeux de théâtre dans le théâtre. Confirmation et redoublement des deux plans structurels de notre comédie.

Si les bourles s'accumulent en suite de sketches, comme une simple succession de séquences, Molière agence leur réalisation avec une certaine virtuosité dans les actes et les scènes. Il convient à cet égard d'être attentif à la structure variée de chaque acte, qui est homogène, individualisé, et pourvu, comme il convient, d'un ou de deux sommets, ainsi qu'à la variété des types de scènes et de dialogues.

L'acte II s'avère particulièrement intéressant à cet égard, ses dix scènes proposant une mise en œuvre calculée des bourles de Sbrigani ; il se scande en deux ensembles. Les cinq premières scènes présentent elles-mêmes une stratégie parallèle : il faut, d'une part, dégoûter Oronte de son gendre, par le moyen du médecin préalablement manipulé (scènes 1 et 2) puis par les calomnies du faux marchand flamand (scène 3) ; et, d'autre part, dégoûter M. de Pourceaugnac de Julie (cela en II, 4, scène parallèle à II, 3 pour le mécanisme de la tromperie). Cela aboutit à un sommet de l'acte (scène 5), quand sont confrontées les deux dupes, Oronte et M. de Pourceaugnac. Cette scène assez courte ménage l'enchaînement avec la suite, qui marque une bifurcation de l'acte et le début d'un autre ensemble (les scènes 6 à 10) ; cet ensemble présente un autre montage, par simple entassement et avalanche des mystifications : Julie en nymphomane (scène 6), les fausses Languedocienne et Picarde (scènes 7 et 8). Oronte est donc dégoûté de M. de Pourceaugnac, et M. de Pourceaugnac non seulement est dégoûté de Julie, mais se voit accusé de polygamie et doit envisager de se défendre de cette accusation en recourant à des avocats (scènes 10 et 11 – la scène 11 constituant le troisième intermède).

On remarquera à ce point la qualité des enchaînements dans le flux de la matière dramatique, mais aussi le rôle qu'y tiennent les ornements de chant et de danse, sur lesquels il faudra revenir. De même, dans cette comédie-ballet comme dans le reste de son théâtre, Molière impose à l'action dramatique un dynamisme et un rythme, dans l'alternance même de scènes plus longues ou plus lentes, et de dialogues plus vifs ou moins pressés.

Étant donné la matière dramatique de la comédie, à l'habile dramaturgie est liée la virtuosité scénique. Outre le jeu attendu des différents personnages au premier degré, – du provincial naïf et abasourdi aux divers filous, en passant par les médecins, le père et les amoureux –, qu'on ajoute et récapitule le nombre des impostures et des déguisements, bref des rôles au second degré. Certains imposteurs se contentent du jeu physique de l'imposture (Julie en hystérique ; Éraste en jeune homme complaisant à la volonté du père), d'autres intègrent un déguisement (Sbrigani en marchand flamand ; les deux épouses feintes de M. de Pourceaugnac), avec son jeu, sa diction, sa langue particulière même. Molière aura exploité toutes les ressources d'une jolie comédie d'intrigue.

DES BOURLES

Le mot *bourle* – en référence à l'italien et à l'espagnol *burla* – est bien français, pour désigner une plaisanterie, une tromperie, un bon tour fait à quelqu'un. Molière l'emploie dans *Le Bourgeois gentilhomme* (III, 13) pour qualifier la mascarade de la cérémonie turque qui doit mystifier le Bourgeois ; il ne l'utilise pas dans notre *Monsieur de Pourceaugnac*, le personnage principal étant pourtant victime d'un nombre important de mystifications par impostures, toutes visant à exclure le malheureux et ridicule héros. Nous n'en reprendrons pas le défilé, de la plaisanterie médicale qui débouche sur la poursuite par les clystères, jusqu'à la taxe perçue par l'Exempt et ses archers que M. de Pourceaugnac, déguisé en femme mais reconnu, doit débourser pour échapper à la prison après avoir été accusé de polygamie, en passant par les calomnies sur quelque maladie honteuse ou sur ses dettes. En revanche, deux de ces bourles méritent d'être mises en valeur.

La séquence médicale, pour commencer, qui occupe l'acte I, et qui représente un véritable cauchemar pour le héros ridicule, qui est finalement comme l'objet d'une danse du scalp. Sous prétexte de lui donner l'hospitalité, Éraste a remis M. de Pourceaugnac aux mains de deux médecins qu'il a prévenus sur l'esprit dérangé du provincial.

Belle occasion pour Molière de reprendre les éléments de sa satire de la médecine – commencée d'ailleurs, avant la consultation du provincial, grâce aux deux scènes de l'apothicaire, absolument stupide et parfois affligé d'un tic de répétition (I, 5) et de la consultation des paysans (I, 6). Nous y entrevoyons une médecine rivée aux règles des anciens, rétrograde et formaliste, fort peu soucieuse de la santé et de la survie des malades ; « le malade est un sot » quand il ne guérit pas selon les préceptes de la médecine ; et les échecs cruels de la médecine n'empêchent pas les sots de malades de garder leur confiance en cette pseudos-cience – l'apothicaire se félicite que ses trois enfants, que le médecin a fait mourir, soient morts « dans l'ordre », « méthodiquement ». Le tout sur un fond de tyrannie de médecins comme acharnés sur leur proie ; voyez la réaction du premier médecin quand M. de Pourceaugnac a fui : lié et engagé aux remèdes, le provincial est un « déserteur de la médecine, et un infracteur » aux ordonnances du médecin (II, 1) ; le médecin le fera condamner à se faire guérir par lui ; et pour finir : « Oui, il faut qu'il crève, ou que je le guérisse » (II, 2). Au reste, à défaut de M. de Pourceaugnac, puisqu'il lui faut un malade, il s'en prendra à Oronte (*ibid.*) ! La caricature est violente et drôle ; mais tous les travers de la médecine selon Molière sont dénoncés de manière saisissante.

La consultation elle-même des deux médecins, en I, 8, présente un double aspect. Après un interrogatoire fort expéditif et fort cru – mais crudité et scatologie font partie du comique médical – sur le corps du malade, le premier

médecin détermine que M. de Pourceaugnac souffre d'une
mélancolie hypocondriaque, qui peut dégénérer en alié-
nation mentale. Il a été montré par Patrick Dandrey que
Molière, malgré outrances et fantaisies, s'était bien renseigné sur le diagnostic, le pronostic et la thérapie de ce
mal, qui associe le physique et le mental ; il faudrait donc
guérir le corps et l'esprit, dont l'interférence est saisie : en
sus des saignées et purgations attendues, il faut prévoir
de réjouir le malade « par agréables conversations, chants
et instruments de musique » et d'y joindre des danseurs
dont les postures et les mouvements pourront « exciter et
réveiller la paresse » de ses esprits animaux qui épaissit son
sang. Voilà une curation intéressante, toute dans l'esprit
de la comédie-ballet ! Tout cela est évidemment débité et
confirmé en usant de la rhétorique et du jargon médical.
Et ce qui est admirable – voici le deuxième aspect de cette
consultation –, c'est que la gnose, la prognose et la thérapie parfaitement correctes de la maladie hypocondriaque
sont appliquées, avec le plus grand sérieux, à un sujet tout
à fait sain (et dont les réactions ne font que confirmer le
diagnostic qu'Éraste avait soufflé aux médecins), après un
raisonnement médical si beau qu'il doit être vrai !

Et M. de Pourceaugac dans cette affaire ? Des médecins
qui s'emparent de son pouls et de sa personne retenue pri-
sonnière, l'ébahissement et la révolte devant ce qui ne lui
paraît que galimatias et sottise : la victime ne pense qu'à fuir.
Mais il n'en est pas question et la curation commence, avec
les médecins déguisés en musiciens grotesques qui invitent
à la réjouissance ordonnée, et se poursuit avec l'arrivée des
clystères, à quoi le malheureux voudrait échapper – en
vain, car musiciens, matassins et apothicaire courent et
dansent autour de lui, en des évolutions grotesques, « tous
une seringue à la main » (I, 10 et 11).

Une autre série de bourles qu'il convient de mettre valeur, sont celles qui font intervenir le jeu avec les langues étrangères ou provinciales. Car Molière se livre alors à un véritable festival des langues régionales et des déformations du français. Qu'on en juge! Après le latin des médecins, le français déformé à la flamande (II, 3) ou à la suisse (III, 3); si les maximes et citations latines sont le plus généralement correctes, il est évident que les déformations linguistiques attribuées aux Flamands et aux Suisses sont grandement fantaisistes et largement codifiées – au point que les acteurs n'avaient pas besoin qu'on écrivît la prononciation exacte de tels rôles. En revanche, l'occitan de Lucette et le picard de Nérine, qui se superposent dans leur querelle de II, 7 où elles sont cependant associées contre le prétendu polygame, ont été scrutés par les spécialistes[3]. Selon eux, Molière a transcrit un vrai occitan, un vrai gascon, et une variété plausible de picard. On remarquera au passage que l'avocat de Limoges parle un pur français, tout en comprenant forcément l'occitan de Lucette; il faut penser qu'il comprend aussi le picard de Nérine, d'ailleurs plus facile à déchiffrer – ses réflexions le prouvent. Mais le public? Il est à croire que ces deux langues régionales ne lui échappaient pas totalement, sinon les deux scènes seraient devenues un salmigondis, sans doute drôle mais pas aussi plaisant que

---

3   Voir l'article de Patrick Sauzet, « Les scènes occitanes de *Monsieur de Pourceaugnac* », [in] *Molière et les pays d'Oc*, 2005, p. 147-175, et la série d'études (Bénédicte Louvat-Molozay, p. 81-92; Céline Paringaux, p. 93-105; Patrick Sauzet et Guylaine Brun-Trigaud, « La Lucette de *Monsieur de Pourceaugnac* : «feinte Gasconne», vrai occitan », p. 107-134; Anne Dagnac, p. 135-147) publiées dans le numéro de *Littératures classiques* (n° 87 de 2015) consacré à *Français et langues de France dans la littérature du XVII* siècle. – Dans le même numéro, p. 191-205, on trouvera un article de Walter Haase consacré au suisse de comédie : « "Déguisé en Suisse" : les "Suisses" de Molière et leur langage ».

si ces langues régionales étaient sommairement comprises[4], laissant percevoir le décalage d'avec le français qui s'était imposé. Car Molière, dans le cas du gascon et du picard, ne cherche pas essentiellement à faire rire les Parisiens de langues qui leur seraient ridicules par leur étrangeté même, leur écart par rapport à la norme du bon langage – bien que, par ailleurs, toute la comédie vise à ridiculiser et à exclure un provincial. On sent chez lui le goût pour la variété des langages et leur manipulation ludique.

LE TROMPEUR ET SES DUPES

Metteur en scène, régisseur et acteur, Sbrigani mène donc la danse, disposant ses tromperies selon une stratégie élaborée. Avec un art fort subtil de la manipulation, qui repose d'abord sur la connaissance de ses victimes. De chacune il a repéré les travers sur lesquels, en fin psychologue, il va s'appuyer pour les manœuvrer et les duper.

Voyez déjà les médecins. À travers la petite dizaine de ses répliques de la courte première scène de l'acte II, Sbrigani laisse voir qu'il connaît le médecin, son autoritarisme et donc sa fureur que M. de Pourceaugnac ait échappé à son pouvoir, à sa curation et le prive ainsi de ses honoraires. Il suffit donc à Sbrigani d'entrer dans la colère du médecin, d'approuver ses griefs, pour le disposer à accepter une suggestion glissée subrepticement. Oui, les remèdes du médecin sont infaillibles et auraient à coup sûr

---

4   Pourtant, quand Racine se trouva transplanté d'Île-de-France à Uzès, il écrivit à Vitart (c'était en novembre 1661) : « [...] je n'entends pas le français de ce pays-ci, et on n'y entend pas le mien »...

guéri M. de Pourceaugnac qui, en fuyant, lui fait perdre cinquante pistoles (« et c'est de l'argent qu'il vous vole »). Que le médecin retrouve donc son patient chez Oronte et qu'il empêche le mariage prévu avec la fille de celui-ci : « [...] si vous m'en croyez, vous ne souffrirez point qu'il se marie, que vous ne l'ayez pansé tout votre soûl ». Très docile à cette suggestion, le médecin va s'empresser d'agir en ce sens, et même au-delà, en laissant entendre à Oronte que le gendre prétendu est affligé d'une maladie mystérieuse que le secret médical ne permet pas de révéler. Il se fait ainsi, sans en être conscient, l'auxiliaire du dessein de Sbrigani qui, ayant donné au médecin ce que celui-ci souhaitait, le mène où lui, Sbrigani, voulait.

Sbrigani connaissait les médecins de longue date ; il découvre M. de Pourceaugnac et doit l'apprendre. C'est chose faite avant le début de la comédie : à la dernière auberge avant Paris, « et dans la cuisine où il est descendu pour déjeuner, je l'ai étudié une bonne grosse demi-heure, et je le sais déjà par cœur » (I, 2). Sbrigani a donc repéré la crédulité du provincial, sur laquelle il va faire fond :

> Mais pour son esprit, je vous avertis par avance qu'il est des plus épais qui se fassent ; que nous trouvons en lui une matière tout à fait disposée pour ce que nous voulons, et qu'il est homme enfin à donner dans tous les panneaux qu'on lui présentera[5].

Quant à Oronte, Sbrigani le sait « aussi dupe que le gendre » (II, 1), « gibier aussi facile que celui-là » ; ils sont propres tous deux « à gober les hameçons qu'on leur veut tendre » (II, 3).

Ce que Sbrigani ne dit pas mais que les tromperies agencées contre le père vont montrer, c'est qu'il connaît

---

5   I, 2.

les traits caractéristiques du bourgeois Oronte et saura comment les utiliser. Car il faut dégoûter ce père opposant, fort naïf, du gendre choisi, et par diverses « machines », « semer tant de soupçons et de divisions entre le beau-père et le gendre que cela rompe le mariage prétendu » (II, 3). Oronte[6] était persuadé d'avoir choisi un gendre honorable et riche – selon ses valeurs bourgeoises. Or, successivement, on lui fait croire que M. de Pourceaugnac est affligé d'une maladie d'autant plus inquiétante pour lui qu'elle n'est pas nommée (II, 2), que M. de Pourceaugnac a des dettes et compte sur la fortune du beau-père pour les éponger (II, 3), et que M. de Pourceaugnac est déjà marié, même deux fois marié, et doté d'une ribambelle de petits bâtards (II, 7 et 8). Parce que toutes ces bourdes correspondent aux appréhensions d'un honorable bourgeois qui marie sa fille, il les avale sans broncher et les croit aveuglément. Malgré l'invraisemblance des mystifications, la crédulité d'Oronte est dotée d'une vraisemblance psychologique.

On pourrait en dire autant de la seconde partie de la manœuvre, par laquelle il faut lui faire accepter Éraste pour gendre, en jouant et sur l'affection paternelle et surtout sur l'autoritarisme du père. Nouvelle mystification. Sbrigani prétend que M. de Pourceaugnac a enlevé Julie (III, 6); mais aussitôt entre Éraste avec Julie, qu'il prétend ramener à son père, tandis que Julie clame son attachement au Limousin (affirmant au passage la vérité qu'Oronte *ne peut pas* entendre : que M. de Pourceaugnac est innocent des accusations portées contre lui et qu'on lui a fait des pièces pour dégoûter de lui Oronte). Et comme, de son côté, Éraste fait mine d'avoir agi par pure philanthropie, sans nul espoir d'épouser Julie, Oronte, pour imposer sa volonté à sa fille,

---

6   Voir Charles Mazouer, *Le Personnage du naïf dans le théâtre comique du Moyen Âge à Marivaux*, 1979, p. 185-187.

la donne à Éraste, le sauveur qui ne demande rien. De bout en bout, Oronte aura été maintenu dans l'illusion.

Et plus encore M. de Pourceaugnac[7] ! Léonard de Pourceaugnac, le héros comique que jouait Molière, est avocat à Limoges et se dit noble, « gentilhomme limousin » ; il se persuade que le roi sera ravi de le voir faire sa cour au Louvre. Mais quelle noblesse ? Son comportement, son langage, les preuves qu'il donne lui-même, en II, 10, de sa connaissance du droit, de la pratique et de la marche des procès prouvent qu'il n'est pas vraiment gentilhomme, noble de race, malgré le tire d'écuyer dont il a dû parler à Sbrigani – au mieux un anobli, un petit noble de robe, ambitieux et enrichi. Le nom même que lui a donné Molière, en sus de sa noblesse discutable ou douteuse, le déshumanise et le ravale au rang des bêtes ; est-il même un homme ? Son nom, son accoutrement, ses manières, sa lâcheté – qui n'est pas d'un noble ! – dégradent le prétentieux. C'est que M. de Pourceaugnac est l'intrus qu'il va falloir expulser, exclure.

Intrus, il l'est doublement. Évidemment, comme prétendant voulu par le père contre leur désir, il trouble les amours des jeunes gens ; sa volonté d'épouser Julie, la fille d'Oronte, introduit une disconvenance matrimoniale. La jeunesse lésée, car M. de Pourceaugnac est homme plus âgé, raille et doit chasser le trouble-fête. Il faut exclure le prétendant honni. Mais M. de Pourceaugnac doit être exclu en tant que provincial. Avec ce personnage, Molière reprenait un type de la comédie bien connu sur les planches du temps[8], d'autant que le provincial ridicule fait rire facilement le public des nobles de la cour et celui des Parisiens, les uns et les autres assurés de leur supériorité et prêts à se

---

7   *Ibid.*, p. 189-191.
8   Voir Charles Mazouer, *ibid.*, p. 158-162, et *Le Théâtre français de l'âge classique, II : L'apogée du classicisme*, 2010, au chapitre x.

moquer des tares et des ridicules d'un provincial. Il n'est pas comme eux, il n'est pas chrétien ! « S'il a envie de se marier – proclame Nérine dans un couplet particulièrement vigoureux contre l'intrus –, que ne prend-il une Limosine et ne laisse-t-il en repos les chrétiens[9] ? » L'ostracisme est parfait… et le dramaturge quelque peu démagogue.

La comédie déploie, pour notre plus grand plaisir, la stratégie mise en œuvre par Sbrigani pour éliminer l'intrus. C'est une stratégie d'enveloppement : mis en confiance par Sbrigani qui a pris sa défense, à son arrivée à Paris, contre les badauds qui se moquaient de lui, M. de Pourceaugnac est pris en main par l'homme d'intrigue, qui ne le lâchera pas jusqu'à son départ de Paris. Comme cela a été remarqué[10], Sbrigani s'impose diaboliquement entre M. de Pourceaugnac et les autres, l'empêchant de communiquer avec eux sans qu'il ait fait ou fasse écran, lui interdisant grandement une appréciation exacte et complète de la réalité. Sbrigani est là quand Éraste développe son imposture, et il pousse M. de Pourceaugnac à l'admettre puis à accepter les offres d'Éraste. Voilà le provincial prisonnier des médecins et leur jouet. Lui faut-il un confident de sa disgrâce médicale ? Sbrigani est là pour écouter le joli récit du malheureux, puis pour insinuer une calomnie contre Julie. Et avec quelle habileté ! Avec des réticences calculées et des insinuations, d'abord (II, 4) ; confiant en Sbrigani, crédule, et dans l'impossibilité de vérifier quoi que ce soit, M. de Pourceaugnac est donc persuadé de la véracité de la calomnie, d'autant que Julie joue le jeu correspondant (II, 6). Convaincu, sans qu'il puisse s'en défendre, de polygamie, c'est bien sûr à Sbrigani son

---

9   I, 1.
10   Par Jean-Marie Apostolidès, « Le diable à Paris : l'ignoble entrée de Pourceaugnac », [in] *L'Esprit et la lettre. Mélanges […] Jules Brody*, 1991, p. 69-84.

protecteur qu'il s'en remet pour sa défense en justice (II, 10) ; et quand il choisit la fuite plutôt que le procès, c'est encore Sbrigani qui lui suggère le déguisement en femme, qui lui vaut – suprême dégradation et suprême ridicule – d'être lutiné par des Suisses avant d'être rançonné par un exempt, lui aussi aposté par Sbrigani (III, 1-3 et III, 4-5).

Non seulement Sbrigani le roule dans ses rets, l'accable et le méduse par le rythme étourdissant des machinations, lui interdisant d'avoir une vision correcte du réel, mais, comme l'a remarqué finement Marie-Claude Canova-Green[11], il fait vaciller l'image que le Limougeaud a de lui-même. Il se veut noble, mais ne peut faire admettre cette prétention. Les bourles vont lui imposer d'autres identités : le malade hypocondriaque, le prétendant endetté coureur de dot, le polygame. Et pour finir, il doit se faire femme ! Qui est-il, finalement ? Un pauvre homme lâche et crédule – image de soi qu'il lui faudra reconnaître.

Néanmoins, M. de Pourceaugnac ne manque pas de lucidité et est loin d'admettre toutes ces images qu'on veut lui donner le lui : il ne se croit pas malade et est parfaitement conscient d'avoir été dupé par Éraste – un fourbe malgré « ses grandes embrassades » (II, 4) ; il sait qu'il n'a pas de dettes (« quelles dettes ? », II, 6), qu'il n'est pas bigame ni père (« Je ne connais rien à ceci », II, 7). Mais il n'en peut mais, il est étourdi, abasourdi : « Ah ! je suis assommé. Quelle peine ! Quelle maudite ville ! Assassiné de tous côtés ! » Ses seules illusions : avoir cru la calomnie sur Julie, qui l'a fait renoncer à ce mariage ; et, massivement, du début à la fin, avoir eu confiance jusqu'au bout en Sbrigani, qui l'a forcé et au renoncement de son projet et à la fuite. Sa dernière réflexion avant son départ est consacrée

---

11 *« Ces gens-là se trémoussent bien… » Ébats et débats dans la comédie-ballet de Molière*, 2007, p. 175-187.

à Sbrigani : « Adieu. Voilà le seul honnête homme que j'ai trouvé en cette ville » (III, 5).

C'est avec raison, me semble-t-il, qu'on a rapproché l'histoire de cette expulsion du provincial et prétendant honni de certains rituels bien connus des ethnologues. Dégradé, ridiculisé, chargé de tous les travers que condamnent les autres, M. de Pourceaugnac est un peu le bouc émissaire dont on se débarrasse périodiquement. Plus encore, on peut rapprocher son expulsion des rituels de charivari − rituels non calendaires mais d'esprit carnavalesque au cours desquels on se moque de celui qui excite le mécontentement ou la désapprobation, comme le veuf ou le vieil homme qui se remarie. M. de Pourceaugnac dérange de toutes les manières : qu'il retourne chez lui !

SÙ, CANTATE, BALLATE…

L'idée que toute la comédie peut se lire comme un grand ballet qui se danse autour d'une victime ahurie, livrée à ses persécuteurs et finalement chassée, est singulièrement renforcée par le rôle des ornements de musique et de danse, qui doivent tant à Lully ; avec *Le Bourgeois gentilhomme* à venir bientôt, *Monsieur de Pourceaugnac* marque le haut moment de la complicité du dramaturge et de son musicien − sans oublier le chorégraphe Beauchamp − dans le genre de la comédie-ballet[12]. Ici, une ouverture allante, brillante

---

12   Pour l'analyse des ornements, voir toujours Charles Mazouer, *Molière et ses comédies-ballets*, 2° éd. 2006. On trouvera de bonnes analyses musicales dans le *Jean-Baptiste Lully* de Jérôme de La Gorce, 2002, *passim*, et dans Bertrand Porot, « Ballet en comédie ou comédie en ballet ? Étude

donne le ton, dont le sol mineur est sans conséquence. Le dynamisme, sensible dans le premier mouvement, trouve son apothéose dans la course-poursuite fuguée à 6/8, au rythme haletant, qui l'achève.

Le programme des ornements n'est point si considérable : après l'ouverture, une sérénade à trois voix que suit une danse de deux paysans troublée par la querelle de quatre curieux de spectacle, sur un vif sol majeur ; et un intermède à la fin de chaque acte. Mais il est assez riche musicalement, varié dans la forme et dans le climat, joliment équilibré ; et chaque intermède est amené naturellement, la transition étant parfaite entre la parole dialoguée et le chant. Molière semble bien réaliser dans *Monsieur de Pourceaugnac* son vœu de faire une seule chose de la comédie et des ornements.

La sérénade initiale, qui commence par invoquer la nuit apaisante ? Un « grand concert de voix et d'instruments » introduit à la comédie, car les paroles chantées « sont faites sur le sujet de la comédie » et expriment, sans qu'ils soient nommés, les souhaits des deux amants contrariés par la volonté paternelle, mais finalement vainqueurs de l'obstacle grâce à leur ardeur réciproque – le tout en quatre courtes strophes sur une mélodie subtilement variée.

Les ornements désormais seront toujours de climat comique. Les scènes 10 et 11 du premier acte constituent l'intermède et, dans la continuité, mêlent à la suite de l'intrigue la musique et la danse. Tout juste sorti de cette consultation qui l'a abasourdi, M. de Pourceaugnac est entouré de deux musiciens italiens en médecins grotesques, les sieurs Gaye et Lully – deux voix de basse qui pouvaient

---

musicale de trois comédies-ballets de Molière : *L'Amour médecin, Monsieur de Pourceaugnac* et *Le Malade imaginaire* », *Méthode !*, nᵒ 11, 2006, p. 149-167. Voir aussi les notes de l'édition du Molière de la Pléiade, 2010, t. 2, p. 1426-1436.

utiliser leur voix de fausset – et de matassins. Dans le livret, Lully est désigné par l'appellation *Il Signor Chiacchiarone* – le jacasseur –, qu'on retrouvera dans la cérémonie turque du *Bourgeois gentilhomme*. L'édition de 1734 signale un jeu de théâtre plaisant : en chantant *Bon dì* – d'abord sur une ronde suivie d'une blanche, puis sur un série de noires quatre fois plus rapides que des rondes –, les deux chanteurs s'asseyent puis se lèvent sans fin, comme M. de Pourceaugnac, en d'interminables salutations. Nous reviendrons bientôt sur la signification des paroles italiennes chantées. Mais arrive, scène 11, l'apothicaire avec son clystère, autre aspect de l'ordonnance médicale ; quelques répliques et M. de Pourceaugnac est à nouveau assailli par les médecins grotesques, les matassins et par une farandole de porteurs de seringues.

Tout aussi naturellement, à la fin de l'acte II, quand Sbrigani indique des avocats à M. de Pourceaugnac accusé de bigamie, on passe de la scène 10 à la scène 11 avec des avocats musiciens – ce qui nous vaut une scène musicale à la verve rossinienne ! L'avocat à la voix de basse traînante chante « La polygamie est un cas pendable » en prononçant une syllabe par ronde, lesquelles rondes descendent consciencieusement, degré par degré, une quinte, avant de la remonter. Son collègue l'avocat bredouilleur aboutit à la même conclusion sur la polygamie, mais après un flot de paroles, en particulier une énumération copieuse de noms de législateurs et de glossateurs, et sur quelle musique ! Le chant de cette voix de dessus est également syllabique, mais chaque syllabe est chantée pendant la valeur d'une croche. En somme, le second avocat va huit fois plus vite que le premier, en une mélodie giratoire. Restait à superposer les deux voix ; tandis que la voix de dessus, dans une énumération des peuples policés encore plus bousculée par l'apparition de doubles-croches, reprend un air de vitesse, la voix de basse débite la même phrase avec des rondes qui constituent une basse harmonique à l'autre chanteur. À peine trois pages de musique, mais un petit chef-d'œuvre de comique musical. L'intermède précédent avait transformé médecins et apothicaire en danseurs grotesques ; ce sont ici les avocats que le divertissement ridiculise.

SÙ, CANTATE, BALLATE, RIDETE !

Les masques – comme des masques de carnaval – arrivés pour finir, à la scène 8 ou dernier intermède, et qui se répandent partout, font clairement comprendre que toute la comédie-ballet n'est qu'une immense mascarade jouée aux personnages dont il faut renverser les desseins : le prétendant haï et le père opposant. Mascarade justifiée, un peu osée, dont on n'attend pas seulement le résultat final mais aussi un plaisir particulier. Les médecins ont raison – les Esculapes parlant et les médecins grotesques chantant – : le rire guérit, l'allégresse vainc toute mélancolie, comme disent ces derniers en italien. C'est le triomphe de la joie – et d'une joie de carnaval, quand médecins, apothicaire, avocats sont ravalés, quand les rôles sociaux sont transformés en images caricaturales et joyeuses qui les discréditent complètement. Nous sommes assemblés pour rire, rire de ces pantins, et rire surtout de ce M. de Pourceaugnac victime d'un immense charivari – en un vrai jeu de carnaval étourdissant, délirant parfois, qui ne laisse rien d'intact que la joie et l'amour.

Car la comédie-ballet chante le triomphe de l'amour et du plaisir. Le gêneur éliminé, Éraste et Julie vont pouvoir s'épouser avec l'accord paternel. « Hélas ! si l'on n'aimait pas, / Que serait-ce de la vie ? », chante l'Égyptien de cette dernière scène ; et sa partenaire l'Égyptienne :

> Il n'est point, sans l'amour, de plaisir dans la vie.

Plaisir d'aimer, plaisirs de l'amour ; mais aussi, plus largement, selon une morale hédoniste – qui doit s'accorder ici avec le mauvais traitement, plutôt contraire à la bonne morale, réservé à l'intrus –, recherche du plaisir. Voici l'ultime distique de la comédie-ballet, chanté par les trois musiciens, maintenant que M. de Pourceaugnac a été mis hors-jeu et est complètement oublié :

> Ne songeons qu'à nous réjouir :
> La grande affaire est le plaisir.

Plus on la relit, plus cette fantaisie joyeuse, cette grande farce, qui entraîne une victime désignée dans l'avalanche de ses bourles et de ses invraisemblances, s'avère riche et virtuose. Sans se refuser à la méditation du spectateur, embarqué dans la fête du rire[13], sur la pensée de Molière. Mais n'est-ce pas justement la marque de son art dans les comédies-ballets à rire ?

---

13 Une mise en scène par Clément Hervieu-Léger aux Bouffes du Nord (juin-juillet 2016), respectueuse de tous les ornements (William Christie ayant veillé à la partie musicale et dansée), a révélé les effets toujours intacts du spectacle comique de Molière et Lully.

LE TEXTE

Comme toujours, nous transcrivons l'édition originale de la pièce :

MONSIEVR / DE / POVRCEAVGNAC, / *COMEDIE*. / FAITE A CHAMBORD, / pour le Divuertissement du Roy. / *PAR I. B. P. MOLIERE*. / A PARIS, / Chez IEAN RIBOU, au Palais, vis-à-vis / la Porte de l'Eglise de la Sainte Chapelle, / A l'image S. Louis. / M. DC. LXX. / *AVEC PRIVILEGE DV ROY*. In-12 : [8 p. : Extrait du Privilège, liste des acteurs et premier intermède] ; p. 1-136 (texte de la pièce).

Exemplaires de la BnF : RES-YF-4193 (texte numérisé : NUMM – 70158 ; lot d'images numérisées : IFN – 8610798) ; RES – YF – 4194 – ces deux exemplaires à Tolbiac ; un exemplaire aux Arts du Spectacle : 8 – RF – 3458 (RES).

Le livret a été imprimé à Blois, en 1669, et à Paris en 1670 ; c'est cette dernière édition que nous transcrivons :

LE / Divertissement / DE / CHAMBORD, / Meslé de Comedie, de / Musique, & d'Entrée / de Ballet. / A PARIS, / Par ROBERT BALLARD, seul Imprimeur / Du Roy pour la Musique. / M. DC. LXX. / *Avec Privilège de Sa Majesté*. In-4 de 13 pages.

Trois exemplaires à la BnF Tolbiac : YF – 1033 ; YF – 1080 ; YF – 1994 (texte numérisé : NUMM – 72556).

LA PARTITION

Ce n'est pas le lieu de présenter les sources musicales, diverses jusqu'à l'établissement, assez tardif, d'une partition complète de la musique de Lully (LWV 41). On se reportera à la belle édition moderne des *Œuvres complètes* de Lully, publiée à Hildesheim, par Georg Olms ; *Monsieur de Pourceaugnac* se trouve (avec *Le Bourgeois gentilhomme*) dans le volume 4 de la Série II, 2006. L'édition de la partition est due à Jérôme de La Gorce, et celle du livret et de la comédie à Marie-Claude Canova-Green et Philippe Hourcade.

BIBLIOGRAPHIE COMPLÉMENTAIRE

Édition présentée, annotée et commentée par David Braun, Paris, Larousse, 2013 (Petits classiques Larousse ; 192).

Brody, Jules, « Esthétique et société chez Molière », [in] *Dramaturgie et société. Rapports entre l'œuvre théâtrale, son interprétation et son public aux XVIe et XVIIe siècles*, p. p. Jean Jacquot, Paris, CNRS, 1968, t. I, p. 307-326 ; repris dans ses *Lectures classiques*, Charlottesville, Rookwood Press, 1996.

Garavini, Fausta, « La fantaisie verbale et le mimétisme dialectal dans le théâtre de Molière », *R.H.L.F.*, 1972, 806-820.

Mazouer, Charles, *Le Personnage du naïf dans le théâtre comique du Moyen Âge à Marivaux*, Paris, Klincksieck, 1979.

Apostolidès, Jean-Marie, « Le diable à Paris : l'ignoble entrée de Pourceaugnac », [in] *L'Esprit et la lettre. Mélanges offerts à*

Jules Brody, éd. Louis van Delft, Tübingen, Gunter Narr, 1991, p. 69-84.

LA GORCE, Jérôme de, *Jean-Baptiste Lully*, Paris, Fayard, 2002.

Molière et les pays d'Oc, dir. Claude Alranq, Presses Universitaires de Perpignan, 2005, deux articles : Jean EMELINA, « Les gens du Midi dans le théâtre de Molière », p. 93-111, et Patrick SAUZET, « Les scènes occitanes de *Monsieur de Pourceaugnac* », p. 147-175.

Theatrum Mundi. Studies in honour of Ronald W. Tobin, Charlottesville, Rookwood Press, 2003, deux articles : Michaël S. KOPPISCH « *Monsieur de Pourceaugnac* : Comedy of Desire », p. 147-154, et James F. GAINES, « The Violation of the Bumpkin : Satire, Wealth and Class », p. 155-162.

DANDREY, Patrick, « La fête entre réalité et imaginaire dans *Monsieur de Pourceaugnac* de Molière », [in] *Fête et imagination dans la littérature du XVIe au XVIIIe siècle*, 2004, p. 205-220.

LA GORCE, Jérôme de, *Carlo Vigarani intendant des plaisirs de Louis XIV*, éditions Perrin / Établissement public du musée et du domaine national de Versailles, 2005.

BRIGHELLI, Jean-Paul, « Molière, philosophe contrebandier. De la médecine comme métaphore : *L'Amour médecin, Monsieur de Pourceaugnac* et *Le Médecin imaginaire* », *Méthode !*, 11, 2006, p. 123-131.

MAZOUER, Charles, *Molière et ses comédies-ballets*, 2º éd., Paris, Champion, 2006.

DANDREY, Patrick, *Monsieur de Pourceaugnac ou le carnaval des fourbes*, Paris, Kincksieck, 2006.

LOUVAT-MOLOZAY, Bénédicte et PARINGAUX, Céline, *Molière. « L'amour médecin », « Monsieur de Pourceaugnac », « Le Malade imaginaire »*, Neuilly, Atlande, 2006 (Clefs Concours).

BIET, Christian, « Voyage au bout de l'envers : indistinction du vrai et du faux dans trois comédies-balles de Molière », *Méthode !*, 11, 2006, p. 103-121.

POROT, Bertrand, « Ballet en comédie ou comédie en ballet ? Étude musicale de trois comédies-ballets de Molière : *L'Amour médecin, Monsieur de Pourceaugnac* et *Le Malade imaginaire* », *Méthode !*, nº 11, 2006, p. 149-167.

BAUDRY-KRUGER, Hervé, *Molière par derrière : essai sur un motif du comique médical dans la tétralogie (L'Amour médecin, Le Médecin malgré lui, Monsieur de Pourceaugnac, Le Malade imaginaire)*, Soignies, Talus d'approche, 2007.

CANOVA-GREEN, Marie-Claude, « *Ces gens-là se trémoussent bien…* » *Ébats et débats dans la comédie-ballet de Molière*, Tübingen, Gunter Narr, 2007 (*Biblio 17*, 171), p. 175-187 (reprise d'une étude de 1996-1997).

MAZOUER, Charles, *Le Théâtre français de l'âge classique, II : L'apogée du classicisme*, Paris, Champion, 2010.

Littératures classiques, nº 87, 2015 : *Français et langues de France dans le théâtre du XVIIᵉ siècle*, riche série d'articles, dont : Bénédicte LOUVAT-MOLOZAY, « La représentation des langues de France dans la comédie parisienne des années 1660-1670 », p. 81-92 ; Céline PARINGAUX, « *Monsieur de Pourceaugnac*, acte II, scènes 7 t 8 : deux scènes occitanes dans un théâtre de langues », p. 93-105 ; Patrick SAUZET et Guylaine BRUN-TRIGAUD, « La Lucette de *Monsieur de Pourceaugnac* : "feinte Gasconne", "vraie occitane" », p. 107-134 ; Anne DAGNAC, « Le picard de Nérine : moyen picard, picard moyen ? », p. 135-147 ; Claude Bourqui, « Monsieur de Pourceaugnac et les enjeux de la formation du français », p. 163-173 ; Walter HAASE, « "Déguisé en Suisse" : les "Suisses" de Molière et leur langage », p. 191-205.

NÉDÉLEC, Claudine et PARINGAUX, Céline, « Langages de Molière », [in] *Molière Re-Envisioned. Twenty-First Century Retakes. / Renouveau et renouvellement moliéresques. Reprises contemporaines*, sous la direction de M. J. Muratore, Paris, Hermann, 2018, p. 141-159.

ALBANESE, Ralph, « *Monsieur de Pourceaugnac*, ou les enjeux d'une crise identitaire », *P. F. S. C. L.*, 93, 2020, p. 255-266.

LOUVAT-MOLOZAY, Bénédicte, « *Monsieur de Pourceaugnac*, ou l'esprit du carnaval », [in] *Molière et la musique : des états du Languedoc à la cour du Roi-Soleil*, nouvelle édition mise à jour, Paris, Les Éditions de Paris – Max Chaleil, 2022, p. 77-83.

DISCOGRAPHIE

Monsieur de Pourceaugnac est particulièrement mal servi par le disque. Il n'existe évidemment aucun enregistrement intégral ; deux courts extraits seulement (I, 11 et II, 11) dans : Lully-Molière, *Les Comédies-ballets*, Marc Minkowski et les musiciens du Louvre (Érato, 1988), repris en 1999.

MONSIEUR
DE
POURCEAUGNAC,

COMÉDIE

FAITE A CHAMBORD,
pour le Divertissement du Roi
PAR J. B. P. MOLIÈRE

À PARIS,

Chez JEAN RIBOU, au Palais, vis-à-vis
la Porte de l'église de la Sainte-Chapelle,
À l'image Saint-Louis

M. DC. LXX

AVEC PRIVILÈGE DU ROI

Par grâce et privilège du Roi, Donné à Paris, le 20° jour de février, l'an de grâce 1670. Signé, Par le Roi en son Conseil, BOUCHET. Il est permis à Jean Baptiste Pocquelin de Molière, l'un de nos comédiens, de faire imprimer, vendre, et débiter une pièce de théâtre, intitulée MONSIEUR DE POURCEAUGNAC ; et ce par tel imprimeur, ou libraire qu'il voudra choisir, pendant le temps et espace de cinq années entières et accomplies, à compter du jour où ladite pièce sera achevée d'imprimer pour la première fois : Et défenses sont faites à toutes personnes, de quelque qualité et condition qu'ils soient, d'imprimer, faire imprimer, vendre, ni débiter ladite pièce, sans le consentement de l'exposant, ou de ceux qui auront droit de lui, à peine de six mil livres d'amende, confiscation des exemplaires contrefaits, et de tous dépens, dommages et intérêts, ainsi que plus au long il est porté audit privilège.

Registré sur le Livre de la Communauté, suivant l'arrêt de la Cour du 8° avril 1653, le 28° février 1670. Signé A. SOUBRON, syndic.

Ledit J. B. P. de Molière a cédé le présent privilège, à Jean Ribou, marchand-libraire à Paris, pour en jouir suivant l'accord fait entre eux.

Achevé d'imprimer pour la première fois,
le 3° jour de mars 1670.

ACTEURS

MONSIEUR DE POURCEAUGNAC[1].

ORONTE.

JULIE, fille d'Oronte.

NÉRINE, femme d'intrigue.

LUCETTE, feinte Gasconne.

ÉRASTE, amant de Julie.

SBRIGANI[2], Napolitain, homme d'intrigue.

PREMIER MÉDECIN.

SECOND MÉDECIN.

L'APOTHICAIRE.

UN PAYSAN.

UNE PAYSANNE.

PREMIER MUSICIEN.

SECOND MUSICIEN[3].

PREMIER AVOCAT.

SECOND AVOCAT.

PREMIER SUISSE.

SECOND SUISSE.

---

1   Le Limousin, animalisé et dégradé par son nom, était joué par Molière, le reste de la distribution étant hypothétique. *L'Inventaire après décès* décrit le costume porté par Molière, à la fois recherché et multicolore... et ridicule aux yeux des Parisiens : haut-de-chausses de damas rouge, garni de dentelle ; justaucorps de velours bleu, ceinturon à frange ; jarretières vertes ; chapeau gris garni d'une plume verte ; justaucorps de taffetas vert ; manteau de taffetas aurore ; gants et souliers. – Tout Gascon ou Limousin de comédie est affublé d'un patronyme en *−ac* !

2   Nom forgé par Molière. À partir de l'italien *sbrigare* « se hâter » ? ou de l'italien *sbricco* « brigand » ? En tout cas, dans *Sbrigani*, il y a bien pour nous du brigand...

3   Ce sont les deux Musiciens italiens en médecins grotesques que nous retrouverons en I, 10, pour le deuxième intermède.

UN EXEMPT.

DEUX ARCHERS.

PLUSIEURS MUSICIENS, JOUEURS D'INSTRUMENTS, ET
DANSEURS.

La scène est à Paris[4].

[n. p.] L'ouverture se fait par Éraste, qui conduit un
grand concert de voix et d'instruments, pour une sérénade,
dont les paroles, chantées par trois voix en manière de dialogue, sont faites sur le sujet de la comédie, et expriment
les sentiments de deux amants, qui étant bien ensemble,
sont traversés par le caprice[5] des parents[6].

PREMIÈRE VOIX

Répands, charmante nuit, répands sur tous les yeux
De tes pavots la douce violence,
Et ne laisse veiller en ces aimables lieux
Que les cœurs que l'amour soumet à sa puissance.
Tes ombres et ton silence,
Plus beau que le plus beau jour,
Offrent de doux moments à soupirer d'amour.

---

4   Le *Mémoire de Mahelot* (au Répertoire de Michel Laurent) indique décor
     et accessoires suivants : « Il faut deux maisons sur le devant et le reste
     du théâtre est une ville. Trois chaises ou tabourets. Une seringue.
     Deux mousquetons. Huit seringues de fer blanc » (voir l'édition de
     Pierre Pasquier, Paris, Champion, 2005, p. 343). Autour d'une place,
     donc, la maison d'Oronte et celle du premier médecin. Des sièges
     pour la consultation de I, 8 ; la seringue de l'apothicaire en I, 11 ; les
     mousquetons des faux archers de III, 4 et 5 ; les huit seringues des
     Matassins de I, 10.

5   *Traverser* : contrarier ; *caprice* : volonté.

6   1682 ajoute ici : « Éraste, *aux Musiciens* : Suivez les ordres que je vous
     ai donnés pour la sérénade ; pour moi, je me retire, et ne veux point
     paraître ici. »

DEUXIÈME VOIX   [n. p.]
Que soupirer d'amour
Est une douce chose,
Quand rien à nos vœux ne s'oppose !
À d'aimables penchants notre cœur nous dispose,
Mais on a des tyrans à qui l'on doit le jour.
Que soupirer d'amour
Est une douce chose,
Quand rien à nos vœux ne s'oppose !

TROISIÈME VOIX
Tout ce qu'à nos vœux on oppose,
Contre un parfait amour ne gagne jamais rien ;
Et pour vaincre toute chose,
Il ne faut que s'aimer bien.

LES TROIS VOIX ENSEMBLE   [n. p.]
Aimons-nous donc d'une ardeur éternelle ;
Les rigueurs des parents, la contrainte cruelle,
L'absence, les travaux, la fortune rebelle,
Ne font que redoubler une amitié[7] fidèle.
Aimons-nous donc d'une ardeur éternelle ;
Quand deux cœurs s'aiment bien,
Tout le reste n'est rien.

La sérénade est suivie d'une danse de deux pages, pendant laquelle quatre curieux de spectacles, ayant pris querelle ensemble, mettent l'épée à la main. Après un assez agréable combat, ils sont séparés par deux Suisses qui, les ayant mis d'accord, dansent avec eux, au son de tous les instruments.

---

7   Ici : un amour.

MONSIEUR DE POURCEAUGNAC

Comédie

ACTE I

Scène PREMIÈRE
JULIE, ÉRASTE, NÉRINE

JULIE

Mon Dieu! Éraste, gardons d'être surpris[8]; je tremble qu'on ne nous voie ensemble; et tout serait perdu, après la défense que l'on m'a faite.

ÉRASTE [A] [2]

Je regarde de tous côtés, et je n'aperçois rien.

JULIE

Aie aussi l'œil au guet, Nérine, et prends bien garde qu'il ne vienne personne[9].

NÉRINE

Reposez-vous sur moi, et dites hardiment ce que vous avez à vous dire.

---

8 *Garder de* : prendre garde, éviter de.
9 Nérine va faire le guet au fond du théâtre, et reviendra précipitamment, quelques répliques plus loin, pour une fausse alerte.

JULIE

Avez-vous imaginé pour notre affaire quelque chose de favorable ? et croyez-vous, Éraste, pouvoir venir à bout de détourner ce fâcheux mariage que mon père s'est mis en tête ?

ÉRASTE

Au moins y travaillons-nous fortement ; et déjà nous avons préparé un bon nombre de batteries[10] pour renverser ce dessein ridicule.

NÉRINE   [3]

Par ma foi, voilà votre père !

JULIE

Ah ! séparons-nous vite.

NÉRINE

Non, non, non, ne bougez, je m'étais trompée.

JULIE

Mon Dieu ! Nérine, que tu es sotte de nous donner de ces frayeurs !

ÉRASTE

Oui, belle Julie, nous avons dressé pour cela quantité de machines[11], et nous ne feignons[12] point de mettre tout en usage, sur la permission que vous m'avez donnée. Ne nous demandez point tous les ressorts[13] que nous ferons jouer, vous en aurez le divertissement ; et, comme aux comédies, il est bon de vous laisser le plaisir de la surprise,

---

10 *Batterie* : moyen, procédé.
11 *Machine* : machination, combinaison.
12 *Feindre de* ou *feindre à* : hésiter à.
13 *Ressort* : moyen secret pour faire réussir une intrigue.

et de ne vous avertir [A ij] [4] point de tout ce qu'on vous fera voir. C'est assez de vous dire que nous avons en main divers stratagèmes tout prêts à produire dans l'occasion, et que l'ingénieuse Nérine et l'adroit Sbrigani entreprennent l'affaire.

NÉRINE

Assurément. Votre père se moque-t-il, de vouloir vous anger[14] de son avocat[15] de Limoges, Monsieur de Pourceaugnac, qu'il n'a vu de sa vie, et qui vient par le coche[16] vous enlever à notre barbe ? Faut-il que trois ou quatre mille écus de plus, sur la parole de votre oncle, lui fassent rejeter un amant qui vous agrée ? et une personne comme vous, est-elle faite pour un Limosin[17] ? S'il a envie de se marier, que ne prend-il une Limosine, et ne laisse-t-il en repos les chrétiens ? Le seul nom de [5] Monsieur de Pourceaugnac m'a mis[18] dans une colère effroyable. J'enrage de Monsieur de Pourceaugnac. Quand il n'y aurait que ce nom-là, Monsieur de Pourceaugnac, j'y brûlerai mes livres[19], ou je romprai ce mariage, et vous ne serez point Madame de Pourceaugnac. Pourceaugnac ! cela se peut-il

---

14   *Anger* ou *enger* : pourvoir, embarrasser d'une sotte ou d'une mauvaise engeance (Littré).

15   La fonction *d'avocat* (avec toute une palette de types professionnels) reste à part parmi les auxiliaires de justice : l'office n'est pas vénal et n'est pas interdit à la noblesse ; la profession peut même conférer la qualification de « noble homme ». Bientôt, en I, 3, Monsieur de Pourceaugnac se dira « gentilhomme limosin ». Mais il sent trop sa pratique pour être noble de race ; au mieux, il a pu être anobli, à moins qu'il s'agisse de l'imposture nobiliaire d'un simple roturier. Il s'est en tout cas fort enrichi, au point qu'Oronte le recherche comme gendre.

16   Le *coche* est la voiture qui assure le transport en commun.

17   Molière écrit *Limosin/Limosine* pour *Limousin/Limousine*.

18   Remarquer l'absence d'accord.

19   « On dit : je viendrai à bout de cette affaire ou j'y brûlerais mes livres, pour dire : je la veux poursuivre avec la dernière opiniâtreté » (Furetière).

souffrir[20] ? Non, Pourceaugnac est une chose que je ne saurais supporter ; et nous lui jouerons tant de pièces[21], nous lui ferons tant de niches sur niches, que nous renverrons à Limoges Monsieur de Pourceaugnac.

ÉRASTE

Voici notre subtil Napolitain, qui nous dira des nouvelles.

Scène 2   [A iij] [6]

SBRIGANI, JULIE, ÉRASTE, NÉRINE

SBRIGANI

Monsieur, votre homme arrive, je l'ai vu à trois lieues d'ici, où a couché le coche ; et dans la cuisine où il est descendu pour déjeuner, je l'ai étudié une bonne grosse demi-heure, et je le sais déjà par cœur. Pour sa figure, je ne veux point vous en parler : vous verrez de quel air la nature l'a dessiné, et si l'ajustement[22] qui l'accompagne y répond comme il faut. Mais pour son esprit, je vous avertis par avance qu'il est des plus épais [7] qui se fassent ; que nous trouvons en lui une matière tout à fait disposée pour ce que nous voulons, et qu'il est homme enfin à donner dans tous les panneaux qu'on lui présentera.

ÉRASTE

Nous dis-tu vrai ?

Comme l'alchimiste qui, ayant tout dépenser, finit par brûler ses livres pour chauffer ses fourneaux.
20   *Souffrir* : supporter, admettre.
21   *Pièce* : farce, tour.
22   *Ajustement* : toilette, parure.

SBRIGANI

Oui, si je me connais en gens.

NÉRINE

Madame, voilà un illustre[23] ; votre affaire ne pouvait être mise en de meilleures mains, et c'est le héros de notre siècle pour les exploits dont il s'agit : un homme qui vingt fois en sa vie, pour servir ses amis, a généreusement affronté les galères ; qui, au péril de ses bras et de ses épaules[24], sait mettre noblement à fin[25] les aventures les plus difficiles ; et qui, tel que vous le voyez, est exilé de son [A iiij] [8] pays pour je ne sais combien d'actions honorables qu'il a généreusement entreprises.

SBRIGANI

Je suis confus des louanges dont vous m'honorez, et je pourrais vous en donner avec plus de justice sur les merveilles de votre vie ; et principalement sur la gloire que vous acquîtes, lorsqu'avec tant d'honnêteté vous pipâtes[26] au jeu, pour douze mille écus, ce jeune seigneur étranger que l'on mena chez vous ; lorsque vous fîtes galamment ce faux contrat qui ruina toute une famille ; lorsqu'avec tant de grandeur d'âme vous sûtes nier[27] le dépôt qu'on vous avait confié ; et que si généreusement on vous vit prêter votre témoignage à faire pendre ces deux personnes qui ne l'avaient pas mérité.

---

23   L'échange qui suit, où les deux coquins Nérine et Sbrigani font mine de se congratuler de leurs exploits, c'est-à-dire de leurs très mauvaises actions, vient de l'*Asinaria* de Plaute (dialogue entre les deux esclaves Liban et Léonide en III, 2).

24   Les *bras* du condamné aux galères risquent de tirer la rame, et ses épaules d'être marquées au fer rouge (le fameux *cautère royal*) !

25   *Mettre à fin* : mener à son terme, venir à bout de.

26   *Piper* : tromper.

27   Démentir, déclarer inexistant.

NÉRINE   [9]

Ce sont petites bagatelles qui ne valent pas qu'on en parle, et vos éloges me font rougir.

SBRIGANI

Je veux bien épargner votre modestie ; laissons cela ; et pour commencer notre affaire, allons vite joindre[28] notre provincial, tandis que, de votre côté, vous nous tiendrez prêts au besoin les autres acteurs de la comédie.

ÉRASTE

Au moins, Madame, souvenez-vous de votre rôle ; et pour mieux couvrir notre jeu, feignez, comme on vous a dit, d'être la plus contente du monde des résolutions de votre père.

JULIE

S'il ne tient qu'à cela, les choses iront à merveille.

ÉRASTE   [10]

Mais, belle Julie, si toutes nos machines venaient à ne pas réussir ?

JULIE

Je déclarerai à mon père mes véritables sentiments.

ÉRASTE

Et si contre vos sentiments il s'obstinait à son dessein ?

JULIE

Je le menacerais de me jeter dans un couvent[29].

---

28 *Joindre* : rejoindre, rattraper.
29 C'est la graphie ancienne de *couvent*.

ÉRASTE

Mais si malgré tout cela il voulait vous forcer à ce mariage ?

JULIE

Que voulez-vous que je vous dise ?

ÉRASTE

Ce que je veux que vous me disiez ?

JULIE   [11]

Oui.

ÉRASTE

Ce qu'on dit quand on aime bien.

JULIE

Mais quoi ?

ÉRASTE

Que rien ne pourra vous contraindre, et que malgré tous les efforts d'un père, vous me promettez d'être à moi.

JULIE

Mon Dieu ! Éraste, contentez-vous de ce que je fais maintenant, et n'allez point tenter sur l'avenir les résolutions de mon cœur ; ne fatiguez point mon devoir[30] par les propositions d'une fâcheuse extrémité, dont peut-être n'aurons-nous pas besoin ; et s'il y faut venir, souffrez[31] au moins que j'y sois entraînée par la suite des choses.

---

30 N'allez point mettre à l'épreuve (*tenter*) les résolutions de mon cœur en ce qui concerne l'avenir ; ne cherchez point à faire céder (*fatiguer*) mon devoir.
31 Tolérez, admettez.

ÉRASTE   [12]

Eh bien…

SBRIGANI

Ma foi, voici notre homme, songeons à nous.

NÉRINE

Ah ! comme il est bâti !

Scène 3

MONSIEUR DE POURCEAUGNAC
*se tourne du côté d'où il vient, comme parlant
à des gens qui le suivent*, SBRIGANI

MONSIEUR DE POURCEAUGNAC

Eh bien ! quoi ? qu'est-ce ? qu'y a-t-il ? Au diantre[32] soit
la sotte ville, et les sottes gens qui y sont ! ne pouvoir faire
un pas sans trouver des nigauds qui vous regardent, et se
mettent à rire ! [13] Eh ! Messieurs les badauds, faites vos
affaires, et laissez passer les personnes sans leur rire au nez.
Je me donne au diable, si je ne baille[33] un coup de poing
au premier que je verrai rire.

SBRIGANI

Qu'est-ce que c'est, Messieurs[34] ? que veut dire cela ?
à qui en avez-vous ? faut-il se moquer ainsi des honnêtes
étrangers qui arrivent ici ?

---

32   Au diable.
33   *Bailler* : donner (déjà vieilli au début du XVIIe siècle).
34   Sbrigani s'adresse aux mêmes personnes, les badauds moqueurs à qui
     s'en prend Monsieur de Pourceaugnac.

MONSIEUR DE POURCEAUGNAC

Voilà un homme raisonnable, celui-là.

SBRIGANI

Quel procédé est le vôtre ? et qu'avez-vous à rire ?

MONSIEUR DE POURCEAUGNAC

Fort bien.

SBRIGANI

Monsieur a-t-il quelque chose de ridicule en soi ?

MONSIEUR DE POURCEAUGNAC   [14]

Oui.

SBRIGANI

Est-il autrement que les autres ?

MONSIEUR DE POURCEAUGNAC

Suis-je tortu[35], ou bossu ?

SBRIGANI

Apprenez à connaître les gens.

MONSIEUR DE POURCEAUGNAC

C'est bien dit.

SBRIGANI

Monsieur est d'une mine à respecter.

MONSIEUR DE POURCEAUGNAC

Cela est vrai.

---

35 *Tortu* : qui n'est pas droit, difforme.

SBRIGANI

Personne de condition.

MONSIEUR DE POURCEAUGNAC

Oui, gentilhomme limosin.

SBRIGANI

Homme d'esprit.

MONSIEUR DE POURCEAUGNAC

Qui a étudié en droit[36].

SBRIGANI   [15]

Il vous fait trop d'honneur, de venir dans votre ville.

MONSIEUR DE POURCEAUGNAC

Sans doute[37].

SBRIGANI

Monsieur n'est point une personne à faire rire.

MONSIEUR DE POURCEAUGNAC

Assurément.

SBRIGANI

Et quiconque rira de lui, aura affaire à moi.

MONSIEUR DE POURCEAUGNAC

Monsieur[38], je vous suis infiniment obligé.

---

36 Maladroite vantardise : un noble de race n'étudie pas le droit ; au mieux,
     Pourceaugnac aurait pu être anobli et pourrait appartenir à la petite
     noblesse de robe.
37 Assurément.
38 À Sbrigani.

SBRIGANI

Je suis fâché, Monsieur, de voir recevoir de la sorte une personne comme vous, et je vous demande pardon pour la ville.

MONSIEUR DE POURCEAUGNAC

Je suis votre serviteur[39].

SBRIGANI   [16]

Je vous ai vu ce matin, Monsieur, avec le coche, lorsque vous avez déjeuné ; et la grâce avec laquelle vous mangiez votre pain[40] m'a fait naître d'abord[41] de l'amitié pour vous. Et comme je sais que vous n'êtes jamais venu en ce pays, et que vous y êtes tout neuf, je suis bien aise de vous avoir trouvé pour vous offrir mon service à cette arrivée, et vous aider à vous conduire parmi ce peuple, qui n'a pas parfois pour les honnêtes gens toute la considération qu'il faudrait.

MONSIEUR DE POURCEAUGNAC

C'est trop de grâce que vous me faites.

SBRIGANI

Je vous l'ai déjà dit : du moment que je vous ai vu, je me suis senti pour vous de l'inclination.

M. DE POURCEAUGNAC   [17]

Je vous suis obligé.

---

39 Formule de politesse, en guise ici de remerciement.
40 Selon le *Dictionnaire comique* de Le Roux, *Manger du pain comme un Limousin* est un proverbe ancien, qui signale que les Limousins passaient pour être de grands mangeurs de pain.
41 Aussitôt.

SBRIGANI

Votre physionomie m'a plus.

MONSIEUR DE POURCEAUGNAC

Ce m'est beaucoup d'honneur.

SBRIGANI

J'y ai vu quelque chose d'honnête.

MONSIEUR DE POURCEAUGNAC

Je suis votre serviteur.

SBRIGANI

Quelque chose d'aimable.

MONSIEUR DE POURCEAUGNAC

Ah, ah !

SBRIGANI

De gracieux.

MONSIEUR DE POURCEAUGNAC

Ah, ah !

SBRIGANI

De doux.

MONSIEUR DE POURCEAUGNAC

Ah, ah !

SBRIGANI   [B] [18]

De majestueux.

MONSIEUR DE POURCEAUGNAC

Ah, ah!

SBRIGANI

De franc.

MONSIEUR DE POURCEAUGNAC

Ah, ah!

SBRIGANI

Et de cordial.

MONSIEUR DE POURCEAUGNAC

Ah, ah!

SBRIGANI

Je vous assure que je suis tout à vous.

MONSIEUR DE POURCEAUGNAC

Je vous ai beaucoup d'obligation.

SBRIGANI

C'est du fond du cœur que je parle.

MONSIEUR DE POURCEAUGNAC

Je le crois.

SBRIGANI   [19]

Si j'avais l'honneur d'être connu de vous, vous sauriez
que je suis un homme tout à fait sincère.

MONSIEUR DE POURCEAUGNAC

Je n'en doute point.

SBRIGANI

Ennemi de la fourberie.

MONSIEUR DE POURCEAUGNAC

J'en suis persuadé.

SBRIGANI

Et qui n'est pas capable de déguiser ses sentiments.

MONSIEUR DE POURCEAUGNAC

C'est ma pensée.

SBRIGANI

Vous regardez mon habit qui n'est pas fait comme les autres ; mais je suis originaire de Naples, à votre service, et j'ai voulu conserver un peu et la manière de s'habiller, et la sincérité de mon pays[42].

MONSIEUR DE POURCEAUGNAC   [B ij] [20]

C'est fort bien fait. Pour moi j'ai voulu me mettre à la mode de la cour pour la campagne[43].

SBRIGANI

Ma foi, cela vous va mieux qu'à tous nos courtisans.

MONSIEUR DE POURCEAUGNAC

C'est ce que m'a dit mon tailleur ; l'habit est propre[44] et riche, et il fera du bruit ici.

---

42 On ne sait rien de l'habit que portait Sbrigani, ni ce qu'il pouvait avoir d'italien ou de napolitain. Quant à la sincérité des Napolitains…

43 Monsieur de Pourceaugnac s'est fait tailler à Limoges un habit de voyage, un habit de campagne (*pour la campagne*) comme, pense-t-il, en portent les courtisans hors de Paris et de la cour ; mais soyons sûr que son tailleur n'a pas su attraper la mode.

44 *Propre* : « bien net, bien orné », dit Furetière.

SBRIGANI

Sans doute. N'irez-vous pas au Louvre ?

MONSIEUR DE POURCEAUGNAC

Il faudra bien aller faire ma cour.

SBRIGANI

Le roi sera ravi de vous voir.

MONSIEUR DE POURCEAUGNAC

Je le crois.

SBRIGANI

Avez-vous arrêté un logis ?

MONSIEUR DE POURCEAUGNAC   [22]

Non, j'allais en chercher un.

SBRIGANI

Je serai bien aise d'être avec vous pour cela, et je connais
tout ce pays-ci.

Scène 4

ÉRASTE, SBRIGANI,

MONSIEUR DE POURCEAUGNAC

ÉRASTE

Ah ! qu'est-ce ci ? que vois-je ? Quelle heureuse rencontre !
Monsieur de Pourceaugnac ! que je suis ravi de vous voir !
Comment ? Il semble que vous ayez peine à me reconnaître ?

MONSIEUR DE POURCEAUGNAC

Monsieur, je suis votre serviteur.

ÉRASTE   [22]

Est-il possible que cinq ou six années m'aient ôté de votre mémoire ? et que vous ne reconnaissiez pas le meilleur ami de toute la famille des Pourceaugnac ?

MONSIEUR DE POURCEAUGNAC

Pardonnez-moi. (À *Sbrigani*.) Ma foi, je ne sais qui il est.

ÉRASTE

Il n'y a pas un Pourceaugnac à Limoges que je ne connaisse depuis le plus grand jusques au plus petit ; je ne fréquentais qu'eux dans le temps que j'y étais, et j'avais l'honneur de vous voir presque tous les jours.

MONSIEUR DE POURCEAUGNAC

C'est moi qui l'ai reçu[45], Monsieur.

ÉRASTE

Vous ne vous remettez point mon visage ?

MONSIEUR DE POURCEAUGNAC   [23]

Si fait. (À *Sbrigani*.) Je ne le connais point.

ÉRASTE

Vous ne vous ressouvenez pas que j'ai eu le bonheur de boire avec vous je ne sais combien de fois ?

MONSIEUR DE POURCEAUGNAC

Excusez-moi. (À *Sbrigani*.) Je ne sais ce que c'est.

ÉRASTE

Comment appelez-vous ce traiteur de Limoges qui fait si bonne chère ?

---

45   Qui ai reçu l'honneur.

MONSIEUR DE POURCEAUGNAC

Petit-Jean ?

ÉRASTE

Le voilà. Nous allions le plus souvent ensemble chez lui nous réjouir. Comment est-ce que vous nommez à Limoges ce lieu où l'on se promène ?

MONSIEUR DE POURCEAUGNAC [24]

Le cimetière des Arènes[46] ?

ÉRASTE

Justement ; c'est où je passais de si douces heures à jouir de votre agréable conversation. Vous ne vous remettez pas tout cela ?

MONSIEUR DE POURCEAUGNAC

Excusez-moi, je me le remets. (À *Sbrigani*.) Diable emporte[47], si je m'en souviens.

SBRIGANI

Il y a cent choses comme cela qui passent de la tête

ÉRASTE

Embrassez-moi[48] donc, je vous prie, et resserrons les nœuds de notre ancienne amitié.

SBRIGANI[49]

Voilà un homme qui vous aime fort.

---

46 Un amphithéâtre des *Arènes*, détruit presque jusqu'au rez-de-chaussée en 1568 et qui ne sera complètement démoli qu'au début du XVIIIᵉ siècle, subsistait encore à Limoges.
47 Le diable m'emporte si.
48 Rappelons qu'*embrasser*, c'est serrer dans ses bras.
49 Bas, à Monsieur de Pourceaugnac.

ÉRASTE

Dites-moi un peu des nouvelles [25] de toute la parenté.
Comment se porte Monsieur votre...là...qui est si honnête
homme ?

MONSIEUR DE POURCEAUGNAC

Mon frère le consul[50] ?

ÉRASTE

Oui.

MONSIEUR DE POURCEAUGNAC

Il se porte le mieux du monde.

ÉRASTE

Certes j'en suis ravi. Et celui qui est de si bonne humeur ?
là... Monsieur votre...

MONSIEUR DE POURCEAUGNAC

Mon cousin l'assesseur[51] ?

ÉRASTE

Justement.

MONSIEUR DE POURCEAUGNAC

Toujours gai et gaillard.

---

50   Le corps de ville – notre conseil municipal – de Limoges était composé
     de six *consuls*. Mais la juridiction consulaire – notre tribunal de
     commerce – était composée d'un juge, de deux *consuls* et d'un asses-
     seur. On ne sait à laquelle de ces juridictions appartenait le frère de
     Pourceaugnac.
51   D'une manière générale, un *assesseur* est une personne qui en assiste
     une autre et éventuellement la remplace. En particulier, l'assesseur
     peut être un officier de justice qui assiste un juge et peut délibérer
     avec lui.

ÉRASTE

Ma foi, j'en ai beaucoup de joie. Et Monsieur votre oncle ? Le…

MONSIEUR DE POURCEAUGNAC   [C] [26]

Je n'ai point d'oncle.

ÉRASTE

Vous aviez pourtant en ce temps-là…

MONSIEUR DE POURCEAUGNAC

Non, rien qu'une tante.

ÉRASTE

C'est ce que je voulais dire, Madame votre tante ; comment se porte-t-elle ?

MONSIEUR DE POURCEAUGNAC

Elle est morte depuis six mois.

ÉRASTE

Hélas ! la pauvre femme ! elle était si bonne personne.

MONSIEUR DE POURCEAUGNAC

Nous avons aussi mon neveu le chanoine, qui a pensé mourir de la petite vérole.

ÉRASTE

Quel dommage ç'aurait été !

MONSIEUR DE POURCEAUGNAC   [27]

Le connaissez-vous aussi ?

ÉRASTE

Vraiment si je le connais ! un grand garçon bien fait.

MONSIEUR DE POURCEAUGNAC

Pas des plus grands.

ÉRASTE

Non, mais de taille[52] bien prise.

MONSIEUR DE POURCEAUGNAC

Eh ! oui.

ÉRASTE

Qui est votre neveu...

MONSIEUR DE POURCEAUGNAC

Oui.

ÉRASTE

Fils de votre frère et de votre sœur[53]...

MONSIEUR DE POURCEAUGNAC

Justement.

ÉRASTE

Chanoine de l'église de ...comment l'appelez-vous ?

MONSIEUR DE POURCEAUGNAC   [C ij] [28]

De Saint-Etienne[54].

---

52   *Taille* : formes du corps, en particulier du buste.
53   Pour *belle-sœur*, assurément.
54   C'est l'église cathédrale de Limoges.

ÉRASTE

Le voilà, je ne connais autre[55].

MONSIEUR DE POURCEAUGNAC[56]

Il dit toute la parenté[57].

SBRIGANI

Il vous connaît plus que vous ne croyez.

MONSIEUR DE POURCEAUGNAC

À ce que je vois, vous avez demeuré longtemps dans notre ville ?

ÉRASTE

Deux ans entiers.

MONSIEUR DE POURCEAUGNAC

Vous étiez donc là quand mon cousin l'élu fit tenir son enfant à Monsieur notre gouverneur[58] ?

---

55 Je ne connais que lui !
56 À Sbrigani.
57 On pense inévitablement à la scène de *L'Avare* (V, 2), où Harpagon croit
    fermement à la dénonciation faite par Maître Jacques, alors que celui-ci
    a tout inventé en se faisant donner ses réponses par Harpagon lui-même.
    De même ici, où Éraste soutire au naïf Pourceaugnac les éléments sur
    sa parenté qui lui permettent d'affirmer qu'il connaît le provincial de
    Limoges, qu'il n'a jamais vu.
58 Les *élus* étaient des officiers royaux, de rang subalterne et fort peu estimés,
    qui distribuaient les tailles et les aides, et qui jugeaient des différends
    concernant ces impôts. – En revanche, le gouverneur de la province,
    personne de la plus haute naissance, tient en permanence la place du
    souverain dans tous les cas et toutes les circonstances. Son rôle était
    donc considérable et connut son apogée entre le milieu du XVIe siècle et
    1661 ; Louis XIV, peu sûr de la loyauté des gouverneurs, surtout depuis
    la Fronde, a amenuisé leurs responsabilités et limité la durée de leur
    charge. – Le gouverneur *a tenu l'enfant* de l'élu sur les fonts baptismaux,
    lui a servi de parrain.

ÉRASTE

Vraiment oui, j'y fus convié des premiers.

MONSIEUR DE POURCEAUGNAC   [29]

Cela fut galant.

ÉRASTE

Très galant.

MONSIEUR DE POURCEAUGNAC

C'était un repas bien troussé[59].

ÉRASTE

Sans doute.

MONSIEUR DE POURCEAUGNAC

Vous vîtes donc aussi la querelle que j'eus avec ce gentilhomme périgordin[60] ?

ÉRASTE

Oui.

MONSIEUR DE POURCEAUGNAC

Parbleu ! il trouva à qui parler.

ÉRASTE

Ah, ah !

MONSIEUR DE POURCEAUGNAC

Il me donna un soufflet, mais je lui dis bien son fait.

---

59   La fête et le repas furent distingués (*galant*) et bien faits (*bien troussés*).
60   Molière écrit *Périgordin* pour *Périgourdin*, comme Montaigne.

ÉRASTE

Assurément. Au reste, je ne pré[C iij][30]tends pas que[61]
vous preniez d'autre logis que le mien.

MONSIEUR DE POURCEAUGNAC

Je n'ai garde de…

ÉRASTE

Vous moquez-vous ? Je ne souffrirai point du tout que
mon meilleur ami soit autre part que dans ma maison.

MONSIEUR DE POURCEAUGNAC

Ce serait vous…

ÉRASTE

Non, le diable m'emporte, vous logerez chez moi.

SBRIGANI[62]

Puisqu'il le veut obstinément, je vous conseille d'accepter
l'offre.

ÉRASTE

Où sont vos hardes[63] ?

MONSIEUR DE POURCEAUGNAC

Je les ai laissées, avec mon valet, où je suis descendu.

ÉRASTE   [31]

Envoyons-les quérir par quelqu'un.

---

61 *Prétendre que* : admettre que.
62 À Monsieur de Pourceaugnac.
63 *Hardes* : bagages, sans aucune nuance péjorative.

MONSIEUR DE POURCEAUGNAC

Non, je lui ai défendu de bouger, à moins que j'y fusse moi-même, de peur de quelque fourberie.

SBRIGANI

C'est prudemment avisé.

MONSIEUR DE POURCEAUGNAC

Ce pays-ci est un peu sujet à caution.

ÉRASTE

On voit les gens d'esprit en tout.

SBRIGANI

Je vais accompagner Monsieur, et le ramènerai où vous voudrez.

ÉRASTE

Oui, je serai bien aise de donner quelques ordres, et vous n'avez qu'à revenir à cette maison-là[64].

SBRIGANI   [C iiij] [32]

Nous sommes à vous tout à l'heure[65].

ÉRASTE[66]

Je vous attends avec impatience.

MONSIEUR DE POURCEAUGNAC[67]

Voilà une connaissance où je ne m'attendais point.

---

64 La maison du médecin que montre Éraste dans le décor.
65 Tout de suite.
66 À Monsieur de Pourceaugnac.
67 À Sbrigani.

SBRIGANI

Il a la mine d'être honnête homme.

ÉRASTE, *seul.*

Ma foi, Monsieur de Pourceaugnac, nous vous en don-
nerons[68] de toutes les façons ; les choses sont préparées, et
je n'ai qu'à frapper.

Scène 5   [33]
L'APOTHICAIRE, ÉRASTE

ÉRASTE

Je crois, Monsieur, que vous êtes le médecin à qui l'on
est venu parler de ma part.

L'APOTHICAIRE

Non, Monsieur, ce n'est pas moi qui suis le médecin ; à
moi n'appartient pas cet honneur, et je ne suis qu'apothicaire,
apothicaire indigne[69], pour vous servir.

ÉRASTE

Et Monsieur le médecin est-il à la maison ?

L'APOTHICAIRE

Oui, il est là embarrassé[70] à expédier[71] quelques malades,
et je vais lui dire que vous êtes ici.

---

68 *En donner* : tromper.
69 L'apothicaire se qualifie d'*indigne*, comme un religieux le ferait. Humilité
     vraie ? Obséquiosité qui masque quelque orgueil ?
70 *Embarrasser* : retenir dans une occupation.
71 *Expédier* : achever de s'occuper de. Mais le même mot signifie aussi
     « faire périr promptement » (par exemple un condamné) ; soyons sûr
     que Molière joue sur les deux sens.

ÉRASTE   [34]

Non, ne bougez, j'attendrai qu'il ait fait ; c'est pour lui
mettre entre les mains certain parent que nous avons, dont
on lui a parlé, et qui se trouve attaqué de quelque folie,
que nous serions bien aises qu'il pût guérir avant que de
le marier.

L'APOTHICAIRE

Je sais ce que c'est, je sais ce que c'est, et j'étais avec
lui quand on lui a parlé de cette affaire. Ma foi, ma foi !
vous ne pouviez pas vous adresser à un médecin plus
habile : c'est un homme qui sait la médecine à fond,
comme je sais ma croix de par Dieu[72] ; et qui, quand on
devrait crever[73], ne démordrait pas d'un *iota* des règles
des Anciens. Oui, il suit toujours le grand chemin, le
grand chemin, et ne va point chercher midi à [35] qua-
torze heure ; et pour tout l'or du monde, il ne voudrait
pas avoir guéri une personne avec d'autres remèdes que
ceux que la Faculté permet.

ÉRASTE

Il fait fort bien ; un malade ne doit point vouloir guérir,
que la Faculté n'y consente.

L'APOTHICAIRE

Ce n'est pas parce que nous sommes grands amis, que
j'en parle ; mais il y a plaisir, il y a plaisir d'être son malade ;
et j'aimerais mieux mourir de ses remèdes, que de guérir de
ceux d'un autre ; car quoi qui puisse arriver, on est assuré

---

72 En tête des petits livres de l'alphabet ou des catéchismes élémentaires
    on trouvait en ornement une *croix*, dite de *par Dieu* parce qu'elle était
    faite au nom de Dieu. Selon Furetière, on utilisait aussi *croix de par Dieu*
    pour désigner l'alphabet ou le livre qui le contenait.
73 *Crever*, c'est mourir, avec un terme familier mais non trivial.

que les choses sont toujours dans l'ordre ; et quand on meurt
sous sa conduite, vos héritiers n'ont rien à vous reprocher.

ÉRASTE   [36]

C'est une grande consolation pour un défunt.

L'APOTHICAIRE

Assurément ; on est bien aise au moins d'être mort
méthodiquement[74]. Au reste, il n'est pas de ces médecins
qui marchandent[75] les maladies ; c'est un homme expéditif,
expéditif, qui aime à dépêcher[76] ses malades ; et quand
on a à mourir, cela se fait avec lui le plus vite du monde.

ÉRASTE

En effet, il n'est rien tel que de sortir promptement
d'affaire.

L'APOTHICAIRE

Cela est vrai ; à quoi bon tant barguigner[77] et tant
tourner autour du pot ? Il faut savoir vitement le court ou
le long[78] d'une maladie.

ÉRASTE   [37]

Vous avez raison.

---

74 L'apothicaire veut sans doute donner à entendre que son médecin fait
    partie des *médecins méthodiques*, *i. e.* qui suivent la doctrine de Galien,
    et non des partisans de la médecine empirique ou chimique.

75 *Marchander* : traîner en longueur, ménager.

76 Comme pour *expédier*, il y a jeu sur le mot : *dépêcher* ses malades ce peut
    être mener promptement leur guérison, mais c'est aussi se débarrasser
    d'eux, les tuer.

77 *Barguigner* signifie à l'origine « marchander, débattre le prix » ; d'où le
    sens d'*hésiter*.

78 *Savoir le court et le long d'une affaire*, figurément et proverbialement, c'est
    « savoir ce qui en est ou ce qui en sera » (*Dictionnaire de l'Académie*, 1694),
    « en avoir découvert toutes les particularités » (Furetière).

L'APOTHICAIRE

Voilà déjà trois de mes enfants dont il m'a fait l'honneur de conduire la maladie, qui sont morts en moins de quatre jours, et qui, entre les mains d'un autre, auraient langui plus de trois mois.

ÉRASTE

Il est bon d'avoir des amis comme cela.

L'APOTHICAIRE

Sans doute[79]. Il ne me reste plus que deux enfants, dont il prend soin comme des siens ; il les traite et gouverne[80] à sa fantaisie, sans que je me mêle de rien[81] ; et le plus souvent, quand je reviens de la ville, je suis tout étonné que je les trouve saignés ou purgés par son ordre.

ÉRASTE

Voilà des soins fort obligeants.

L'APOTHICAIRE   [38]

Le voici, le voici, le voici qui vient.

Scène 6
PREMIER MÉDECIN, UN PAYSAN, UNE PAYSANNE, ÉRASTE, L'APOTHICAIRE

LE PAYSAN

Monsieur, il n'en peut plus, et il dit qu'il sent dans la tête les plus grandes douleurs du monde.

---

79 Assurément.
80 *Gouverner* : soigner, traiter.
81 Sans que je me mêle de quelque chose, de quoi que ce soit (indéfini positif).

PREMIER MÉDECIN

Le malade est un sot, d'autant plus que, dans la maladie dont il est attaqué, ce n'est pas la tête, selon Galien[82], mais la rate, qui lui doit faire mal.

LE PAYSAN   [39]

Quoi que c'en soit, Monsieur, il a toujours avec cela son cours de ventre[83] depuis six mois.

PREMIER MÉDECIN

Bon, c'est signe que le dedans se dégage. Je l'irai visiter dans deux ou trois jours ; mais s'il mourait avant ce temps-là, ne manquez pas de m'en donner avis, car il n'est pas de la civilité qu'un médecin visite un mort.

LA PAYSANNE[84]

Mon, père, Monsieur, est toujours malade de plus en plus.

PREMIER MÉDECIN

Ce n'est pas ma faute ; je lui donne des remèdes, que ne guérit-il ? Combien a-t-il été saigné de fois ?

LA PAYSANNE

Quinze[85], Monsieur, depuis vingt jours.

PREMIER MÉDECIN   [40]

Quinze fois saigné ?

---

82 Ce médecin grec du IIe siècle est l'une des deux grandes autorités de la médecine du XVIIe siècle. La physiologie de Claude Galien – comme celle de l'autre grande autorité : le médecin grec Hippocrate, qui exerçait plusieurs siècles auparavant (V[e]-IVe siècle *ante Christum*) – reposait sur la théorie des humeurs.

83 Sa colique.

84 Au Médecin.

85 Ces médecins usent et abusent de la saignée comme remède principal !

LA PAYSANNE

Oui.

PREMIER MÉDECIN

Et il ne guérit point ?

LA PAYSANNE

Non, Monsieur.

PREMIER MÉDECIN

C'est signe que la maladie n'est pas dans le sang. Nous le ferons purger autant de fois, pour voir si elle n'est pas dans les humeurs[86] ; et si rien ne nous réussit, nous l'enverrons aux bains.

L'APOTHICAIRE

Voilà le fin cela, voilà le fin de la médecine.

ÉRASTE

C'est moi, Monsieur, qui vous ai envoyé parler ces jours passés pour un parent un peu troublé d'esprit, que je veux vous donner [41] chez vous, afin de le guérir avec plus de commodité, et qu'il soit vu de moins de monde.

PREMIER MÉDECIN

Oui, Monsieur, j'ai déjà disposé tout, et promets d'en avoir tous les soins imaginables.

ÉRASTE

Le voici.

---

86 Les *humeurs* sont les substances liquides qui constituent le corps. La médecine traditionnelle fondait son analyse de la santé et de la maladie sur l'équilibre ou le déséquilibre des quatre humeurs fondamentales.

PREMIER MÉDECIN

La conjoncture est tout à fait heureuse, et j'ai ici un ancien de mes amis avec lequel je serai bien aise de consulter[87] sa maladie.

Scène 7   [D] [42]

MONSIEUR DE POURCEAUGNAC, ÉRASTE, PREMIER MÉDECIN, L'APOTHICAIRE

ÉRASTE[88]

Une petite affaire m'est survenue, qui m'oblige à vous quitter ; mais voilà[89] une personne entre les mains de qui je vous laisse, qui aura soin pour moi de vous traiter[90] du mieux qu'il lui sera possible.

PREMIER MÉDECIN[91]

Le devoir de ma profession m'y oblige, et c'est assez que vous me chargiez de ce soin.

MONSIEUR DE POURCEAUGNAC[92]

C'est son maître d'hôtel, et il faut que ce soit un homme de qualité.

---

87   *Consulter* : examiner, mettre en délibération.
88   À Monsieur de Pourceaugnac.
89   Éraste montre le médecin.
90   Furetière explique bien que *traiter*, c'est à la fois donner à manger et fournir médicaments ou pansements. Monsieur de Pourceaugnac peut donc croire qu'il est accueilli dans la maison d'Éraste par un maître d'hôtel, et entrer, sans s'en rendre compte, chez un médecin, qui est, quant à lui, persuadé de prendre en charge un malade. D'où la possibilité du quiproquo.
91   À Éraste.
92   À part.

PREMIER MÉDECIN[93]   [43]

Oui, je vous assure que je traiterai Monsieur méthodiquement, et dans toutes les régularités de notre art.

MONSIEUR DE POURCEAUGNAC

Mon Dieu ! il ne me faut point tant de cérémonies, et
je ne viens pas ici pour incommoder.

PREMIER MÉDECIN

Un tel emploi[94] ne me donne que de la joie.

ÉRASTE

Voilà toujours six pistoles d'avance, en attendant ce
que j'ai promis.

MONSIEUR DE POURCEAUGNAC

Non, s'il vous plaît, je n'entends pas que vous fassiez
de dépense, et que vous envoyiez rien[95] acheter pour moi.

ÉRASTE

Mon Dieu, laissez faire ; ce n'est [D ij] [44] pas pour ce
que vous pensez.

MONSIEUR DE POURCEAUGNAC

Je vous demande de ne me traiter qu'en ami.

ÉRASTE

C'est ce que je veux faire. (*Bas au médecin.*) Je vous
recommande surtout de ne le point laisser sortir de vos
mains, car parfois il veut s'échapper.

---

93   À Éraste.
94   *Emploi* : charge ; mission.
95   Quelque chose.

PREMIER MÉDECIN
Ne vous mettez pas en peine.

ÉRASTE, *à Monsieur de Pourceaugnac.*
Je vous prie de m'excuser de l'incivilité que je commets.

MONSIEUR DE POURCEAUGNAC
Vous vous moquez, et c'est trop de grâce que vous me faites.

Scène 8   [45]
PREMIER MÉDECIN, SECOND MÉDECIN,
MONSIEUR DE POURCEAUGNAC, L'APOTHICAIRE

PREMIER MÉDECIN
Ce m'est beaucoup d'honneur, Monsieur, d'être choisi pour vous rendre service.

MONSIEUR DE POURCEAUGNAC
Je suis votre serviteur.

PREMIER MÉDECIN
Voici un habile homme, mon confrère, avec lequel je vais consulter la manière dont nous vous traiterons.

MONSIEUR DE POURCEAUGNAC
Il ne faut point tant de façons, vous dis-je, et je suis homme à [46] me contenter de l'ordinaire.

PREMIER MÉDECIN
Allons, des sièges.

MONSIEUR DE POURCEAUGNAC[96]

Voilà, pour un jeune homme, des domestiques bien
lugubres !

PREMIER MÉDECIN

Allons, Monsieur ; prenez place, Monsieur.
(Lorsqu'ils sont assis, les deux médecins
lui prennent chacun une main, pour lui tâter le pouls.)

MONSIEUR DE POURCEAUGNAC,
présentant ses mains.

Votre très humble valet[97]. *(Voyant qu'ils lui tâtent le*
pouls.) Que veut dire cela ?

PREMIER MÉDECIN

Mangez-vous bien, Monsieur ?

MONSIEUR DE POURCEAUGNAC

Oui, et bois encore mieux.

PREMIER MÉDECIN

Tant pis ; cette grande appétition du froid et de l'humide[98]
est [47] une indication de la chaleur et sécheresse qui est
au-dedans. Dormez-vous fort ?

MONSIEUR DE POURCEAUGNAC

Oui, quand j'ai bien soupé.

PREMIER MÉDECIN

Faites-vous des songes ?

---

96   Des laquais viennent d'entrer et donnent des sièges ; en *a parte*,
     Pourceaugnac trouve ces laquais bien sinistres.
97   Formule d'acquiescement.
98   Cette recherche d'une alimentation froide et humide.

MONSIEUR DE POURCEAUGNAC

Quelquefois.

PREMIER MÉDECIN

De quelle nature sont-ils ?

MONSIEUR DE POURCEAUGNAC

De la nature des songes. Quelle diable de conversation est-ce là ?

PREMIER MÉDECIN

Vos déjections[99], comment sont-elles ?

MONSIEUR DE POURCEAUGNAC

Ma foi ! je ne comprends rien à toutes ces questions, et je veux plutôt boire un coup.

PREMIER MÉDECIN

Un peu de patience, nous allons [48] raisonner sur votre affaire devant vous, et nous le ferons en français, pour être plus intelligibles.

MONSIEUR DE POURCEAUGNAC

Quel grand raisonnement faut-il pour manger un morceau ?

PREMIER MÉDECIN

Comme ainsi soit qu'on[100] ne puisse guérir une maladie qu'on ne la connaisse parfaitement, et qu'on ne la puisse parfaitement connaître, sans en bien établir l'idée particulière et la véritable espèce, par ses signes diagnostiques

---

99   Examen normal des selles. On discutait bien devant le roi de ses purges
     et de ses diarrhées !
100 Comme nous posons en principe qu'on. Style d'argumentation d'école.

et prognostiques[101], vous me permettrez, Monsieur notre ancien[102], d'entrer en considération de la maladie dont il s'agit, avant que de toucher à la thérapeutique et aux remèdes qu'il nous conviendra faire pour la parfaite curation[103] d'icelle. Je dis donc, Monsieur, avec votre permission, que notre malade ici [49] présent est malheureusement attaqué, affecté, possédé, travaillé de cette sorte de folie que nous nommons fort bien mélancolie hypocondriaque[104], espèce de folie très fâcheuse, et qui ne demande pas moins qu'un Esculape comme vous[105], consommé dans notre art[106], vous, dis-je, qui avez blanchi, comme on dit, sous le harnois, et auquel il en a tant passé par les mains de toutes

---

101 Les *signes diagnostiques* permettent d'établir la nature de la maladie ; les *signes prognostiques* sont ceux qui permettent d'envisager la suite et l'issue de la maladie.

102 Selon la règle, le premier médecin, plus jeune, opine le premier.

103 *Curation* : guérison.

104 Il faut se servir de Furetière, qui propose des définitions claires. *L'hypocondre* est constitué par la partie supérieure du bas-ventre ; l'hypocondre droit contient presque tout le foie et l'hypocondre gauche la rate et la plus grande partie de l'estomac. Un *hypocondriaque* est « travaillé des vapeurs et fumées qui s'élèvent des hypocondres, qui troublent le cerveau, d'où vient qu'on appelle un visionnaire, un fou mélancolique, un *hypocondriaque*, un fou par intervalles ». Citons enfin ces longues précisions du lexicographe sur la *mélancolie hypocondriaque* : elle « cause une rêverie sans fièvre, accompagnée d'une frayeur et tristesse sans cause apparente, qui provient d'une humeur ou vapeur mélancolique, laquelle occupe le cerveau et altère la température. Cette maladie fait dire ou faire des choses déraisonnables, jusqu'à faire faire des hurlements à ceux qui en sont atteints, et cette espèce s'appelle lycanthropie. La mélancolie vient quelquefois par le propre vice du cerveau, quelquefois par la sympathie de tout le corps, et cette dernière s'appelle *hypocondriaque*, autrement *venteuse*. Elle vient des fumées de la rate. La passion mélancolique est au commencement aisée à guérir ; mais quand elle est envieillie et comme naturalisée, elle est du tout incurable… » On voit en tout cas que Molière est au fait de cette pathologie !

105 En référence au dieu de la médecine, *un Esculape* désigne laudativement un médecin.

106 1682 nous indique qu'à la représentation, depuis ces mots jusqu'à : « il est manifestement, atteint et convaincu », tout le passage état supprimé.

les façons[107]. Je l'appelle mélancolie hypocondriaque, pour
la distinguer des deux autres ; car le célèbre Galien établit
doctement à son ordinaire trois espèces de cette maladie,
que nous nommons mélancolie, ainsi appelée non seulement
par les Latins, mais encore par les Grecs, ce qui est bien
à remarquer pour notre affaire : la première, qui vient du
propre vice du cerveau ; la seconde, qui [E] [50] vient de
tout le sang, fait et rendu atrabilaire[108] ; la troisième, appelé
hypocondriaque, qui est la nôtre, laquelle procède du vice de
quelque partie du bas-ventre et de la région inférieure, mais
particulièrement de la rate, dont la chaleur et l'inflammation
porte au cerveau de notre malade beaucoup de fuligines[109]
épaisses et crasses, dont la vapeur noire et maligne cause
dépravation aux fonctions de la faculté princesse[110], et fait la
maladie dont, par notre raisonnement, il est manifestement
atteint et convaincu. Qu'ainsi ne soit[111], pour diagnostic
incontestable de ce que je dis, vous n'avez qu'à considérer ce
grand sérieux que vous voyez ; cette tristesse accompagnée
de crainte et de défiance, signes pathognomoniques[112] et
individuels de cette maladie, si bien [51] marquée chez le
divin vieillard Hippocrate[113] ; cette physionomie, ces yeux
rouges et hagards, cette grande barbe[114], cette habitude[115]
du corps, menue, grêle, noire et velue, lesquels signes le

---

107 On sait en effet ce qui peut arriver au malade qui passe par les mains
des médecins !
108 Le sang était envahi par *l'atrabile*, la bile noire – humeur épaisse et noire.
109 *Fuligines*, ou fuliginosités : vapeurs épaisses comparables à de la suie et
qui, s'accumulant, altèrent les humeurs.
110 La *faculté princesse, facultas princeps*, comprend l'imagination, la mémoire,
le raisonnement ; elle nous met en rapport avec le monde de l'intelligence.
111 *Qu'ainsi ne soit* : la preuve, c'est que.
112 Signes distinctifs d'une maladie.
113 Voir *supra*, la note 82.
114 Barbe ou grosse moustache.
115 *Habitude* : état général, constitution, tempérament.

dénotent très affecté de cette maladie, procédante du vice des hypocondres ; laquelle maladie, par laps de temps naturalisée[116], envieillie, habituée, et ayant pris droit de bourgeoisie chez lui, pourrait bien dégénérer ou en manie, ou en phtisie, ou en apoplexie, ou même en fine frénésie[117] et fureur. Tout ceci supposé, puisqu'une maladie bien connue est à demi guérie, car *mignotai nulla est curatio morbi*[118], il ne vous sera pas difficile de convenir des remèdes que nous devons faire à Monsieur. Premièrement, pour remédier à cette pléthore obturante, et à cette cacochymie luxu[E ij] [52]riante par tout le corps[119], je suis d'avis qu'il soit phlébotomisé[120] libéralement, c'est-à-dire que les saignées soient fréquentes et plantureuses : en premier lieu la basilique, puis de la céphalique[121] ; et, même si le mal est opiniâtre, de lui ouvrir la veine du front, et que l'ouverture soit large, afin que le gros sang puisse sortir ; et en même temps de le purger, désopiler[122], et évacuer par purgatifs propres et convenables ; c'est-à-dire par cholagogues, mélanogogues[123], *et coetera* ; et comme la véritable source de tout le mal est ou une humeur crasse et féculente[124], ou une vapeur noire

---

116 Avec le temps la maladie s'est installée dans la nature du corps.

117 La *manie* est « causée par une rêverie avec rage et fureur sans fièvre » (Furetière). *L'apoplexie* : « soudaine privation du sentiment et du mouvement » (*idem*). La *frénésie* cause une perpétuelle rêverie, avec fièvre ; valeur superlative de l'adjectif *fine* : parfaite, pure (frénésie).

118 « Pour un mal inconnu il n'est pas de traitement. »

119 Dans la théorie des humeurs, toute maladie provient d'une surabondance d'humeurs ; le simple excès des humeurs est la *pléthore*, et si les humeurs sont viciées, c'est la *cacochymie*.

120 Saigné.

121 La *basilique* et la *céphalique* sont deux veines du bras où l'on pratiquera les saignées.

122 *Désopiler* : faire cesser l'engorgement.

123 Les *cholagogues* purgent la bile ; les *mélanologues* la bile noire ou atrabile.

124 Humeur épaisse et comme chargée de lie.

et grossière qui obscurcit, infecte et salit les esprits animaux[125], il est à propos ensuite qu'il prenne un bain d'eau
pure et nette, avec force petit-lait clair, pour purifier par
l'eau la féculence [53] de l'humeur crasse, et éclaircir par
le lait clair la noirceur de cette vapeur ; mais avant toute
chose, je trouve qu'il est bon de le réjouir par agréables
conversations, chants et instruments de musique, à quoi
il n'y a pas d'inconvénient de joindre des danseurs, afin
que leurs mouvements, disposition[126] et agilité puissent
exciter et réveiller la paresse de ses esprits engourdis, qui
occasionne l'épaisseur de son sang, d'où procède la maladie.
Voilà les remèdes que j'imagine, auxquels pourront être
ajoutés beaucoup d'autres meilleurs par Monsieur notre
maître et ancien, suivant l'expérience, jugement, lumière
et suffisance[127] qu'il s'est acquise dans notre art. *Dixi*[128].

SECOND MÉDECIN

À Dieu ne plaise, Monsieur, qu'il me tombe en pensée
d'ajou[E iij][54]ter rien[129] à ce que vous venez de dire : vous
avez si bien discouru sur tous les signes, les symptômes et
les causes de la maladie de Monsieur ; le raisonnement que
vous en avez fait est si docte et si beau, qu'il est impossible
qu'il ne soit pas fou, et mélancolique hypocondriaque ; et
quand il ne le serait pas, il faudrait qu'il le devînt, pour
la beauté des choses que vous avez dites, et la justesse du
raisonnement que vous avez fait. Oui, Monsieur, vous avez

---

125 Les esprits et esprits animaux, lancés par les nerfs dans tous les organes,
    sont « les atomes légers volatifs [subtiles, volatiles], qui sont les parties
    les plus subtiles des corps, qui leur donnent le mouvement et qui sont
    moyens [intermédiaires] entre le corps et les facultés de l'âme » (Furetière).
126 *Disposition* : agilité, adresse.
127 *Suffisance* : capacité.
128 J'ai dit.
129 Quoi que ce soit.

dépeint fort graphiquement[130], *graphite dispinxisti*, tout ce qui appartient à cette maladie ; il ne se peut rien de plus doctement, sagement, ingénieusement conçu, pensé, imaginé, que ce que vous avez prononcé au sujet de ce mal, soit pour la diagnose, ou la prognose[131], ou la thérapie ; et il ne me reste rien ici, que de félici[55]ter Monsieur d'être tombé entre vos mains, et de lui dire qu'il est trop heureux d'être fou, pour éprouver l'efficace[132] et la douceur des remèdes que vous avez si judicieusement proposés. Je les approuve tous, *manibus et pedibus descendo in tuam sententiam*[133]. Tout ce que j'y voudrais, c'est de faire les saignées et les purgations en nombre impair, *numero Deus impari gaudet*[134] ; de prendre le lait clair avant le bain ; de lui composer un fronteau[135] où il entre du sel : le sel est symbole de la sagesse ; de faire blanchir les murailles de sa chambre, pour dissiper les ténèbres de ses esprits : *album est disgregativum visus*[136] ; et de lui donner tout à l'heure[137] un petit lavement, pour servir de prélude et d'introduction à ces judicieux remèdes, dont,

---

130 *Graphiquement* : de manière aussi claire, sensible que par un dessin. Les deux mots latins traduisent « vous avez dépeint graphiquement ».

131 Le *diagnostic* et le *pronostic*, qui précèdent le traitement. Voir *supra*, la note 101 (signes diagnostiques et signes prognostiques).

132 *Efficace* : efficacité.

133 « Je descends des mains et des pieds à ton avis », je suis d'accord avec toi. Les sénateurs romains votaient des pieds (*pedibus*) en se déplaçant vers celui qu'ils approuvaient – mais pas des mains (*manibus*), comme l'ajoute sottement à la locution antique le médecin mal barbouillé de latin !

134 « Le nombre impair plaît au dieu » : c'est ce que dit Virgile, au v. 75 de sa huitième *Bucolique* ; mais en latin c'est *impare* – ablatif d'un imparisyllabique qui se termine par un *e* bref, nécessaire au vers –et non pas *impari*. Faute de prosodie ou solécisme du cuistre, ou les deux !

135 *Fronteau* : bandeau frontal ; remède appliqué sur le front avec un bandage.

136 Traduction : Le blanc amène la disgrégation de la vue » – c'est-à-dire « la blesse et l'égare, à cause de plusieurs rayons qui la frappent de tous côtés » (Furetière).

137 Tout de suite.

s'il a à guérir, il doit recevoir du soula[E iiij][56]gement.
Fasse le Ciel que ces remèdes, Monsieur, qui sont les vôtres,
réussissent au malade, selon notre intention !

MONSIEUR DE POURCEAUGNAC
Messieurs, il y a une heure que je vous écoute. Est-ce
que nous jouons ici une comédie ?

PREMIER MÉDECIN
Non, Monsieur, nous ne jouons point.

MONSIEUR DE POURCEAUGNAC
Qu'est-ce que tout ceci ? et que voulez-vous dire avec
votre galimatias et vos sottises ?

PREMIER MÉDECIN
Bon, dire des injures. Voilà un diagnostic qui nous
manquait pour la confirmation de son mal, et ceci pourrait
bien tourner en manie[138].

MONSIEUR DE POURCEAUGNAC[139]
Avec qui m'a-t-on mis ici ?
                 (*Il crache deux ou trois fois.*)

PREMIER MEDECIN   [57]
Autre diagnostic : la sputation[140] fréquente.

MONSIEUR DE POURCEAUGNAC
Laissons cela, et sortons d'ici.

---

138 Voir *supra*, la note 117.
139 À part.
140 *Sputation* : action de cracher.

PREMIER MÉDECIN

Autre encore : l'inquiétude[141] de changer de place.

MONSIEUR DE POURCEAUGNAC

Qu'est-ce donc que toute cette affaire ? et que me voulez-vous ?

PREMIER MÉDECIN

Vous guérir, selon l'ordre qui nous a été donné.

MONSIEUR DE POURCEAUGNAC

Me guérir ?

PREMIER MÉDECIN

Oui.

MONSIEUR DE POURCEAUGNAC

Parbleu ! je ne suis pas malade.

PREMIER MÉDECIN

Mauvais signe, lorsqu'un malade ne sent pas son mal.

MONSIEUR DE POURCEAUGNAC   [58]

Je vous dis que je me porte bien.

PREMIER MÉDECIN

Nous savons mieux que vous comment vous vous portez, et nous sommes médecins, qui voyons clair dans votre constitution.

---

141 *Inquiétude* signifie aussi « agitation, besoin d'agitation » ; M. de Pourceaugnac ne peut rester en place.

MONSIEUR DE POURCEAUGNAC

Si vous êtes médecins, je n'ai que faire de vous ; et je me moque de la médecine.

PREMIER MÉDECIN

Hon, hon, voici un homme plus fou que nous ne pensons.

MONSIEUR DE POURCEAUGNAC

Mon père et ma mère n'ont jamais voulu de remèdes, et ils sont morts tous deux sans l'assistance des médecins.

PREMIER MÉDECIN

Je ne m'étonne pas s'ils ont engendré un fils qui est insensé. Allons[142], procédons à la curation, et [59] par la douceur exhilarante[143] de l'harmonie, adoucissons, lénifions, et accoisons[144] l'aigreur de ses esprits, que je vois prêts à s'enflammer.

Scène 9

MONSIEUR DE POURCEAUGNAC

Que diable est-ce là ? Les gens de ce pays-ci sont-ils insensés ? Je n'ai jamais rien vu de tel, et je n'y comprends rien du tout.

---

142 S'adressant au Second Médecin.
143 *Exhilarant* : qui amène l'hilarité.
144 *Accoiser* : rendre coi, calmer, apaiser (mot vieilli, dit Furetière).

Scène 10   [60]

DEUX MUSICIENS *italiens, en médecins grotesques*[145],
suivis de HUIT MATASSINS[146], *chantent ces paroles,*
soutenues de la symphonie d'un mélange d'instruments.

LES DEUX MUSICIENS
Buon dì, bon dì, buon dì,
Non vi lacerate uccidere
Dal dolor malinconico.
Noi vi faremo ridere
Col nostro canto armonico;
Sol' per guarirvi
Siamo venuti qui.
Buon dì, buon dì, buon dì.

PREMIER MUSICIEN
Altro non è la pazzia
Che malinconia.
Il malato
Non è disperato,   [61]
Se vuol pigliar un poco d'allegria.
Altro non è la pazzia
Che malinconia.

---

145 « En costumes grotesques d'opérateurs, de charlatans italiens », suggère
l'édition des GEF (t. VII, p. 280, n. 1). Mais que sait-on précisément ?
– 1724 propose cette didascalie : Pourceaugnac et les deux médecins
« s'asseyent d'abord tous trois ; les médecins se lèvent à différentes reprises
pour saluer Monsieur de Pourceaugnac qui se lève autant de fois pour
les saluer ».

146 Les *matassins* sont des danseurs grotesques portant un corselet, un
morion (un casque léger) doré, des sonnettes aux jambes, une épée et un
bouclier. Le mot vient de l'espagnol et désigne aussi bien ces danseurs
que leurs danses folâtres et bouffonnes, comme dira le dictionnaire de
l'Académie.

SECOND MUSICIEN
Sù, cantate, ballate, ridete;
E se far meglio volete,
Quando sentite il deliro vicino,
Pigliate del vino,
E qualche volta un po' po' di tabac.
Allegramente Monsù Pourceaugnac[147].

Scène 11
L'APOTHICAIRE[148], MONSIEUR DE POURCEAUGNAC

L'APOTHICAIRE
Monsieur, voici un petit remède[149], un petit remède,
qu'il vous faut prendre, s'il vous plaît, s'il vous plaît.

MONSIEUR DE POURCEAUGNAC   [62]
Comment ? Je n'ai que faire de cela.

L'APOTHICAIRE
Il a été ordonné, Monsieur, il a été ordonné.

---

147 Traduction : « LES DEUX MUSICIENS : Bonjour, bonjour, bonjour ! /
Ne vous laissez pas mourir / du mal mélancolique. / Nous vous ferons
rire / avec notre chant harmonieux. / Ce n'est que pour vous guérir /
que nous sommes venus ici. / Bonjour, bonjour, bonjour ! PREMIER
MUSICIEN : La folie n'est pas autre chose / que mélancolie. / Le malade /
n'est pas désespéré / s'il veut pendre un peu d'amusement. / La folie
n'est pas autre chose / que mélancolie. SECOND MUSICIEN : Allons,
chantez, dansez, riez ! / et si vous voulez mieux faire, / quand vous
sentez le délire proche, / prenez du vin, / et parfois un peu, un peu de
tabac. / Gaiement ; Monsieur de Pourceaugnac ! » – Pendant ce temps,
les matassins dansent autour de Monsieur de Pourceaugnac.
148 Tenant une seringue.
149 Selon Furetière, *un petit remède* est particulièrement un lavement.

MONSIEUR DE POURCEAUGNAC

Ah ! que de bruit !

L'APOTHICAIRE

Prenez-le, Monsieur, prenez-le : il ne vous fera point de mal, il ne vous fera point de mal.

MONSIEUR DE POURCEAUGNAC

Ah !

L'APOTHICAIRE

C'est un petit clystère, un petit clystère, bénin, bénin ; il est bénin, bénin : là, prenez, prenez, prenez, Monsieur ; c'est pour déterger[150], pour déterger, déterger...

LES DEUX MUSICIENS, *accompagnés des Matassins et des instruments[151], dansent à* [63] *l'entour de Monsieur de Pourceaugnac, et s'arrêtant devant lui, chantent :*

Piglialo sù
Signor Monsù,
Piglialo, piglialo, piglialo sù,
Che non ti farà male,
Piglialo sù questo serviziale,
Piglialo sù
Signor Monsù,
Piglialo, piglialo, piglialo sù[152].

---

150 Terme médical : nettoyer.
151 Des seringues pour le lavement ordonné !
152 Traduction : « Prends-le vite, / Seigneur Monsieur, / prends-le, prends-le, prends-le vite, / il ne te fera pas de mal, / prends-le vite, ce remède, / prends-le, prends-le, prends-le vite. »

MONSIEUR DE POURCEAUGNAC, *fuyant*[153].
Allez-vous-en au diable.
(L'Apothicaire, les deux Musiciens et les Matassins
le suivent, tous une seringue à la main.)

Fin du premier Acte

ACTE II   [64]

Scène PREMIÈRE
SBRIGANI, PREMIER MÉDECIN

PREMIER MÉDECIN
Il a forcé tous les obstacles que j'avais mis, et s'est dérobé
aux remèdes que je commençais de lui faire.

SBRIGANI
C'est être bien ennemi de soi-même, que de fuir des
remèdes aussi salutaires que les vôtres.

PREMIER MÉDECIN
Marque d'un cerveau démonté[154] [65] et d'une raison
dépravée, que de ne vouloir pas guérir.

SBRIGANI
Vous l'auriez guéri haut la main.

---

153 1734 consigne un intéressant jeu de scène qui s'entremêle avec le chant :
     Monsieur de Pourceaugnac met son chapeau sur ses fesses pour se garan-
     tir des seringues ; poursuivi il passe par derrière le théâtre et revient
     se mettre sur sa chaise, auprès de laquelle il trouve l'apothicaire qui
     l'attendait. Ses poursuivants étant de retour, il s'enfuit avec la chaise,
     conte laquelle l'apothicaire appuie sa seringue.
154 *Démonté* : dérangé, troublé.

PREMIER MÉDECIN

Sans doute, quand il y aurait eu complication de douze maladies.

SBRIGANI

Cependant voilà cinquante pistoles bien acquises qu'il vous fait perdre.

PREMIER MÉDECIN

Moi, je n'entends point les perdre, et prétends le guérir en dépit qu'il en ait. Il est lié et engagé à mes remèdes, et je veux le faire saisir où je le trouverai, comme déserteur de la médecine, et infracteur de mes ordonnances.

SBRIGANI

Vous avez raison, vos remèdes étaient un coup sûr, et c'est de l'argent qu'il vous vole.

PREMIER MÉDECIN   [F] [66]

Où puis-je en avoir des nouvelles ?

SBRIGANI

Chez le bonhomme[155] Oronte, assurément, dont il vient épouser la fille, et qui ne sachant rien de l'infirmité[156] de son gendre futur, voudra peut-être se hâter de conclure le mariage.

PREMIER MÉDECIN

Je vais lui parler tout à l'heure[157].

---

155 Le *bonhomme* est un homme âgé, et aussi un homme honnête et simple.
156 *Infirmité* : faiblesse physique.
157 Dès maintenant.

SBRIGANI

Vous ne ferez point mal.

PREMIER MÉDECIN

Il est hypothéqué à mes consultations[158] ; et un malade
ne se moquera pas d'un médecin

SBRIGANI

C'est fort bien dit à vous ; et si vous m'en croyez, vous
ne souffrirez point[159] qu'il se marie, que vous ne l'ayez
pansé[160] tout votre soûl.

PREMIER MÉDECIN   [67]

Laissez-moi faire.

SBRIGANI[161]

Je vais de mon côté dresser une autre batterie, et le
beau-père est aussi dupe que le gendre.

Scène 2

ORONTE, PREMIER MÉDECIN

PREMIER MÉDECIN

Vous avez, Monsieur, un certain Monsieur de Pourceaugnac,
qui doit épouser votre fille.

ORONTE

Oui, je l'attends de Limoges, et il devrait être arrivé.

---

158 J'ai une hypothèque sur lui, j'ai un droit sur lui par les consultations
    qu'il devra faire auprès de moi et me payer.
159 Vous n'admettrez point.
160 *Panser* : traiter par des remèdes, soigner.
161 À part, en s'en allant.

PREMIER MÉDECIN

Aussi l'est-il, et il s'en est fui de chez moi, après y avoir été mis ; [F ij] [68] mais je vous défends, de la part de la médecine, de procéder au mariage que vous avez conclu, que[162] je ne l'aie dûment préparé pour cela, et mis en état de procréer des enfants bien conditionnés et de corps et d'esprit.

ORONTE

Comment donc ?

PREMIER MÉDECIN

Votre prétendu gendre[163] a été constitué mon malade ; sa maladie, qu'on m'a donné à guérir, est un meuble[164] qui m'appartient, et que je compte entre mes effets[165] ; et je vous déclare que je ne prétends[166] point qu'il se marie, qu'au préalable[167] il n'ait satisfait à la médecine, et subi les remèdes que je lui ai ordonnés.

ORONTE

Il a quelque mal ?

PREMIER MÉDECIN   [69]

Oui.

ORONTE

Et quel mal, s'il vous plaît ?

---

162 *Que* de restriction : à moins que, avant que.
163 *Prétendu* : futur.
164 *Meuble* : bien meuble (les biens meubles s'opposent aux biens immeubles).
165 *Effets*, dit Furetière, « se dit des biens des personnes et particulièrement des négociants et de leurs meubles et actions ».
166 Voir *supra*, la note 61.
167 Avant qu'au préalable, sans qu'au préalable – même *que* de restriction.

PREMIER MÉDECIN

Ne vous en mettez pas en peine.

ORONTE

Est-ce quelque mal[168]…

PREMIER MÉDECIN

Les médecins sont obligés au secret. Il suffit que je vous ordonne, à vous et à votre fille, de ne point célébrer, sans mon consentement, vos noces avec lui, sur peine d'encourir la disgrâce de la Faculté, et d'être accablés de toutes les maladies qu'il nous plaira.

ORONTE

Je n'ai garde, si cela est, de faire le mariage.

PREMIER MÉDECIN

On me l'a mis entre les mains, [70] et il est obligé d'être mon malade.

ORONTE

À la bonne heure.

PREMIER MÉDECIN

Il a beau fuir, je le ferai condamner par arrêt à se faire guérir par moi.

ORONTE

J'y consens.

---

168 Oronte doit penser à quelque maladie vénérienne.

PREMIER MÉDECIN

Oui, il faut qu'il crève[169], ou que je le guérisse.

ORONTE

Je le veux bien.

PREMIER MÉDECIN

Et si je ne le trouve, je m'en prendrai à vous, et je vous guérirai au lieu de lui.

ORONTE

Je me porte bien.

PREMIER MÉDECIN

Il n'importe, il me faut un malade, et je prendrai qui je pourrai.

ORONTE   [71]

Prenez qui vous voudrez, mais ce ne sera pas moi. Voyez un peu la belle raison[170].

Scène 3

SBRIGANI, *en marchand flamand*, ORONTE

SBRIGANI

Montsir, avec le vostre permissione, je suisse un tran-cher[171] marchant flamane, qui voudrait bienne vous teman-dair[172] un petit nouvel.

---

169 *Crever* : voir *supra*, la note 73.
170 Voyez la belle raison qu'il me donne pour faire de moi son malade. Cette phrase est prononcée par Oronte désormais seul, le médecin étant parti.
171 Je suis un étranger.
172 Demander.

ORONTE

Quoi, Monsieur ?

SBRIGANI

Mettez le vostre chapeau sur le teste, Montsir, si vae
plaist.

ORONTE   [72]

Dites-moi, Monsieur, ce que vous voulez.

SBRIGANI

Moi le dire rien, Montsir, si vous le mettre pas le chapeau sur le teste.

ORONTE

Soit. Qu'y a-t-il, Monsieur ?

SBRIGANI

Fous consiste point en sti file un certe[173] Montsir Oronte ?

ORONTE

Oui, je le connais.

SBRIGANI

Et quel homme est-ile, Montsir, si ve plaist ?

ORONTE

C'est un homme comme les autres.

SBRIGANI

Je vous temande, Montsir, s'il est un homme riche qui
a du bienne ?

---

173 En cette ville un certain.

ORONTE   [73]

Oui.

SBRIGANI

Mais riche beaucoup grandement, Montsir ?

ORONTE

Oui.

SBRIGANI

J'en suis aise beaucoup, Montsir.

ORONTE

Mais pourquoi cela ?

SBRIGANI

L'est, Montsir, pour un petit raisonne de conséquence pour nous.

ORONTE

Mais encore, pourquoi ?

SBRIGANI

L'est, Montsir, que sti Montsir Oronte donne son fille en mariage à un certe Montsir de Pourcegnac.

ORONTE   [G] [74]

Eh bien ?

SBRIGANI

Et sti Montsir de Pourcegnac, Montsir, l'est un homme que doivre beaucoup grandement à dix ou douze marchanne flamane qui estre venu ici.

ORONTE

Ce Monsieur de Pourceaugnac doit beaucoup à dix ou douze marchands ?

SBRIGANI

Oui, Montsir ; et depuis huite mois nous avoir obtenir un petit sentence contre lui, et lui à remettre à payer tou ce creanciers de sti mariage[174] que sti Montsir Oronte donne pour son fille.

OPRONTE

Hon, hon, il a remis là à payer ses créanciers ?

SBRIGANI   [75]

Oui, Montsir, et avec un grant dévotion nous tous attendre sti mariage.

ORONTE

L'avis n'est pas mauvais. Je vous donne le bonjour.

SBRIGANI

Je remercie, Montsir, de la faveur grande.

ORONTE

Votre très humble valet[175].

SBRIGANI

Je le suis, Montsir, obliger plus que beaucoup du bon nouvel que Montsir m'avoir donné[176].

---

174 Il faut comprendre la dot de ce mariage.
175 Formule de salutation, ici pour prendre congé, comme, plus haut, « je vous donne le bonjour ».
176 Après cette phrase, 1682 donne la didascalie suivante : « *Il ôte sa barbe et dépouille l'habit de Flamand qu'il a par-dessus le sien* ».

Cela ne va pas mal. Quittons notre ajustement de Flamand pour songer à d'autres machines ; et tâchons de semer tant de soupçons et de division entre le beau-père et le gendre, que cela rompe le mariage prétendu[177]. Tous deux [G ij] [76] également sont propres à gober les hameçons qu'on leur veut tendre ; et entre nous autres fourbes de la première classe, nous ne faisons que nous jouer[178], lorsque nous trouvons un gibier aussi facile que celui-là.

Scène 4
MONSIEUR DE POURCEAUGNAC, SBRIGANI

MONSIEUR DE POURCEAUGNAC[179]
Piglia-lo sù, piglia-lo sù, Signor Monsu[180]. Que diable est-ce là ? Ah !

SBRIGANI
Qu'est-ce, Monsieur, qu'avez-vous ?

MONSIEUR DE POURCEAUGNAC
Tout ce que je vois me semble lavement.

SBRIGANI   [77]
Comment ?

MONSIEUR DE POURCEAUGNAC
Vous ne savez pas ce qui m'est arrivé dans ce logis à la porte duquel vous m'avez conduit ?

---

177 *Prétendu* : voir *supra*, la note 163.
178 Que nous amuser.
179 Il se croit d'abord seul, avant d'apercevoir Sbrigani.
180 Dans ce rapport erratique et fort plaisant, M. de Pourceaugnac fait remonter des propos d'Éraste et des bribes des scènes 10 et 11 chantées et dansées, qui l'ont abasourdi.

SBRIGANI

Non vraiment ; qu'est-ce que c'est ?

MONSIEUR DE POURCEAUGNAC

Je pensais y être régalé comme il faut.

SBRIGANI

Eh bien ?

MONSIEUR DE POURCEAUGNAC

Je vous laisse entre les mains de Monsieur. Des médecins habillés de noir. Dans une chaise. Tâter le pouls. Comme ainsi soit. Il est fou. Deux gros joufflus[181]. Grands chapeaux[182]. *Bon dì, bon dì.* Six Pantalons[183]. Ta, ra, ta, ta ; ta, ra, ta, a. *Alegramente, Monsu Pourceaugnac.* [G iij] Apothicaire. Lavement. Prenez, Monsieur, prenez, prenez. Il est bénin, bénin, bénin. C'est pour déterger, pour déterger, déterger. *Piglia-lo sù, Signor Monsu, piglia-lo, piglia-lo, piglia-lo-sù.* Jamais je n'ai été si saoul de sottises.

SBRIGANI

Qu'est-ce que tout cela veut dire ?

MONSIEUR DE POURCEAUGNAC

Cela veut dire que cet homme-là[184], avec ses grandes embrassades, est un fourbe qui m'a mis dans une maison pour se moquer de moi, et me faire une pièce[185].

---

181 Hypothèse des commentateurs : à cause de leurs masques, les deux médecins grotesques ont paru *joufflus* à M. de Pourceaugnac.
182 Ceux des médecins.
183 C'est ainsi que le provincial appelle les Matassins, assimilés vaguement à des bouffons italiens.
184 Éraste.
185 *Pièce* : voir *supra*, la note 21.

SBRIGANI

Cela est-il possible ?

MONSIEUR DE POURCEAUGNAC

Sans doute[186]. Ils étaient une douzaine de possédés après mes chausses ; et j'ai eu toutes les peines du monde à m'échapper de leurs pattes.

SBRIGANI   [79]

Voyez un peu, les mines sont bien trompeuses ! Je l'aurais cru le plus affectionné de vos amis. Voilà un de mes étonnements, comme il est possible[187] qu'il y ait des fourbes comme cela dans le monde.

MONSIEUR DE POURCEAUGNAC

Ne sens-je point le lavement ? Voyez, je vous prie.

SBRIGANI

Eh ! il y a quelque petite chose qui approche de cela.

MONSIEUR DE POURCEAUGNAC

J'ai l'odorat et l'imagination tout remplis[188] de cela, et il me semble toujours que je vois une douzaine de lavements qui me couchent en joue.

SBRIGANI

Voilà une méchanceté bien grande ! et les hommes sont bien traîtres et scélérats !

---

186 Absolument.
187 Construire : je m'étonne et me demande comment (*comme*) il est possible.
188 C'est la leçon de 1682 ; l'original *rempli* n'est pas possible.

MONSIEUR DE POURCEAUGNAC [G iiij] [80]

Enseignez-moi, de grâce, le logis de Monsieur Oronte ; je suis bien aise d'y aller tout à l'heure[189].

SBRIGANI

Ah, ah ! vous êtes donc de complexion amoureuse, et vous avez ouï parler que ce Monsieur Oronte a une fille… ?

MONSIEUR DE POURCEAUGNAC

Oui, je viens l'épouser.

SBRIGANI

L'é… l'épouser ?

MONSIEUR DE POURCEAUGNAC

Oui.

SBRIGANI

En mariage ?

MONSIEUR DE POURCEAUGNAC

De quelle façon donc ?

SBRIGANI

Ah ! c'est une autre chose, et je vous demande pardon.

MONSIEUR DE POURCEAUGNAC [81]

Qu'est-ce que cela veut dire ?

SBRIGANI

Rien.

---

189 Maintenant.

MONSIEUR DE POURCEAUGNAC
Mais encore ?

SBRIGANI
Rien, vous dis-je ; j'ai un peu parlé trop vite.

MONSIEUR DE POURCEAUGNAC
Je vous prie de me dire ce qu'il y a là-dessous.

SBRIGANI
Non, cela n'est pas nécessaire.

MONSIEUR DE POURCEAUGNAC
De grâce.

SBRIGANI
Point, je vous prie de m'en dispenser

MONSIEUR DE POURCEAUGNAC
Est-ce que vous n'êtes pas de mes amis ?

SBRIGANI   [82]
Si fait, on ne peut pas l'être davantage.

MONSIEUR DE POURCEAUGNAC
Vous devez donc ne me rien cacher.

SBRIGANI
C'est une chose où il y va de l'intérêt du prochain.

MONSIEUR DE POURCEAUGNAC
Afin de vous obliger à m'ouvrir votre cœur, voilà une
petite bague que je vous prie de garder pour l'amour de moi.

SBRIGANI

Laissez-moi consulter un peu si je le puis faire en conscience[190]. C'est un homme qui cherche son bien, qui tâche de pourvoir sa fille le plus avantageusement qu'il est possible ; et il ne faut nuire à personne. Ce sont des choses qui sont connues à la vé[83]rité, mais j'irai les découvrir à un homme qui les ignore, et il est défendu de scandaliser[191] son prochain. Cela est vrai. Mais, d'autre part, voilà un étranger qu'on veut surprendre[192], et qui, de bonne foi, vient se marier avec une fille qu'il ne connaît pas, et qu'il n'a jamais vue ; un gentilhomme plein de franchise, pour qui je me sens de l'inclination, qui me fait l'honneur de me tenir pour son ami, prend confiance en moi, et me donne une bague à garder pour l'amour de lui. Oui[193], je trouve que je puis vous dire les choses sans blesser ma conscience ; mais tâchons de vous les dire le plus doucement qu'il nous sera possible, et d'épargner les gens le plus que nous pourrons. De vous dire que cette fille-là mène une vie déshonnête, cela serait un peu trop fort ; cherchons, [84] pour nous expliquer, quelques termes plus doux. Le mot de galante[194] aussi n'est pas assez ; celui de coquette achevée me semble propre à ce que nous voulons, et je m'en puis servir, pour vous dire honnêtement ce qu'elle est.

---

190 Sbrigani va s'éloigner un peu de M. de Pourceaugnac pour consulter avec lui-même ; mais il doit s'arranger pour que son interlocuteur l'entende…

191 *Scandaliser* : diffamer, médire de.

192 *Surprendre* : abuser, tromper.

193 Cette fois, Sbrigani, sa méditation personnelle achevée, se tourne carrément vers son interlocuteur.

194 *Galante* peut avoir en effet un sens adouci (« élégante », « courtoise », « qui cherche à plaire »), mais aussi désigner une femme qui recherche les aventures amoureuses, une courtisane. Dans ce passage, Sbrigani choisit la version douce.

MONSIEUR DE POURCEAUGNAC

L'on me veut donc prendre pour dupe ?

SBRIGANI

Peut-être dans le fond n'y a-t-il pas tant de mal que tout le monde croit ; et puisqu'il y a des gens, après tout, qui se mettent au-dessus de ces sortes de choses, et qui ne croient pas que leur honneur dépende…

MONSIEUR DE POURCEAUGNAC

Je suis votre serviteur[195], je ne me veux point mettre sur la tête un chapeau[196] comme celui-là, et l'on aime à aller le front levé dans la [85] famille des Pourceaugnac.

SBRIGANI

Voilà le père.

MONSIEUR DE POURCEAUGNAC

Ce vieillard-là ?

SBRIGANI

Oui, je me retire.

Scène 5

ORONTE, MONSIEUR DE POURCEAUGNAC

MONSIEUR DE POURCEAUGNAC

Bonjour, Monsieur, bonjour[197].

---

195 Formule de dénégation, de refus.
196 *Se mettre un chapeau sur la tête*, c'est subir quelque honte. De surcroît, la honte envisagée est celle du cocuage, avec ses cornes, autre ornement de la tête et du front…
197 Salutations bien peu cérémonieuses, auxquelles Oronte réplique sur le même ton.

ORONTE

Serviteur, Monsieur, serviteur.

MONSIEUR DE POURCEAUGNAC

Vous êtes Monsieur Oronte, n'est-ce pas ?

ORONTE

Oui.

MONSIEUR DE POURCEAUGNAC   [86]

Et moi, Monsieur de Pourceaugnac.

ORONTE

À la bonne heure.

MONSIEUR DE POURCEAUGNAC

Croyez-vous, Monsieur Oronte, que les Limosins soient
des sots ?

ORONTE

Croyez-vous, Monsieur de Pourceaugnac, que les Parisiens
soient des bêtes ?

MONSIEUR DE POURCEAUGNAC

Vous imaginez-vous, Monsieur Oronte, qu'un homme
comme moi soit si affamé de femme ?

ORONTE

Vous imaginez-vous, Monsieur de Pourceaugnac, qu'une
fille comme la mienne soit si affamée de mari ?

Scène 6   [87]

JULIE, ORONTE, MONSIEUR DE POURCEAUGNAC

 JULIE

On vient de me dire, mon père, que Monsieur de Pourceaugnac est arrivé. Ah! le voilà sans doute, et mon cœur me le dit. Qu'il est bien fait! qu'il a bon air! et que je suis contente d'avoir un tel époux! Souffrez que je l'embrasse, et que je lui témoigne…

ORONTE

Doucement, ma fille, doucement.

MONSIEUR DE POURCEAUGNAC

Tudieu, quelle galante[198]! comme elle prend feu d'abord[199]!

ORONTE   [88]

Je voudrais bien savoir, Monsieur de Pourceaugnac, par quelle raison vous venez…

JULIE

Que je suis aise de vous voir! et que je brûle d'impatience…

ORONTE

Ah! ma fille, ôtez-vous de là, vous dis-je.

---

198 Cette fois, M. de Pourceaugnac prend *galante* au sens très fort (voir plus haut la note 194).
199 *D'abord* : de prime abord, aussitôt.

(Julie s'approche de Monsieur de Pourceaugnac,
le regarde d'un air languissant, et lui veut prendre la main[200].)

MONSIEUR DE POURCEAUGNAC

Ho, ho ! quelle égrillarde[201] !

ORONTE

Je voudrais bien, dis-je, savoir par quelle raison, s'il vous plaît, vous avez la hardiesse de...

MONSIEUR DE POURCEAUGNAC

Vertu de ma vie !

ORONTE[202]

Encore, qu'est-ce à dire cela ?

JULIE

Ne voulez-vous pas que je caresse l'époux que vous m'avez choisi ?

ORONTE   [89]

Non, rentrez là-dedans.

JULIE

Laissez-moi le regarder.

---

200 Dans l'édition originale, cette didascalie est placée dans la marge, en face de plusieurs répliques, pour lesquelles elle est également valable. Nous choisissons de la placer à cet endroit, le même jeu de scène valant pour toute cette séquence du dialogue.

201 Une égrillarde est d'humeur gaillarde et de conduite fort libre. Le mot reprend le « quelle galante ! » précédent. Ces exclamations sont évidemment des *a parte*.

202 À Julie.

ORONTE

Rentrez, vous-dis-je.

JULIE

Je veux demeurer là, s'il vous plaît.

ORONTE

Je ne veux pas, moi ; et si tu ne rentres tout à l'heure, je …

JULIE

Eh bien ! je rentre.

ORONTE

Ma fille est une sotte, qui ne sait pas les choses.

MONSIEUR DE POURCEAUGNAC[203]

Comme nous lui plaisons !

ORONTE[204]

Tu ne veux pas te retirer ?

JULIE

Quand est-ce donc que vous [H] [90] me marierez avec Monsieur ?

ORONTE

Jamais ; et tu n'es pas pour lui.

JULIE

Je le veux avoir, moi, puisque vous me l'avez promis.

_____

203 À part.
204 À Julie, qui est restée après avoir fait quelques pas pour s'en aller (didascalie de 1734).

ORONTE

Si je te l'ai promis, je te le dépromets[205].

MONSIEUR DE POURCEAUGNAC[206]

Elle voudrait bien me tenir.

JULIE

Vous avez beau faire, nous serons mariés ensemble en dépit de tout le monde.

ORONTE

Je vous en empêcherai bien tous deux, je vous assure. Voyez un peu quel *vertigo*[207] lui prend.

MONSIEUR DE POURCEAUGNAC

Mon Dieu, notre beau-père prétendu[208], ne vous fatiguez point tant ; on n'a pas envie de vous [91] enlever votre fille, et vos grimaces[209] n'attraperont rien.

ORONTE

Toutes les vôtres n'auront pas grand effet.

MONSIEUR DE POURCEAUGNAC

Vous êtes-vous mis dans la tête que Léonard de Pourceaugnac soit un homme à acheter chat en poche ? et qu'il n'ait pas là-dedans quelque morceau de judiciaire[210] pour se conduire, pour se faire informer de l'histoire du monde, et voir, en se mariant, si son honneur a bien toutes ses sûretés ?

---

205 *Dépromettre* : retirer une promesse (mot vieilli).
206 Toujours en *a parte*.
207 *Vertigo* : grain de folie.
208 Voir *supra*, la note 163.
209 *Grimaces* : comportement feint, ruse, comédie.
210 La *judiciaire* est la faculté de juger, le jugement.

ORONTE

Je ne sais pas ce que cela veut dire ; mais vous êtes-vous
mis dans la tête qu'un homme de soixante et trois ans
ait si peu de cervelle, et considère si peu sa fille, que de
la marier[211] avec un [H ij] [92] homme qui a ce que vous
savez, et qui a été mis chez un médecin pour être pansé[212] ?

MONSIEUR DE POURCEAUGNAC

C'est une pièce[213] que l'on m'a faite, et je n'ai aucun mal.

ORONTE

Le médecin me l'a dit lui-même.

MONSIEUR DE POURCEAUGNAC

Le médecin en a menti ; je suis gentilhomme, et je le
veux voir l'épée à la main.

ORONTE

Je sais ce que j'en dois croire, et vous me m'abuserez
pas là-dessus, non plus que sur les dettes que vous avez
assignées sur le mariage de ma fille[214].

MONSIEUR DE POURCEAUGNAC

Quelles dettes ?

ORONTE

La fente ici est inutile, et j'ai [93] vu le marchand flamand, qui, avec les autres créanciers, a obtenu depuis huit
mois sentence contre vous.

---

211 Qu'il la marie.
212 *Panser* : voir *supra*, la note 160.
213 *Pièce* : voir *supra* les notes 21 et 185.
214 Les dettes que vous comptez rembourser avec la dot de ma fille.

MONSIEUR DE POURCEAUGNAC

Quel marchand flamand ? quels créanciers ? quelle sentence obtenue contre moi ?

ORONTE

Vous savez bien ce que je veux dire.

Scène 7

LUCETTE, ORONTE,
MONSIEUR DE POURCEAUGNAC

LUCETTE

Ah ! tu ès acy, e a la fin ieu te tròbi après aver fait tant de passes. Pòdes-tu, scelerat, pòdes-tu sostenir ma vista[215] ?

MONSIEUR DE POURCEAUGNAC   [94]

Qu'est-ce que veut cette femme-là ?

LUCETTE

Que te vòli, infame ! Tu fas semblant de non me pas conóisser, e non rogisses pas, impudent que tu siás, tu ne rogisses pas de me veire ? Non sabi pas, Monsur, s'aquò's vos dont m'an dit que voliá esposar la filha ; mai ieu vos declari que ieu som sa femma, e que i a sèt ans, Monsur, qu'en passant a Pesenàs el auguèt l'adreça dambe sas minhardisas, coma sap tan plan faire, de me ganhar lo

---

215 Traduction de ce languedocien de la feinte Gasconne : « Ah ! tu es ici, et à la fin je te trouve après avoir fait tant de pas. Peux-tu, scélérat, peux-tu soutenir ma vue ? » -- M. Patrick Sauzet a bien voulu me transcrire les répliques de Lucette en un occitan correct (qui n'a rien à voir avec les fantaisies graphiques des imprimeurs parisiens du temps, ignorants de cette langue). Je l'en remercie vivement, en espérant avoir scrupuleusement respecté son texte.

còr, e m'obligèt pr'aquel moièn à li donar la man per l'esposar[216].

ORONTE

Oh ! oh !

MONSIEUR DE POURCEAUGNAC

Que diable est-ce ci ?

LUCETTE   [95]

Lo traite me quitèt tres ans après, sul pretèxte de qualques afaires que l'apelavan dins son pais, e despuèi non n'ai reçauput cap de novèla. Mai dins lo temps qu'i sonjavi lo mens, m'an donat avist, que veniá dins aquesta vila, per se remaridar dambe une autra joena filha, que sos parents li an procurada, sense saupre res de son prumièr mariatge. Ieu ai tot quitat en diligença, e me soi renduda dins aqueste lòc lo pus lèu qu'ai poscut, per m'oposar an aquel criminèl mariatge, et confondre als uèlhs de tot le monde lo plus mechant dels òmes[217].

---

216 « Ce que je te veux, infâme ! Tu fais semblant de ne pas me connaître, et tu ne rougis pas, impudent que tu es, tu ne rougis pas de me voir ? [*S'adressant à Oronte.*] Je ne sais pas, Monsieur, c'est vous dont on m'a dit qu'il veut épouser la fille ; mais je vous déclare que je suis sa femme et qu'il y a sept ans, Monsieur, qu'en passant par Pézenas, il eut l'adresse, avec ses mignardises, comme il sait si bien faire, de me gagner le cœur, et il m'obligea par ce moyen à lui donner la main pour l'épouser ».

217 « Le traître me quitta trois ans après, sous prétexte de quelques affaires qui l'appelaient dans son pays et depuis je n'ai presque pas reçu de nouvelles ; mais au moment où j'y songeais le moins, on m'a donné avis qu'il venait dans cette ville, pour se remarier avec une autre jeune fille, que ses parents lui ont fait connaître, sans rien savoir de son premier mariage. J'ai tout quitté en hâte et me suis rendue en ce lieu le plus tôt que j'ai pu, pour m'opposer à ce mariage criminel et confondre aux yeux de tout le monde le plus méchant des hommes. »

MONSIEUR DE POURCEAUGNAC

Voilà une étrange effrontée !

LUCETTE

Impudent, n'as pas onta de [96] m'injuriar, allòc d'èstre
confùs dals rep ròches secrets que ta consciença te deu
faire[218] ?

MONSIEUR DE POURCEAUGNAC

Moi, je suis votre mari ?

LUCETTE

Infame ! Gausas-tu dire lo contrari ? E tu sabes ben,
per ma pena, que n'es que tròp vertat ! E plaguèssa al
Cèl qu'aquò non foguèssa pas, e que m'auguèssas lais-
sada dins l'estat d'innocença e dins la tranquillitat ont
mon ama viviá davant que tos charmes e tas trounparás
non me'n venguèssan malurosament faire sortir ! Ieu
non seriá pas reduita a faire lo triste personatge qu'ieu
fau presentament, a veire un marit cruèl mespresar tota
l'ardor que ieu ai per el, e me laissar, sense cap de pietat,
abandonada a las mourtèlas dolors [97] que ieu ressenti
de sas perfidas accions[219].

---

218 « Impudent, tu n'as pas honte de m'injurier, au lieu d'être confus des
      reproches secrets que ta conscience doit te faire ? »
219 « Infâme, oses-tu dire le contraire ? Hé, tu sais bien, pour mon malheur,
      que ce n'est que trop vrai ; et plût au Ciel que cela ne fût pas et que tu
      m'eusses laissée dans le même état d'innocence et dans la tranquillité
      où mon âme vivait avant que tes charmes et tes tromperies ne m'en
      aient fait sortir pour mon malheur ! Je ne serais pas réduite à faire
      le triste personnage que je fais présentement, à voir un mari cruel
      mépriser toute l'ardeur que j'ai pour lui, et me laisser sans aucune
      pitié abandonnée aux mortelles douleurs que j'ai ressenties de ses
      perfides actions. »

ORONTE

Je ne saurais m'empêcher de pleurer. Allez, vous êtes
un méchant homme

MONSIEUR DE POURCEAUGNAC

Je ne connais rien à tout ceci.

Scène 8
NÉRINE, *en Picarde*, LUCETTE, ORONTE,
MONSIEUR DE POURCEAUGNAC

NÉRINE

Ah! je n'en pis plus, je sis toute essoflée. Ah! fin-
faron, tu m'as bien fait courir, tu ne m'écaperas mie.
Justice, justice! je boute empeschement au mariage.
Chés mon mery, Monsieur, et je veux faire pindre che
bon pindar-là[220].

MONSIEUR DE POURCEAUGNAC   [I] [98]

Encore!

ORONTE

Quel diable d'homme est-ce ci?

LUCETTE

E que voulètz-vos dire, ambe vòstre empachament, e
vòstra pendariá? Qu'aquel òmo es vòstre marit[221]?

---

220 Traduction de ce picard vraisemblable : « Ah! je n'en peux plus. Je suis
tout essoufflée! Ah! fanfaron, tu m'as bien fait courir, tu ne m'échapperas
pas. Justice, justice! Je mets empêchement au mariage. C'est mon mari,
Monsieur, et je veux faire pendre ce bon pendard-là. »

221 « Et que voulez-vous dire avec votre empêchement et votre pendard?
Cet homme est votre mari? »

NÉRINE

Oui, Medeme, et je sis sa femme.

LUCETTE

Aquò es faus, aquò's ieu que som sa femna ; e se deu
èstre pendut, aquò serà ieu que lo farai penjar.

NÉRINE

Je n'entains mie che baragoin-là.

LUCETTE

Ieu vos disi que ieu som sa femna.

NÉRINE

Sa femme ?

LUCETTE   [99]

Òi.

NÉRINE

Je vous dis que chest my, encore in coup, qui le sis.

LUCETTE

E ieu vos sosteni ieu, qu'aquò's ieu.

NÉRINE

Il y a quetre ans qu'il m'a éposée.

LUCETTE

E ieu sèt ans i a que m'a presa per femna.

NÉRINE

J'ay des gairents de tout ce que je dy.

LUCETTE

Tot mon pais lo sap.

NÉRINE

No ville en est témoin.

LUCETTE

Tot Pesenás a vist nòstre mariatge.

NÉRINE   [I ij] [100]

Tout Chin-Quentin a assisté à no noce.

LUCETTE

Non i a res de tan veritable.

NÉRINE

Il gn'y a rien de plus chertain.

LUCETTE

Gausas-tu dire lo contrari, 'valiscas ?

NÉRINE

Est-che que tu me démaintiras, méchaint homme[222] ?

_____

222 Traduction du dialogue précédent : « *Nérine* : Oui, Madame, et je suis
sa femme. *Lucette* : C'est faux, c'est moi qui suis sa femme, et s'il doit
être pendu, c'est moi qui le ferai pendre. *Nérine* : Je n'entends rien à
ce baragouin là. *Lucette* : Je vous dis que je suis sa femme. *Nérine* : Sa
femme ? *Lucette* : Oui. *Nérine* : Je vous dis que c'est moi, encore une
fois, qui le suis. *Lucette* : Et moi, je vous soutiens que c'est moi. *Nérine* :
Il y a quatre ans qu'il m'a épousée. *Lucette* : Et moi sept ans qu'il m'a
prise pour femme. *Nérine* : J'ai des garants de tout ce que je dis. *Lucette* :
Tout mon pays le sait. *Nérine* : Notre ville en est témoin. *Lucette* : Tout
Pézenas a vu notre mariage. *Nérine* : Tout Saint-Quentin a assisté à
notre noce. *Lucette* : Il n'y a rien de si véritable. *Nérine* : Il n'y a rien de
plus certain. *Lucette* [à M. de Pourceau*gnac*.] : Oses-tu dire le contraire,
coquin [si *valisquos* doit se traduire par "veillaque" ; mais on a proposé

MONSIEUR DE POURCEAUGNAC

Il est aussi vrai l'un que l'autre.

LUCETTE

Quanha impudença!! E cossí, miserable, non te sovenes plus de la paura Françon, e del paure Janet, que son los fruits de nòstre mariatge?

NÉRINE

Bayez un peu l'insolence. Quoy? [101] tu ne te souviens mie de chette pauvre ainfain, no petite Madelaine, que tu m'a laichée pour gaige de ta foy[223]?

MONSIEUR DE POURCEAUGNAC

Voilà deux impudentes carognes!

LUCETTE

Vèni Françon! Vèni Janet! Vèni toston! Vèni tostona[224]! Vèni faire veire a un paire desnaturat la duretat qu'el a per n'autres.

NÉRINE

Venez Madeleine, me n'ainfain, venez-ves-en ichy faire honte à vo père de l'impudainche qu'il a[225].

---

que *valisquos* soit le subjonctif de verbe *avalir*, "disparaître"...]? *Nérine* [à M. de Pourceaugnac] : Est-ce que tu le démentiras, méchant homme? »

223 « *Lucette* : Quelle impudence! Et aussi, misérable, tu ne te souviens plus de la pauvre Françon et du pauvre Jeanet, qui sont les fruits de notre mariage? *Nérine* : Voyez un peu l'insolence. Quoi? tu ne te souviens pas de cette pauvre enfant, notre petite Madeleine, que tu m'as laissée pour gage de ta foi? »

224 On dit ces hypocoristiques toulousains.

225 « *Lucette* : Viens, Françon, viens Jeanet, viens mon toutou, viens ma toutoune, viens faire voir à un père dénaturé la dureté qu'il a pour vous. *Nérine* : Venez, Madeleine, mon enfant, venez-vous-en ici faire honte à votre père de l'impudence qu'il a. »

JEANET, FRANÇON, MADELEINE
A ! Mon papà, mon papà, mon papà !

MONSIEUR DE POURCEAUGNAC
Diantre soit des petits fils de putain !

LUCETTE   [I iij] [102]
Cossi, traite, tu non siás pas dins la darnièra confusion,
de reçaupre atal tos enfants, e de fermar l'aureilha a la
tendressa paternèla ? Tu non m'escaperàs pas, infame !
Ieu te vòli seguir pertot, e te reprochar ton crime juscas a
tant que me siá venjada, e que t'aja fait penjar. Coquin !
Te vòli faire penjar.

NÉRINE
Ne rougis-tu mie de dire ches mots-là, et d'estre insain-
sible aux cairesses de chette pauvre ainfain ? Tu ne te sauveras
mie de mes pattes ; et en dépit de tes dains, je feray bien
voir que je sis ta femme, et je te feray peindre[226].

LES ENFANTS, *tous ensemble.*
Mon papà, mon papà, mon papà !

MONSIEUR DE POURCEAUGNAC   [103]
Au secours ! au secours ! où fuirai-je ? Je n'en puis plus.

---

226 « *Lucette* : Et ainsi, traître, tu n'es pas dans la dernière confusion de
     recevoir de la sorte tes enfants et fermer l'oreille à la tendresse pater-
     nelle ? Tu ne nous échapperas pas, infâme, je veux te suivre partout, et
     te reprocher ton crime jusqu'à ce que je me sois vengée et que j't'ai fait
     pendre ; coquin, je veux te faire pendre. *Nérine* : Ne rougis-tu pas de
     dire ces mots-là et d'être insensible aux caresses de cette pauvre enfant ?
     Tu ne te sauveras pas de mes pattes et en dépit de tes dents, je ferai bien
     voir que je suis ta femme, et je te ferai pendre. »

ORONTE[227]

Allez, vous ferez bien de le faire punir, et il mérite d'être pendu.

Scène 9

SBRIGANI

Je conduis de l'œil toutes choses, et tout ceci ne va pas mal. Nous fatiguerons[228] tant notre provincial, qu'il faudra, ma foi! qu'il déguerpisse.

Scène 10   [104]
MONSIEUR DE POURCEAUGNAC, SBRIGANI

MONSIEUR DE POURCEAUGNAC

Ah! je suis assommé. Quelle peine! Quelle maudite ville! Assassiné de tous côtés!

SBRIGANI

Qu'est-ce, Monsieur? Est-il encore arrivé quelque chose?

MONSIEUR DE POURCEAUGNAC

Oui. Il pleut en ce pays des femmes et des lavements.

SBRIGANI

Comment donc?

---

227 À Lucette et à Nérine.
228 *Fatiguer* : harceler, persécuter.

MONSIEUR DE POURCEAUGNAC

Deux carognes de baragouineuses me sont venues accuser de les [105] avoir épousées toutes deux, et me menacent de la justice.

SBRIGANI

Voilà une méchante affaire, et la justice en ce pays-ci est rigoureuse en diable contre cette sorte de crime[229].

MONSIEUR DE POURCEAUGNAC

Oui ; mais quand il y aurait information, ajournement, décret et jugement obtenu par surprise, défaut et contumace, j'ai la voie de conflit de juridiction, pour temporiser et venir aux moyens de nullité qui seront dans les procédures[230].

SBRIGANI

Voilà en parler dans tous les termes ; et l'on voit bien, Monsieur, que vous êtes du métier.

MONSIEUR DE POURCEAUGNAC

Moi, point du tout ; je suis gentilhomme.

SBRIGANI   [106]

Il faut bien, pour parler ainsi, que vous ayez étudié la pratique[231].

---

229 *Crime* : faute grave.
230 M. de Pourceaugnac, l'avocat M. de Pourceaugnac parle en homme de l'art ! Par *l'information*, on s'enquiert contre la personne qu'on accuse avant de *l'ajourner*, de l'assigner en justice au jour marqué. *Défaut* et *contumace* signifient que l'accusé ne comparaît pas. Le *conflit de juridiction* (quand ce n'est pas le bon juge qui est chargé de l'affaire) permettra à l'accusé de gagner du temps (*temporiser*) et de chercher le moyen d'annuler le procès (*venir aux moyens de nullité*).
231 La *pratique* est la science des formalités juridiques.

MONSIEUR DE POURCEAUGNAC

Point ; ce n'est que le sens commun qui me fait juger que je serai toujours reçu à mes faits justificatifs[232], et qu'on ne me saurait condamner sur une simple accusation, sans un récolement[233] et confrontation avec mes parties[234].

SBRIGANI

En voilà du plus fin encore.

MONSIEUR DE POURCEAUGNAC

Ces mots-là me viennent sans que je les sache.

SBRIGANI

Il me semble que le sens commun d'un gentilhomme peut bien aller à concevoir ce qui est du droit et de l'ordre de la justice, mais non pas à savoir les vrais termes de la chicane.

MONSIEUR DE POURCEAUGNAC   [107]

Ce sont quelques mots que j'ai retenus en lisant les romans

SBRIGANI

Ah ! fort bien.

MONSIEUR DE POURCEAUGNAC

Pour vous montrer que je n'entends rien du tout à la chicane, je vous prie de me mener chez quelque avocat pour consulter mon affaire.

---

232 Je serai reçu pour présenter les faits qui me justifient.
233 *Récolement* : nouvelle audition des témoins pour leur faire approuver leur déposition, avant leur *confrontation* avec l'accusé.
234 *Parties* : adversaires dans le procès.

SBRIGANI

Je le veux, et vais vous conduire chez deux hommes fort habiles ; mais j'ai auparavant à vous avertir de n'être point surpris de leur manière de parler ; ils ont contracté du barreau certaine habitude de déclamation, qui fait que l'on dirait qu'ils chantent, et vous prendrez pour musique tout ce qu'ils vous diront[235].

MONSIEUR DE POURCEAUGNAC   [108]

Qu'importe comme ils parlent, pourvu qu'ils me disent ce que je veux savoir.

Scène 11

SBRIGANI, MONSIEUR DE POURCEAUGNAC,
DEUX AVOCATS *musiciens, dont l'un parle fort lentement,
et l'autre fort vite, accompagnés de* DEUX PROCUREURS
et de DEUX SERGENTS

L'AVOCAT *traînant ses paroles.*
La polygamie est un cas,
Est un cas pendable[236].

L'AVOCAT BREDOUILLEUR
Votre fait
Est clair et net,
Et tout le droit
Sur cet endroit
Conclut tout droit.
Si vous consultez nos auteurs,
Législateurs et glossateurs,   [109]

---

235 Nous sommes en pleine fantaisie !
236 Un *cas pendable* est une faute qui mérite la pendaison.

Justinian, Papinian,
Ulpian, et Tribonian,
Fernand, Rebuffe, Jean Imole,
Paul, Castre, Julian, Barthole,
Jason, Alciat et Cujas[237],
    Ce grand homme si capable ;
La Polygamie est un cas
    Est un cas pendable.

    Tous les peuples policés,
        Et bien sensés :
Les Français, Anglais, Hollandais,
Danois, Suédois, Polonais,
Portugais, Espagnols, Flamands,
    Italiens, Allemands
Sur ce fait tiennent loi semblable,
Et l'affaire est sans embarras ;
La polygamie est un cas,
    Est un cas pendable.

---

237 Kyrielle de législateurs ou de jurisconsultes célèbres ou moins célèbres :
sous le règne de l'empereur Justinien, à Byzance, au VIᵉ siècle, fut
compilé le grand recueil juridique dit *code justinien ; Papinien* était
un juriste de la Rome antique (IIᵉ-IIIᵉ siècle *post Christum*) ; *Ulpien*
est un jurisconsulte romain du IIIᵉ siècle ; *Tribonien* un jurisconsulte
byzantin du VIᵉ siècle ; *Béranger Fernand* un professeur toulousain
du XVIᵉ siècle ; *Jacques Rebuffe* un professeur montpelliérain mort en
1557 ; *Jean d'Imole,* fut professeur à Bologne, et mourut en 1435 ; *Paul
de Castre,* autre Italien, est son contemporain – mais il faut peut-
être laisser la virgule après Paul : serait alors mentionné le juriste
romain *Paul ; Julian* peut désigner un juriste de l'époque d'Hadrien,
ou, peut-être, l'empereur Julien comme législateur ; *Bartole* est le
célèbre jurisconsulte italien du XIVᵉ siècle, Cosimo Bartolo ; *Jason
Maino,* juriste milanais mort en 1519 ; *André Alciat,* mort en 1550,
est né à Milan ; il occupa en France, à Bourges, une chaire qu'occupa
vingt-cinq ans plus tard *Jacques Cujas,* jurisconsulte français, mort
en 1590.

Monsieur de Pourceaugnac les bat.
Deux procureurs et deux sergents dansent une entrée,
qui finit l'acte[238].

Fin du second Acte

ACTE III   [110]

Scène PREMIÈRE
ÉRASTE, SBRIGANI

SBRIGANI

Oui, les choses s'acheminent où nous voulons. Et comme ses lumières sont fort petites, et son sens le plus borné du monde, je lui ai fait prendre une frayeur si grande de la sévérité de la justice de ce pays et des apprêts qu'on faisait déjà pour sa mort, qu'il veut prendre la fuite ; et pour se dérober avec plus de facilité aux gens que je lui ai dit qu'on avait [111] mis pour l'arrêter aux portes de la ville, il s'est résolu à se déguiser, et le déguisement qu'il a pris est l'habit d'une femme.

ÉRASTE

Je voudrais bien le voir en cet équipage[239].

---

238 Variante de 1734 : ENTRÉE DE BALLET. / Danse de deux procureurs et de deux Sergents. / Pendant que le second Avocat chante les paroles qui suivent : *Tous les peuples*, etc., LE PREMIER AVOCAT chante celles-ci : *La polygamie est un cas,* / *Est un cas pendable.* / (*Monsieur de Pourceaugnac impatienté les chasse.*)
239 *Équipage* : costume.

SBRIGANI

Songez de votre part à achever la comédie ; et tandis que je jouerai mes scènes avec lui, allez-vous-en... vous entendez bien[240] ?

ÉRASTE

Oui.

SBRIGANI

Et lorsque je l'aurai mis où je veux...

ÉRASTE

Fort bien.

SBRIGANI

Et quand le père aura été averti par moi...

ÉRASTE   [112]

Cela va le mieux du monde.

SBRIGANI

Voici notre demoiselle ; allez vite, qu'il ne nous voie ensemble.

Scène 2

MONSIEUR DE POURCEAUGNAC, *en femme*, SBRIGANI

SBRIGANI

Pour moi, je ne crois pas qu'en cet état on puisse jamais vous connaître, et vous avez la mine, comme cela, d'une femme de condition[241].

---

240 Trois fois de suite, Sbrigani parle à l'oreille d'Éraste pour donner des informations attendues : forme de déception qui accroît l'attente du spectateur.
241 Une *femme de condition* est une femme noble.

MONSIEUR DE POURCEAUGNAC

Voilà qui m'étonne, qu'en ce pays-ci les formes de la justice ne soient point observées.

SBRIGANI   [113]

Oui, je vous l'ai déjà dit, ils commencent ici par faire pendre un homme, et puis ils lui font son procès.

MONSIEUR DE POURCEAUGNAC

Voilà une justice bien injuste.

SBRIGANI

Elle est sévère comme tous les diables, particulièrement sur ces sortes de crimes[242].

MONSIEUR DE POURCEAUGNAC

Mais quand on est innocent ?

SBRIGANI

N'importe, ils ne s'enquêtent point de cela[243] ; et puis ils ont en cette ville une haine effroyable pour les gens de votre pays, et ils ne sont point plus ravis que de voir pendre un Limosin.

MONSIEUR DE POURCEAUGNAC

Qu'est-ce que les Limosins leur ont fait ?

SBRIGANI   [K] [114]

Ce sont des brutaux, ennemis de la gentillesse[244] et du mérite des autres villes. Pour moi, je vous avoue que je suis pour vous dans une peur épouvantable ; et je ne me consolerais de ma vie, si vous veniez à être pendu.

---

242 *Crime* : voir *supra*, la note 242.
243 *Ne point s'enquêter de* : ne point de soucier de.
244 *Gentillesse* : agrément, finesse spirituelle.

MONSIEUR DE POURCEAUGNAC

Ce n'est pas tant la peur de la mort qui me fait fuir, que de ce qu'il est[245] fâcheux à un gentilhomme d'être pendu, et qu'une preuve comme celle-là ferait tort à nos titres de noblesse.

SBRIGANI

Vous avez raison, on vous contesterait après cela le titre d'écuyer[246]. Au reste, étudiez-vous, quand je vous mènerai par la main, à bien marcher comme une femme, et prendre le langage [115] et toutes les manières d'une personne de qualité.

MONSIEUR DE POURCEAUGNAC

Laissez-moi faire, j'ai vu les personnes du bel air[247] ; tout ce qu'il y a, c'est que j'ai un peu de barbe.

SBRIGANI

Votre barbe n'est rien, et il y a des femmes qui en ont autant que vous. Çà, voyons un peu comme vous ferez[248]. Bon.

MONSIEUR DE POURCEAUGNAC

Allons donc, mon carrosse ; où est-ce qu'est mon carrosse ? Mon Dieu ! qu'on est misérable[249], d'avoir des gens

---

245 *De ce qu'il est* : parce qu'il est ; *de ce que* marque la cause.

246 M. de Pourceaugnac a donc le titre *d'écuyer*, « titre qui marque la qualité de gentilhomme et qui est au-dessus de chevalier », précise Furetière ; en fait, ce titre, qui appartenait d'abord aux simples gentilshommes et aux anoblis, ne prouvait point la noblesse, surtout pas la vraie noblesse, la noblesse héréditaire. – Un gentilhomme n'est pas pendu, ce qui serait infâmant pour lui et pour sa famille, et mettrait en question sa noblesse, mais décapité.

247 *Le bel air* désigne les manières distinguées en pratique dans la bonne société.

248 M. de Pourceaugnac se met alors à contrefaire la femme de qualité, entrant lui aussi dans le jeu d'une comédie qu'il veut jouer aux autres, sous le regard critique du metteur en scène Sbrigani.

249 *Misérable* : malheureux, digne de pitié.

comme cela ! Est-ce qu'on me fera attendre toute la journée
sur le pavé, et qu'on ne me fera point venir mon carrosse ?

SBRIGANI

Fort bien.

MONSIEUR DE POURCEAUGNAC   [K ij] [116]

Holà, oh ! cocher, petit laquais ! Ah ! petit fripon, que
de coups de fouet je vous ferai donner tantôt ! Petit laquais,
petit laquais ! où est-ce donc qu'est ce petit laquais ? ce
petit laquais ne se trouvera-t-il point ? ne me fera-t-on
point venir ce petit laquais ? est-ce que je n'ai point un
petit laquais dans le monde ?

SBRIGANI

Voilà qui va à merveille ; mais je remarque une chose,
cette coiffe est un peu trop déliée[250] ; j'en vais quérir une
plus épaisse, pour vous mieux cacher le visage, en cas de
quelque rencontre.

MONSIEUR DE POURCEAUGNAC

Que deviendrai-je cependant[251] ?

SBRIGANI

Attendez-moi là. Je suis à vous dans un moment ; vous
n'avez qu'à vous promener[252].

---

250 *Délié* : mince.
251 *Cependant* : pendant ce temps.
252 De fait, il faut imaginer que M. de Pourceaugnac fait des tours sur
la scène en mimant la femme de qualité, avant que les Suisses – les
comparses déguisés en Suisses et jargonnant le français selon le code
usité dans les comédies du français déformé par les Suisses – feignent
enfin de remarquer cette « femme ».

Scène 3   [117]
DEUX SUISSES, MONSIEUR DE POURCEAUGNAC

PREMIER SUISSE

Allons, dépeschons, camerade, ly faut allair tous deux nous à la Crève[253] pour regarter un peu chousticier[254] sti Monsiu de Porcegnac qui l'a esté contané par ordonnance à l'estre pendu par son cou.

SECOND SUISSE

Ly faut nous loër un fenestre pour foir sti choustice[255].

PREMIER SUISSE

Ly disent que l'on fait tesjà planter un grand potence toute neuve pour ly accrocher sti Porcegnac.

SECOND SUISSE   [118]

Ly sira, ma foy ! un grand plaisir, d'y regarter pendre sti Limosin.

PREMIER SUISSE

Oui, de ly foir gambiller[256] les pieds en haut tevant tout le monde.

SECOND SUISSE

Ly est un plaisant drole, oui ; ly disent que c'estre marié troy foye.

---

253 C'est évidemment la place de *Grève*, notre actuelle place parisienne de l'Hôtel de ville, lieu des exécutions capitales.
254 *Justicier* : exécuter la sentence corporelle infligée au condamné.
255 Pour voir la réalisation de la sentence, la pendaison.
256 *Gambiller* : agiter les jambes en les laissant pendantes ; le verbe est généralement intransitif.

PREMIER SUISSE

Sti diable ly vouloir troy femmes à ly tout seul ; ly est bien assez t'une.

SECOND SUISSE

Ah ! pon chour, Mameselle.

PREMIER SUISSE

Que faire fous là tout seul ?

MONSIEUR DE POURCEAUGNAC

J'attends mes gens, Messieurs.

SECOND SUISSE

Ly est belle, par mon foy[257].

MONSIEUR DE POURCEAUGNAC   [119]

Doucement, Messieurs.

PREMIER SUISSE

Fous, Mameselle, fouloir finir réchouir fous à la Crève ? Nous faire foir à fous un petit pendement[258] pien choly.

MONSIEUR DE POURCEAUGNAC

Je vous rends grâce.

SECOND SUISSE

L'est un gentilhomme limosin qui sera pendu chantiment, à un grand potence.

---

257 « Vous êtes belle, par ma foi », dit le second Suisse, tandis que les deux
     compères commencent à lutiner la fausse femme.
258 Pour « pendaison ».

MONSIEUR DE POURCEAUGNAC
Je n'ai pas de curiosité.

PREMIER SUISSE
Ly est là un petit teton qui l'est drole.

MONSIEUR DE POURCEAUGNAC
Tout beau.

PREMIER SUISSE
Mon foy ! moy couchair pien avec fous[259].

MONSIEUR DE POURCEAUGNAC   [120]
Ah ! c'en est trop, et ces sortes d'ordures-là ne se disent point à une femme de ma condition.

SECOND SUISSE
Laisse, toy, l'est moy qui le veut couchair avec elle.

PREMIER SUISSE
Moy ne vouloir pas laisser.

SECOND SUISSE
Moy ly vouloir, moy.
                    (Ils le tirent avec violence.)

PREMIER SUISSE
Moy ne faire rien.

SECOND SUISSE
Toy l'avoir menty.

---

259 Je coucherais bien avec vous.

PREMIER SUISSE

Toy l'avoir menty toy-mesme.

MONSIEUR DE POURCEAUGNAC

Au secours ! À la force !

Scène 4   [121]

UN EXEMPT[260], DEUX ARCHERS,
LE PREMIER ET LE SECOND SUISSE,
MONSIEUR DE POURCEAUGNAC

L'EXEMPT

Qu'est-ce ? quelle violence est-ce là ? et que voulez-vous faire à Madame ? Allons, que l'on sorte de là, si vous ne voulez que je vous mette en prison.

PREMIER SUISSE

Party, pon[261], toy ne l'avoir point.

SECOND SUISSE

Party, pon aussi, toy ne l'avoir point encore.

MONSIEUR DE POURCEAUGNAC

Je vous suis bien obligée[262], Monsieur, de m'avoir délivrée de ces insolents.

L'EXEMPT

Ouais, voilà un visage qui ressemble bien à celui que l'on m'a dépeint.

---

260 Cet *exempt*, cet officier de police qui procède aux arrestations, est encore un comparse de Sbrigani.

261 Pardi ! bon !

262 On remarquera l'accord au féminin : la grammaire de l'écrit joue aussi le jeu !

MONSIEUR DE POURCEAUGNAC   [L] [122]
Ce n'est pas moi, je vous assure.

L'EXEMPT
Ah, ah! qu'est-ce que je veux dire[263]?

MONSIEUR DE POURCEAUGNAC
Je ne sais pas.

L'EXEMPT
Pourquoi donc dites-vous cela?

MONSIEUR DE POURCEAUGNAC
Pour rien.

L'EXEMPT
Voilà un discours qui marque quelque chose, et je vous
arrête prisonnier.

MONSIEUR DE POURCEAUGNAC
Eh! Monsieur, de grâce.

L'EXEMPT
Non, non; à votre mine, et à vos discours, il faut que
vous soyez ce Monsieur de Pourceaugnac que nous cherchons, qui se soit déguisé de la sorte; et vous viendrez en
prison tout à l'heure[264].

MONSIEUR DE POURCEAUGNAC   [123]
Hélas!

---

263 La formule n'est pas très clairement compréhensible. On serait tenté
     d'adopter la correction de 1682, qui donne «Qu'est-ce que veut dire…?»
264 Sur le champ.

Scène 5
L'EXEMPT, ARCHERS, SBRIGANI,
MONSIEUR DE POURCEAUGNAC

SBRIGANI

Ah Ciel ! que veut dire cela ?

MONSIEUR DE POURCEAUGNAC

Ils m'ont reconnu.

L'EXEMPT

Oui, oui, c'est de quoi je suis ravi.

SBRIGANI

Eh ! Monsieur[265], pour l'amour de moi ; vous savez que
nous sommes amis il y a longtemps ; je vous conjure de ne
le point mener en prison.

L'EXEMPT

Non, il m'est impossible.

SBRIGANI   [L ij] [124]

Vous êtes homme d'accommodement ; n'y a-t-il pas
moyen d'ajuster cela avec quelques pistoles ?

L'EXEMPT, À SES *archers.*

Retirez-vous un peu.

SBRIGANI[266]

Il faut lui donner de l'argent pour vous laisser aller.
Faites vite.

---

265 Sbrigani s'adresse à l'Exempt.
266 À M. de Pourceaugnac, discrètement.

MONSIEUR DE POURCEAUGNAC[267]

Ah! maudite ville!

SBRIGANI

Tenez, Monsieur.

L'EXEMPT

Combien y a-t-il?

SBRIGANI

Un, deux, trois, quatre, cinq, six, sept, huit, neuf, dix.

L'EXEMPT

Non, mon ordre est trop exprès.

SBRIGANI

Mon Dieu! attendez. Dépêchez[268], donnez-lui-en encore autant.

MONSIEUR DE POURCEAUGNAC   [125]

Mais...

SBRIGANI

Dépêchez-vous, vous dis-je, et ne perdez point de temps; vous auriez un grand plaisir, quand vous seriez pendu.

MONSIEUR DE POURCEAUGNAC[269]

Ah!

---

267 Le Limousin donne alors de l'argent à Sbrigani qui le fait passer à l'Exempt.
268 Sbrigani se tourne vers M. de Pourceaugnac.
269 Même jeu que précédemment.

SBRIGANI

Tenez, Monsieur.

L'EXEMPT

Il faut donc que je m'enfuie avec lui, car il n'y aurait point ici de sûreté pour moi. Laissez-le-moi conduire, et ne bougez d'ici.

SBRIGANI

Je vous prie donc d'en avoir un grand soin.

L'EXEMPT

Je vous promets de ne le point quitter, que je ne l'aie mis en lieu de sûreté.

MONSIEUR DE POURCEAUGNAC

Adieu. Voilà le seul honnête [L iij] [126] homme que j'ai trouvé en cette ville.

SBRIGANI

Ne perdez point de temps ; je vous aime tant, que je voudrais que vous fussiez déjà bien loin. Que le Ciel te conduise ! Par ma foi[270] ! voilà une grande dupe. Mais voici…

Scène 6

ORONTE, SBRIGANI

SBRIGANI

Ah ! quelle étrange aventure ! quelle fâcheuse nouvelle pour un père ! Pauvre Oronte, que je te plains ! Que

---

270 Sbrigani est désormais seul en scène ; pas pour longtemps, car arrive Oronte à qui il faut jouer une autre comédie – à commencer par faire semblant de ne pas voir d'abord Oronte, qu'il a parfaitement vu arriver. L'enchaînement est extraordinairement rapide.

diras-tu ? et de quelle façon pourras-tu supporter cette
douleur mortelle ?

ORONTE

Qu'est-ce ? quel malheur me présages-tu ?

SBRIGANI   [127]

Ah ! Monsieur, ce perfide de Limosin, ce traître de
Monsieur de Pourceaugnac vous enlève votre fille.

ORONTE

Il m'enlève ma fille !

SBRIGANI

Oui ; elle en est devenue si folle, qu'elle vous quitte
pour le suivre ; et l'on dit qu'il a un caractère[271] pour se
faire aimer de toutes les femmes.

ORONTE

Allons vite à la justice. Des archers après eux !

Scène 7

ÉRASTE, JULIE, SBRIGANI, ORONTE

ÉRASTE[272]

Allons, vous viendrez malgré vous, et je veux vous
remettre entre les mains de votre père. [L iiij] [128] Tenez,
Monsieur, voilà votre fille que j'ai tirée de force d'entre les
mains de l'homme avec qui elle s'enfuyait ; non pas pour
l'amour d'elle, mais pour votre seule considération ; car

---

271 *Caractère* : talisman, billet portant une formule magique.
272 Éraste s'adresse à Julie, qu'il fait mine de ramener à son père, puis à
   Oronte.

après l'action qu'elle a faite, je dois la mépriser, et me guérir absolument de l'amour que j'avais pour elle.

ORONTE

Ah ! infâme que tu es !

ÉRASTE

Comment ? me traiter de la sorte après toutes les marques d'amitié[273] que je vous ai données ! Je ne vous blâme point de vous être soumise aux volontés de Monsieur votre père ; il est sage et judicieux dans les choses qu'il fait, et je ne me plains point de lui de m'avoir rejeté pour un autre. S'il a manqué à la parole qu'il m'avait donnée, il a ses raisons pour cela. On lui a fait croire que cet autre est plus [129] riche que moi de quatre ou cinq mille écus ; et quatre ou cinq mille écus est un denier[274] considérable, et qui vaut bien la peine qu'un homme manque à sa parole. Mais oublier en un moment toute l'ardeur que je vous ai montrée, vous laisser d'abord enflammer d'amour pour un nouveau venu, et le suivre honteusement sans le consentement de Monsieur votre père, après les crimes qu'on lui impute, c'est une chose condamnée de tout le monde, et dont mon cœur ne peut vous faire d'assez sanglants reproches.

JULIE

Eh bien ! oui, j'ai conçu de l'amour pour lui, et je l'ai voulu suivre, puisque mon père me l'avait choisi pour époux. Quoi que vous me disiez, c'est un fort honnête homme ; et tous les crimes dont on l'accuse sont faussetés épouvantables.

---

273 C'est l'amour.
274 *Denier* : somme d'agent.

ORONTE   [130]

Taisez-vous ! vous êtes une impertinente, et je sais mieux que vous ce qui en est.

JULIE

Ce sont sans doute des pièces qu'on lui fait[275], et c'est peut-être lui[276] qui a trouvé cet artifice pour vous en dégoûter.

ÉRASTE

Moi, je serais capable de cela !

JULIE

Oui, vous.

ORONTE

Taisez-vous, vous dis-je ! Vous êtes une sotte.

ÉRASTE

Non, non, ne vous imaginez pas que j'aie aucune envie de détourner ce mariage, et que ce soit ma passion qui m'ait forcé à courir après vous. Je vous l'ai déjà dit, ce n'est que la seule considération que j'ai pour Monsieur votre [131] père, et je n'ai pu souffrir[277] qu'un honnête homme comme lui fût exposé à la honte de tous les bruits qui pourraient suivre une action comme la vôtre.

ORONTE

Je vous suis, Seigneur Éraste, infiniment obligé.

---

275 Voir *supra*, les notes 21, 185 et 213.
276 Elle montre alors Éraste.
277 *Souffrir* : voir *supra*, la note 20.

ÉRASTE

Adieu, Monsieur. J'avais toutes les ardeurs du monde d'entrer dans vote alliance ; j'ai fait tout ce que j'ai pu pour obtenir un tel honneur, mais j'ai été malheureux, et vous ne m'avez pas jugé digne de cette grâce. Cela n'empêchera pas que je ne conserve pour vous les sentiments d'estime et de vénération où votre personne m'oblige ; et si je n'ai pu être votre gendre, au moins serai-je éternellement votre serviteur.

ORONTE   [132]

Arrêtez, Seigneur Éraste, votre procédé me touche l'âme, et je vous donne ma fille en mariage.

JULIE

Je ne veux point d'autre mari que Monsieur de Pourceaugnac.

ORONTE

Et je veux, moi, tout à l'heure[278], que tu prennes le Seigneur Éraste. Çà, la main.

JULIE

Non, je n'en ferai rien.

ORONTE

Je te donnerai sur les oreilles.

ÉRASTE

Non, non, Monsieur, ne lui faites point de violence, je vous en prie.

---

278 À l'instant.

ORONTE

C'est à elle à m'obéir, et je sais me montrer le maître.

ÉRASTE

Ne voyez-vous pas l'amour qu'elle pour cet homme-là ? et [133] voulez-vous que je possède un corps, dont un autre possédera le cœur ?

ORONTE

C'est un sortilège qu'il lui a donné, et vous verrez qu'elle changera de sentiment avant qu'il soit peu. Donnez-moi votre main. Allons.

JULIE

Je ne …

ORONTE

Ah ! que de bruit ! Çà, votre main, vous dis-je. Ah, ah, ah !

ÉRASTE[279]

Ne croyez pas que ce soit pour l'amour de vous que je vous donne la main ; ce n'est que Monsieur votre père dont je suis amoureux, et c'est lui que j'épouse[280].

ORONTE

Je vous suis beaucoup obligé, et j'augmente de dix mille écus le mariage[281] de ma fille. Allons, qu'on [134] fasse venir le notaire pour dresser le contrat.

---

279 À Julie.
280 Divers témoignages du temps prouvent que la formule adressée au futur beau-père n'est pas si surprenante ; elle pouvait même être une civilité assez banale.
281 C'est-à-dire la dot ; voir *supra*, la note 174.

ÉRASTE

En attendant qu'il vienne, nous pouvons jouir du divertissement de la saison, et faire entrer les masques que le
bruit des noces de Monsieur de Pourceaugnac a attirés ici
de tous les endroits de la ville.

Scène 8

PLUSIEURS MASQUES *de toutes les manières, dont les uns*
occupent plusieurs balcons, et les autres sont dans la place,
qui, par plusieurs chansons et diverses danses et jeux,
cherchent à se donner des plaisirs innocents.

UNE ÉGYPTIENNE[282]
Sortez, sortez de ces lieux,
Soucis, chagrins et tristesse ;
Venez, venez, ris et jeux,
Plaisirs, amour et tendresse.
Ne songeons qu'à nous réjouir :   [135]
La grande affaire est le plaisir.

Chœur des musiciens[283]
Ne songeons qu'à nous réjouir :
La grande affaire est le plaisir.

L'ÉGYPTIENNE
À me suivre tous ici,
Votre ardeur est non commune,
Et vous êtes en souci
De votre bonne fortune.

---

282 *Égyptien* et *égyptienne*, c'est comme Bohémien et Bohémienne, qui disent
    la bonne aventure.
283 Tous les masques qui chantent.

> *Soyez toujours amoureux,*
> *C'est le moyen d'être heureux.*

UN ÉGYPTIEN
> *Aimons jusques au trépas,*
> *La raison nous y convie.*
> *Hélas ! si l'on n'aimait pas,*
> *Que serait-ce de la vie ?*
> *Ah ! perdons plutôt le jour,*
> *Que de perdre notre amour.*

Tous deux en dialogue :

L'ÉGYPTIEN
Les biens,

L'ÉGYTIENNE
> *La gloire,*

L'ÉGYPTIEN   [136]
> *Les grandeurs,*

L'ÉGYPTIENNE
Les sceptres qui font tant d'envie,

L'ÉGYPTIEN
Tout n'est rien, si l'amour n'y mêle ses ardeurs.

L'ÉGYPTIENNE
Il n'est point, sans l'amour, de plaisir dans la vie.

TOUS DEUX ENSEMBLE
> *Soyons toujours amoureux,*
> *C'est le moyen d'être heureux.*

LE PETIT CHŒUR[284] *chante après ces deux derniers vers.*
Sus, sus, chantons tous ensemble,
Dansons, sautons, jouons-nous.

UN MUSICIEN *seul*[285]
Lorsque pour rire on s'assemble,
Les plus sages, ce me semble,
Sont ceux qui sont les plus fous.

TOUS ENSEMBLE
Ne songeons qu'à nous réjouir :
La grande affaire est le plaisir[286].

FIN

---

284 Par réduction et choix de chanteurs dans le Chœur des musiciens.

285 1682 veut que ce musicien soit habillé en noble vénitien, et 1734 précise
qu'il s'agit d'un masque en Pantalon, le riche marchand de Venise.

286 1682 précise, après ce dernier chœur : « ENTRÉE DE BALLET, composée
de deux vieilles, deux Scaramouches, deux Pantalons, deux Docteurs et
deux Arlequins. » Quant à 1734, elle indique deux entrées de ballet :
successivement, une danse de Sauvages et une danse de Biscayens [de
Basques].

ANNEXE

Livret de *Monsieur de Pourceaugnac* :
Le Divertissement de Chambord

LE
DIVERTISSEMENT
DE CHAMBORD

Meslé de Comedie, de
Musique, et d'Entrées
de Ballet.

A PARIS,

Par ROBERT BALLARD, seul Imprimeur
du Roy pour la musique.

M. DC. LXX.

Avec Privilege de sa Majesté.

LE DIVERTISSEMENT
DE CHAMBORD

PREMIER INTERMÈDE

L'ouverture se fait par un grand concert d'instruments.
Après, c'est une sérénade composée de chants,
d'instruments, et de danses, dont les paroles, chantées par
trois voix en manière de dialogue, sont faites sur le sujet de
la comédie, et expriment les sentiments de deux amants,
qui étant bien ensemble sont traversés par le caprice des
parents. La danse est composée de deux maîtres à danser,
de deux pages, et de quatre curieux.

PREMIÈRE VOIX
Mademoiselle de Saint-Christophe.

Répands, charmante nuit, répands sur tous les yeux,
De tes pavots la douce violence,
Et ne laisse veiller en ces aimables lieux
Que les cœurs que l'amour soumet à sa puissance.
Tes ombres et ton silence
Plus beaux que le plus beau jour,
Offrent de doux moments à soupirer d'amour.

DEUXIÈME VOIX
Monsieur Gaye.

Que soupirer d'amour
Est une douce chose,
Quand rien à nos vœux ne s'oppose !
À d'aimables penchants notre cœur nous dispose ;
Mais on a des tyrans à qui on doit le jour.
Que soupirer d'amour
Est une douce chose,
Quand rien à nos vœux ne s'oppose !

TROISIÈME VOIX
Monsieur Langez.

Tout ce qu'à nos vœux on oppose,
Contre un parfait amour ne gagne jamais rien ;
Et pour vaincre toute chose,
Il ne faut que s'aimer bien.

LES TROIS VOIX ENSEMBLE   [5]
Aimons-nous donc d'une ardeur éternelle !
Les rigueurs des parents, la contrainte cruelle,
L'absence, les travaux, la fortune rebelle,
Ne font que redoubler une amitié fidèle.
Aimons-nous donc d'une ardeur éternelle !
Quand deux cœurs s'aiment bien,
Tout le reste n'est rien.

Les deux Maîtres à danser
Les Sieurs La Pierre et Favier.

Les deux Pages
Messieurs Beauchamp et Chicaneau.

Quatre Curieux de spectacles
Les Sieurs Noblet, Joubert, L'Étang et Mayeu.

Quatre Flûtes
Les Sieurs Descouteaux, Philbert, Piesche fils
et Fossard.

LE PREMIER ACTE   [B] [6]
DE LA COMÉDIE

SECOND INTERMÈDE
est un mélange composé d'instruments, de deux Musiciens
italiens, et de six Matassins, ordonné pour remède par un
médecin à la guérison de la mélancolie hypocondriaque.

Les deux Musiciens italiens
Il signor Chiacchiarone[1] et Monsieur Gaye.
Buon dì, buon dì, buon dì,
Non vi lasciate uccidere
Dal dolor malinconico.
Noi vi faremo ridere
Col nostro canto armonico ;
Sol' per guarirvi
Siamo venutui qui.
Buon dì, buon dì, buon dì.

---

1   C'est-à-dire Lully. – Pour l'ensemble du texte de ce livret, voir l'annotation
     des intermèdes dans la comédie.

Altro non è la pazzia
Che malinconia.
Il malato
Non è disperato,
Se vuol pigliar un poco d'allegria.   [7]
Altro non è la pazzia
Che malinconia.

Sú, cantate, ballate, ridete
E se far megluio volete,
Quando sentite il deliro vicino,
Pigliate del vino,
E qualche volta un po' po' di tabac'.
Allegramente Monzu Poursougnac.

Lorsqu'on apporte le lavement, les deux Musiciens,
accompagnés des Matassins et des instruments, chantent.

Piglialo sú
Signor Monsù,
Piglialo, piglialo, piglialo sú,
Che non ti farà male,
Piglialo sú questo serviziale,
Piglialo sú,
Signor Monsù,
Piglialo, piglialo, piglialo sú.

Les six Matassins
Messieurs Beauchamp, Chicanneau, La Pierre,
Favier, Noblet et L'Estang.

LE SECOND ACTE   [8]
DE LA COMÉDIE.

TROISIÈME INTERMÈDE

est une consultation de deux avocats musiciens, dont l'un
parle fort lentement, et l'autre fort vite, accompagnés de
deux Procureurs danseurs et de deux Sergents.

L'Avocat traînant ses paroles
Monsieur d'Estival[2].
La polygamie est un cas,
Est un cas pendable.

L'Avocat bredouilleur
Monsieur Gaye[3].
Votre fait
Est clair et net,
Et tout le droit
Sur cet endroit
Conclut tout droit.
Si vous consultez nos auteurs,
Législateurs et glossateurs,
Justinian, Papinian,   [9]
Ulpian, et Tribonian,
Fernand, Rebuffe, Jean Imole,
Paul, Castre[4], Julian, Barthole,
Jason, Alciat et Cujas,
Ce grand homme si capable;

---

2 Voix de basse.
3 Gaye était un baryton (voix de taille, disait-on); mais on a suggéré, au
   regard de la partition, ou que Gaye prenait une voix de fausset, ou qu'il
   était remplacé par une soprano ou par un haut-de-contre.
4 L'original a fautivement *Castie*.

> *La Polygamie est un cas*
> *Est un cas pendable.*

> *Tous les peuples policés,*
> *Et bien sensés :*
> *Les Français, Anglais, Hollandais,*
> *Danois, Suédois, Polonais,*
> *Portugais, Espagnols, Flamands,*
> *Italiens, Allemands,*
> *Sur ce fait tiennent loi semblable,*
> *Et l'affaire est sans embarras ;*
> *La polygamie est un cas,*
> *Est un cas pendable.*

Les deux avocats chantants
Messieurs d'Estival et Gaye.

Les deux Procureurs
Messieurs Beauchamp et Chicanneau.

Les deux Sergents
Messieurs La Pierre et Favier.

LE TROISIÈME ACTE   [C] [10]
DE LA COMÉDIE.

QUATRIÈME INTERMÈDE

est une quantité de masques de toutes les manières, dont
les uns occupent plusieurs balcons, et les autres sont dans
la place, qui, par plusieurs chansons et diverses danses et
jeux, cherchent à se donner des plaisirs innocents.

Mademoiselle de Saint-Christophe,
     en Égyptienne.

> *Sortez, sortez de ces lieux,*
> *Soucis, chagrins et tristesse ;*
> *Venez, venez, ris et jeux,*
> *Plaisirs, amour et tendresse.*
> *Ne songeons qu'à nous réjouir :*
> *La grande affaire est le plaisir.*

CHŒUR DES MUSICIENS
> *Ne songeons qu'à nous réjouir :*
> *La grande affaire est le plaisir.*

Mademoiselle de Saint-Christophe
> *À me suivre tous ici,*
> *Votre ardeur est non commune,*
> *Et vous êtes en souci*
> *De votre bonne fortune.*
> *Soyez toujours amoureux,*
> *C'est le moyen d'être heureux.*

[11]

Monsieur Gaye, *en Égyptien*
> *Aimons jusques au trépas,*
> *La raison nous y convie.*
> *Hélas ! si l'on n'aimait pas,*
> *Que serait-ce de la vie ?*
> *Ah ! perdons plutôt le jour,*
> *Que de perdre notre amour.*

TOUS DEUX EN DIALOGUE.

Monsieur Gaye
Les biens,

Mademoiselle Saint-Christophe
La gloire,

Monsieur Gaye
Les grandeurs,

Mademoiselle Saint-Christophe
Les sceptres qui font tant d'envie,

Monsieur Gaye
Tout n'est rien, si l'amour n'y mêle ses ardeurs.

Mademoiselle Saint-Christophe   [12]
Il n'est point, sans l'amour, de plaisir dans la vie.

TOUS DEUX ENSEMBLE.

Soyons toujours amoureux,
C'est le moyen d'être heureux.

Le petit Chœur chante après ces deux derniers vers :

Sus, sus, chantons tous ensemble,
Dansons, sautons, jouons-nous.

Monsieur Blondel, *chantant seul*
Lorsque pour rire on s'assemble,
Les plus sages, ce me semble,
Sont ceux qui sont les plus fous.

TOUS ENSEMBLE.

Ne songeons qu'à nous réjouir,
La grande affaire est le plaisir.

Deux Vieilles
Messieurs Le Gros et Fernon le cadet.

Deux Scaramouches   [13]
Messieurs d'Estival et Gingan.

Deux Pantalons
Messieurs Blondel et Gingan le cadet.

Deux Docteurs
Messieurs Hédouin et Rebel.

Deux Paysans
Messieurs Langez et Deschamps.

Huit Danseurs
Quatre Sauvages
Messieurs Paysan, Noblet, Joubert et Lestang.

Quatre Biscayens
Messieurs Beauchamp, Favier, Mayeu et Chicanneau.

Deux Trompettes
Les Sieurs de La Plane et Lorange.

FIN.

LES AMANTS MAGNIFIQUES

INTRODUCTION

Tandis que le succès de *Monsieur de Pourceaugnac* ne se démentait pas à Paris, sortit des presses, signé par un certain Le Boulanger de Chalussay, qui semblerait bien renseigné sur Molière, une comédie intitulée *Élomire hypocondre, ou Les Médecins vengés*[1] – un méchant libelle auquel il ne faut absolument pas se fier, qui reprend les accusations ou les calomnies habituelles contre Molière (*Élomire* est l'anagramme transparent de *Molière*), comme celle d'inceste ; le sujet principal en est la maladie de Molière qui serait, selon ce texte, la mélancolie hypocondriaque, si bien diagnostiquée par les médecins de *Monsieur de Pourceaugnac*. Cette satire venimeuse et l'image – évidemment fausse – que l'*Élomire hypocondre* veut imposer d'un Molière fragile mais tyrannique, quasi fou et tout à fait ridicule, ont fort contribué à accréditer la légende, justement détruite par ses récents biographes, d'un Molière malade chronique de la poitrine, traînant quelque tuberculose qui l'aurait finalement emporté trois ans plus tard. Non, Molière passait auprès de ses contemporains pour un homme doté d'une constitution robuste.

Et il continuait de faire face à ses tâches de dramaturge et de chef de troupe, en commençant par répondre aux sollicitations du roi. Pour le carnaval de 1670, Louis XIV avait prévu un *Divertissement royal* au château de Saint-Germain-en-Laye. Autre divertissement pour la cour et qui devait la

---

1   Publié au t. II de l'édition Georges Couton de Molière, 1971, p. 1231-1286.

combler : comme dans *La Princesse d'Élide*, on y trouvait la représentation du monde noble poussé à l'idéalisation par la transposition esthétique. Nous sommes en effet transportés chez des princes, dans une Grèce de rêve. La scène se charge de refléter en les idéalisant le divertissement aulique et son cadre. Les personnages princiers vivent là une existence occupée uniquement des divertissements et de l'amour.

Pour régaler ses courtisans, le roi choisit lui-même l'argument et confia la réalisation du *Divertissement* à ses artistes habituels : Molière – qui, outre la comédie, écrivit les textes mis en musique, d'ordinaire confiés à Benserade –, Lully et Beauchamp. Voici l'Avant-propos du livret :

> Le Roi qui ne veut que des choses extraordinaires dans tout ce qu'il entreprend, s'est proposé de donner à sa cour un divertissement qui fût composé de tous ceux que le théâtre peut fournir ; et, pour embrasser cette vaste idée et enchaîner ensemble tant de choses diverses, Sa Majesté a choisi pour sujet deux princes rivaux qui, dans le champêtre séjour de la vallée de Tempé, où l'on doit célébrer la fête des jeux Pythiens, régalent à l'envi une jeune princesse et sa mère de toutes les galanteries dont ils se peuvent aviser.

Retenons de ce texte et le sujet fourni à Molière, et le rôle qui est assigné à ce sujet – c'est-à-dire à la comédie composée par Molière –, et la volonté royale que les galanteries – les cadeaux, les divertissements offerts aux princesses – présentent la plus grande variété spectaculaire, les arts de la comédie, de la musique et de la danse rivalisant à l'envi.

Ces galanteries feront la plupart des intermèdes, six intermèdes souvent somptueux, de musique et de danse, reliés par le fil de la comédie moliéresque des *Amants magnifiques* qui les enchâsse. Nous disons *comédie-ballet* – et comédie-ballet galante, eu égard à l'atmosphère et au sujet. Les contemporains voyaient les choses autrement, sans pouvoir assigner le spectacle à un genre bien défini. Le titre du livret, seul publié en 1670, puisque Molière ne publia jamais la comédie des *Amants magnifiques*, porte *Divertissement royal mêlé de comédie, de musique et d'entrées de ballet*, la comédie ne faisant que participer au mélange, en quelque sorte. Au point que le gazetier Robinet, dans sa *Lettre à Madame* du 15 février 1670, se demandait s'il s'agissait, avec ce spectacle singulier, d'un «ballet en comédie» ou bien d'une «comédie en ballet». Et pour en apprécier la singularité, il est plus que jamais indispensable d'avoir sous les yeux et les textes de Molière et la partition de Lully.

Ce spectacle fut joué, dansé et chanté cinq fois à Saint-Germain-en-Laye à partir du 4 février 1670. Pour des raisons évidentes, il ne fut jamais donné au Palais-Royal. Estimant sans doute que la part des intermèdes écrasait celle de la comédie, que l'intrigue imaginée par lui n'était qu'un prétexte aux divertissements, pour organiser et amener une série de spectacles – de fait, les actes sont fort courts et l'acte III ne compte même qu'une seule scène ! –, Molière ne voulut pas confier aux presses ses *Amants magnifiques*, qui ne parurent que dans l'édition posthume de 1682.

UN SPECTACLE SOMPTUEUX

C'est évidemment à Vigarani, qui avait fait rénover et sécuriser la salle spacieuse des ballets du château de Saint-Germain, que fut confiée la charge des décors et des machines, réalisés à grands frais à Paris[2].

---

2   Voir Jérôme de La Gorce, *Carlo Vigarani intendant des plaisirs de Louis XIV*, 2005, p. 101 *sqq*.

Avant même l'ouverture du spectacle, le rideau donnait à voir la finalité royale de l'entreprise : divertissement voulu par le roi, conçu par le roi pour sa cour, mais finalement à sa gloire. Au centre du rideau un soleil – emblème royal – et, de part et d'autre sur les côtés, un Apollon guerrier et un Apollon avec ses Muses – déguisement mythologique transparent du Roi-Soleil, aussi splendide dans la guerre que dans la paix.

Les décors alors se succédèrent – variés, souvent riches et machinés –, pour les six intermèdes. La mer du premier intermède se calmait sur l'injonction d'Éole installé sur un petit nuage, et laissait apparaître une île avec ses Pêcheurs, tandis que Pêcheurs, Fleuves, Tritons et Amours attendaient et célébraient la venue de Neptune, – autre déguisement mythologique du roi. Après ce prologue, apparaissait un décor verdoyant, avec vue du fleuve Tempé, dans lequel, dit joliment *La Gazette*, « se commençait une comédie, qui faisait l'autre partie du spectacle ». Il faut d'ailleurs, si l'on veut se représenter un peu le *Divertissement*, outre le livret, lire le compte rendu de *La Gazette* en son *Extraordinaire du 21 février 1670*[3], parfois quelque peu différent du livret ou plus complet que lui. Le troisième intermède se déroulait dans un bois ; mais *La Gazette* précise un décor particulier doté, au fond, d'un berceau de vigne soutenu par des statues représentant toutes les nations, avec fruits et fleurs à perte de vue ; à la fin, Faunes et Dryades sortaient de vases d'orangers et de grenadiers, puis, après leur danse, rentraient dans les arbres – sans que *La Gazette* ne tienne compte de ce que dit le livret pour finir cet intermède : sur une petite scène construite au fond du théâtre paraissaient trois petites

---

3   Pages 169-180.

Dryades et trois petits Faunes, sur quoi il faudra revenir. La grotte du quatrième intermède, entre les actes III et IV, apparue soudainement, aboutissait à une perspective de cascades, dans un jardin délicieux ; des statues sortaient de leurs niches, flambeaux en main, et dansaient leur entrée. De manière surprenante, *La Gazette* place ici une volerie : une divinité descendue faisait un récit, avant de repartir au-delà de la voûte qui s'était ouverte ; d'après le livret on ne voit pas à quoi peut correspondre cet épisode machinique, toujours réalisé avec grande vitesse par cet « admirable génie » de Vigarani, comme disent les gazettes. Aussi somptueux que le premier intermède, le sixième et dernier, consacré à la solennité des jeux Pythiens, avait un nouveau décor : une grande salle en manière d'amphithéâtre rempli de spectateurs feints, vêtus à la grecque, pour assister aux jeux ; selon ce déroulement : un sacrifice, des exercices gymniques en danses, l'arrivée, au bruit des trompettes, d'Apollon – figure allégorique du « grand monarque ».

La Gazette peut conclure que le *Divertissement* fut royal à plus d'un titre : voulu par le roi, d'une magnificence royale et orienté à la gloire du roi.

Dans ces décors, il faut prendre la mesure du programme musical et du programme dansé.

La danse envahit littéralement le *Divertissement*. Au total douze entrées de ballet, des dieux marins et des Pêcheurs du premier intermède aux voltiges et autres danses armées du sixième intermède, en passant par des pantomimes, des statues dansantes, des Faunes et des Dryades. On est réduit à imaginer les costumes et les évolutions des danseurs ; mais l'analyse de la musique donne des indications sur les types de danse et sur leur style. Car la danse est capable de tout exprimer et de tout traduire – situations, sentiments et évidemment les paroles d'une chanson[4].

Je retiens un seul exemple, celui des pantomimes du cinquième intermède. Puisque les pantomimes sont adroits à exprimer toutes les passions, ils « ajustent leurs gestes et leurs pas aux inquiétudes de la jeune princesse ». On ne sait rien de leurs mouvements et gestes, mais les deux airs de Lully permettent d'en deviner la trame temporelle. Le premier air, lent, en sol mineur, s'ajuste à la tristesse. Partant de la tonique, la première phrase descend aussitôt d'une sixte pour se poser sur le si bécarre altéré ; elle remonte ensuite pour s'arrêter sur le fa dièse : l'effet vient de l'harmonie, qui oppose la couleur modale du sol mineur à celle du sol majeur. Puis vient une grande pause, de plus de quatre mesures. D'ailleurs, les séquences suivantes, avec des changements de mesure, sont également coupées de mesures silencieuses – manière de marquer la compassion pour la douleur de la princesse, de l'inviter aussi à la dépasser. Car, de douloureuse qu'elle était d'abord, la musique se fait plus enjouée, se concluant – cela est court mais reste significatif – sur l'accord de sol majeur. Le deuxième air est d'ailleurs carrément entraînant.

Quant au programme proprement musical, il mérite aussi grande attention[5]. Symphonies, récits, dialogues, chœurs sont mis en œuvre par Lully. Tour à tour la musique accompagne un décor, souligne la solennité d'une situation, apaise. « L'agréable bruit de quantité d'instruments » soutient la mise en place du décor marin du premier intermède.

---

4   « *Et tracez sur les herbettes / L'image de nos chansons* », est-il demandé aux danseurs du troisième intermède, en des vers malheureusement assez mièvres.

5   Voir des analyses dans le *Lully* de Jérôme de La Gorce, 2002, au chapitre 4 ; et dans les notes, dues à Anne Piéjus, de la récente édition de Molière dans la Pléiade, t. II, 2010, p. 1689-1709.

Au dernier, six trompettes et un timbalier annoncent « avec un grand bruit la venue d'Apollon », avant que le dieu lui-même n'entre, « au bruit des trompettes et des violons ».

Pour vérifier la puissance évocatrice de la musique et du chant, il faut suivre la constitution du troisième intermède, avec la diversité des nuances dans le climat pastoral, puisqu'il s'agit d'une petite pastorale en musique. À la scène 2, les bergers Lycaste et Ménandre moulent d'abord leurs questions au souffrant Tircis sur le sol mineur douloureux – avec une légère moquerie (« *Hé quoi ! toujours languissant, sombre et triste ?* ») ; puis ils unissent leurs efforts pour tirer leur camarade de son indéfectible mélancolie : en face de la complaisance au malheur (« *Je ne guérirai qu'à la mort* »), on entend des injonctions optimistes dans leur mélodie en majeur, en un rythme qui se voudrait entraînant. Du coup, la souffrance se trouve d'une certaine manière relativisée, sinon contredite.

Mais apparaît Caliste, l'objet aimé (en vain jusqu'ici) de Tircis. Seule, elle épanche sa peine (scène 3), se révoltant contre l'honneur qui empêche les filles d'avouer leur amour et les oblige à se montrer insensibles aux garçons. Depuis la « ritournelle pour les flûtes » – le timbre de cet instrument est parfaitement approprié au climat doux et souffrant qu'il s'agit de créer –, le ré mineur baigne toute la scène ; cette ritournelle sera reprise à l'identique, enchantant et calmant la plainte jusqu'à ce que Caliste s'endorme. Mais auparavant, les arbres et les oiseaux auront entendu une longue déploration, avec ses altérations, ses exaltations et ses crispations passagères : rigoureux honneur qui bride les cœurs enflammées ! Heureux animaux, heureux oiseaux qui peuvent suivre librement « *les doux emportements* » de leurs cœurs amoureux !

Il faut mentionner ici la scène suivante (scène 4) ou les trois bergers s'approchent de Caliste endormie sur le gazon ;

on y trouve le plus beau passage de la partie musicale de tout l'intermède. Écoutons d'abord la douce ritournelle pour les flûtes, avec ses deux voix qui quittent rarement la tierce, avant de se rejoindre à l'unisson. Mais le trio qui suit (« *Dormez, dormez, beaux yeux, adorables vainqueurs,* / *Et goûtez le repos que vous ôtez aux cœurs ;* ») est aussi beau. Variant légèrement la mélodie précédente en ut mineur et en enrichissant bien sûr l'harmonie, les trois voix masculines la redisent, comme retenant leur souffle devant la beauté endormie, pourtant si cruelle. Les musicologues nous apprennent que nous avons là une imitation du trio du sommeil de l'*Orfeo* de Rossi ; le trio de Lully et sa ritournelle annoncent en tout cas les « sommeils » de la future tragédie lyrique.

Pour compléter le kaléidoscope musical, il faudrait s'arrêter sur la scène suivante (scène 5) – la scène des satyres déçus qui auront recours au vin pour se consoler –, et sur le *Dépit amoureux* qui la suit, au dialogue plutôt humoristique, avant que bergers et bergères n'appellent à la jouissance de l'amour.

Richesse et beauté d'un spectacle composite, rigoureusement baroque.

CONSTRUCTION

La disposition du spectacle mérite tout autant d'être appréciée.

Pour « enchaîner ensemble tant de choses diverses », Molière se servit évidemment du sujet proposé, nous dit l'Avant-propos, par le roi. Et le déploiement de sa comédie réalise un enchaînement tout naturel et comme nécessaire des intermèdes enchâssés dans l'intrigue théâtrale. Aucune rupture : on passe en continuité des intermèdes au plan des spectateurs privilégiés de ces intermèdes que sont les personnages de la comédie, et Molière souligne volontiers le passage aisé de la comédie aux intermèdes, réalisant ainsi l'unité de sa comédie-ballet.

Le grand premier intermède marin est un premier cadeau, ou régal(e), offert par l'un des princes pour agrémenter la promenade des princesses – la mère, Aristione, et sa fille Ériphile ; d'ailleurs, sur la fin, Tritons et Amours chantent en chœur la beauté des deux princesses spectatrices, que même Neptune vient honorer. Le deuxième intermède, celui des pantomimes, est annoncé en I, 5 comme un divertissement qu'Ériphile, d'une autre humeur, se laisse convaincre de regarder ; et en II, 1, elle s'en dira charmée au point de retenir effectivement les pantomimes à son service. À la fin de cet acte, Aristione et sa fille reprennent en quelque sorte leur promenade de spectacle en spectacle, de merveille en merveille : « On enchaîne pour nous ici tant de divertissements les uns aux autres [...]. Entrons vite dans le bois, et voyons ce qui nous y attend ; ce lieu est le plus beau du monde, prenons vite nos places » (II, 5) ; dans la forêt une Nymphe les accueille. Après ce long et beau troisième intermède, en III, 1, Aristione commente aussi, admirative, le spectacle contemplé. Suite de la promenade et nouvelle galanterie, nouveau spectacle dans la grotte du quatrième intermède : « Dressons notre promenade, ma fille, vers cette belle grotte... » (III, 1) ; et nouveau commentaire juste après, en IV, 1 : « [...] on ne peut rien de plus galant et de mieux entendu ». Les deux derniers intermèdes sont liés autrement à la comédie. Avec le cinquième, on retrouve les pantomimes regardés par Ériphile ; mais la danse reflète explicitement les sentiments de la jeune princesse préoccupée, représentant en miroir, un écho à ses préoccupations. Comme elle le voulait (IV, 5), Ériphile est bien laissée à ses pensées ; elle y est même renvoyée, mais avec la transfiguration de la danse – ce qui rend supportable sa mélancolie. Quant au « pompeux spectacle » de la fête des jeux Pythiens, la solennité en est annoncée dès le premier acte.

Les intermèdes qui ponctuent « cette merveilleuse journée » sont aussi parfaitement équilibrés par le responsable du spectacle – nous sommes toujours persuadé qu'il s'agissait de Molière ! Aux deux extrémités, les deux grands portiques d'entrée et de sortie, là où le roi Louis XIV devait danser sous la figure d'un dieu, Neptune puis Apollon, ses deux déguisements mythologiques ; peut-être dansa-t-il une fois, à la première représentation, et ce fut tout. Et c'en fut fini du roi danseur ; il avait à peine 32 ans quand il cessa de danser, on ne sait trop pourquoi : l'âge, le souci de sa dignité, les injonctions de l'Église, la charge des affaires, la moindre nécessité politique … En tout cas, les deux intermèdes extrêmes devaient ériger le roi-Neptune et le roi-Apollon en une sorte d'apothéose. Les vers d'application, destinés à la seule lecture des spectateurs, donnent cinq strophes dithyrambiques sur Neptune-Louis XIV, redoutable dans sa puissance et sa colère, équitable dans son pouvoir, favorisant la paix et le commerce. La belle danse écrite par Lully, au rythme binaire, dans la tonalité solennelle de fa majeur, garde la dignité qui convenait à un royal danseur, mais devait exiger aussi de lui, en sa deuxième section, plus bousculée, une technique plus brillante. Quant au dernier intermède, il est consacré à chanter la gloire du dieu Apollon, dieu plein de force et d'appâts – nouvelle apothéose du Roi-Soleil sous les traits du dieu de la Lumière. Le premier vers d'application « pour le roi représentant le

Soleil » est le suivant : « Je suis la source des clartés ». Cette apothéose s'épanouit dans une danse en ré mineur, dont les deux sections sont très contrastées : après une partie plus solennelle, la seconde bouscule les notes pointées en un tourbillon visant à mettre en valeur, encore plus que la danse de Neptune, la virtuosité du danseur, qui devait donner sa personne et sa gloire en spectacle.

Au centre du *Divertissement*, enchâssées en son cœur même, on trouve les cinq scènes de la pastorale en musique, sorte de petit opéra, dont le dénouement heureux change les tonalités, avec les satyres déconfits, puis le morceau différent et plus plaisant du *Dépit amoureux*, prélude à l'atmosphère de joie dans l'amour partagé. On pourrait dire que la pastorale centrale de ce troisième intermède, avec ses nuances, de la peine à la joie et au plaisir, irradie son atmosphère sur toute la comédie, s'en fait une sorte d'écho ou de miroir.

Les autres intermèdes, des danses, sont infiniment plus courts et ménagent un répit spectaculaire. Et l'on remarquera que les intermèdes 2 et 5, assurés par les pantomimes, sont symétriques. Au total, l'ensemble du *Divertissement* présente équilibre interne et cohérence.

Il faut aller plus loin, dépasser en quelque sorte la vision de la continuité horizontale du spectacle et parvenir à la structure des plans dans la profondeur. Là se fait jour la pensée de Molière sur ces merveilles multiples, mais soumises aussi aux réticences et à la critique[6]. On pourrait trouver un exemple de l'utilisation critique du jeu avec les niveaux dans le troisième intermède même, à la fin, dans la deuxième entrée de ballet : tandis que Faunes de

---

6   Voir la précieuse étude de Jacques Guicharnaud, « Les trois niveaux critiques des *Amants magnifiques* », [in] *Molière : Stage and study. Essays in honour of W. G. Moore*, 1973, p. 21-42.

Dryades dansent et que bergers et bergères chantent sur le devant de la scène, Vigarani avait prévu une petite estrade construite dans le fond de la scène, où des personnages de Faunes et de Dryades, qui étaient ou qui devaient paraître plus petits, reproduisaient ce qui se passait sur le devant —simple miroir ou écho burlesque ?

La portée critique du jeu avec les plans est indiscutable cette fois à l'intérieur même de la comédie. On sait la Princesse mère Aristione superstitieuse en matière d'astrologie ; l'astrologue imposteur Anaxarque n'a donc aucun mal à lui faire admettre la vérité d'une apparition spectaculaire de Vénus, venue dans sa machine proclamer un oracle concernant le mariage de sa fille – oracle qui représente pour elle effectivement la volonté des dieux (IV, 2). Mais Molière va doublement démystifier le prétendu oracle. Dès la scène suivante (IV, 3), l'imposteur lui-même dévoile les mécanismes, la technique de cette tromperie, de cet « artifice » : un « admirable ingénieur » a caché ses fils de fer, ajusté un plancher et arrangé les lumières, habillé ses personnages afin de donner l'apparence du vrai à une fiction. Mais que fait d'autre l'admirable ingénieur et ingénieux machiniste Vigarani que, par son art et ses artifices, de donner l'apparence du vrai aux merveilleux intermèdes qui enthousiasment les spectateurs ? Tout cela n'est que machinerie, mensonges en un mot. Voilà les beaux divertissements passablement démystifiées ! Le plus amusant, mais qui concourt à la démystification, c'est que le hasard (machiné par Molière lui-même, évidemment !) des événements confirmera l'oracle feint. Il ne faut donc pas croire aux miracles que la superstition – ou la religion ? – veut imposer...

Les merveilleux régal(e)s, ces éclatants divertissements de cour et les protagonistes de la comédie qui en sont les spectateurs forment aussi deux plans, et Molière joue du contrepoint entre les ornements et la comédie, avec quelque audace dans une somptueuse comédie-ballet destiné au roi et à la cour. Belle liberté du dramaturge à l'égard des divertissements nobles par excellence et à l'égard du monde princier. La démystification est réalisée par l'attitude des protagonistes de la comédie en face des beaux divertissements, des beaux cadeaux offerts par les amants magnifiques qui rivalisent pour plaire à Aristione et obtenir la main de sa fille.

Si Aristione ne semble pas ménager son admiration pour la succession des régal(e)s, sa fille Ériphile ne dit son enthousiasme, et encore pas immédiatement, que lorsqu'il s'agit du divertissement proposé par sa confidente, et de simples pantomimes. Réticence, au moins, à l'égard des spectacles merveilleux chez cette jeune princesse. Plus gravement, un autre personnage essentiel, le jeune général Sostrate, amoureux d'Ériphile, se met d'emblée en marge de la fête de cour – « secrète mélancolie » et « humeur sombre » dues à ses amours malheureuses. Attaché à ses pensées d'amour impossible, il a déserté la presse et la confusion occasionnées par les « cadeaux merveilleux de musique et de danse » dont Iphicrate a régalé la promenade des princesses : « J'avoue que je n'ai pas naturellement grande curiosité pour ces sortes de choses », déclare-t-il (I, 1). Ériphile son aimée formule un égal vœu de retrait et de solitude qui, à la fin de l'acte I, répond exactement à celui que formulait Sostrate au début du même acte :

> Ah ! qu'aux personnes comme nous, qui sommes toujours accablés de tant de gens, un peu de solitude est parfois agréable, et qu'après mille impertinents entretiens il est doux de s'entretenir avec ses pensées ! Qu'on me laisse ici promener toute seule.

Sostrate néglige ou méprise les beaux divertissements au profit de sa peine amoureuse ; Ériphile fuit la presse et les conversations superficielles pour être seule avec ses pensées : les deux héros de la comédie mettent à distance les fastueux et collectifs divertissements de cour. Et l'intérêt de la comédie-ballet gît bien ailleurs que dans ces divertissements ; on le trouve dans le difficile accord entre Sostrate et Ériphile.

Ajoutons que les trois divertissements organisés par les amants magnifiques le sont par des êtres vides et bas, dégradés par Molière : des courtisans viles, insincères, qui n'hésitent pas à se payer les services d'un astrologue trompeur, qui les berne aussi, pour parvenir à leur fin, mais qui seront éconduits. Les spectacles et leurs organisateurs sont renvoyés à la surface brillante, au non-être ; l'être se manifeste chez les héros amoureux et souffrants, qui restent à l'écart de la fête de cour. Vis-à-vis des merveilleux divertissements baroques qui doivent enchanter, Molière manifeste ici un singulier désenchantement.

À l'intérieur de la comédie, une rupture de plan s'impose entre les protagonistes princiers ou nobles et le plaisant de cour Clitidas qui, dans un registre moins appuyé, joue un rôle analogue à celui que jouait le comique Moron dans *La Princesse d'Élide* ; le langage et le comportement des deux plaisants de cour introduisent une dissonance critique, sinon burlesque, propre à mettre en cause ou à relativiser passablement l'univers noble, ses plaisirs, ses conduites et ses valeurs.

Quelques incongruités ou inconvenances de langage, qui détonnent à la cour mais pas chez le fou de la Princesse, l'aveu d'« un peu de poltronnerie » propre à un personnage du bas, ne doivent pas faire négliger l'essentiel. Clitidas est intelligent, plein de malice, d'humour et de juste bon sens. Ses interventions piquantes et mordantes agacent singulièrement l'astrologue Anaxarque, dont il conteste l'autorité. Il est surtout un auxiliaire actif des amours entre la Princesse Ériphile et Sostrate et voudrait, comme Moron, faire triompher une conception du sentiment amoureux différente, plus simple, plus authentique. Clitidas ne prend pas au sérieux les retenues de l'amour romanesque de Sostrate ; il lui conseille la hardiesse, l'aveu simple et sans détour, celui qui, débarrassé des oripeaux du romanesque, libère, fait revenir au possible et au bonheur. Que l'on examine bien son rôle, et vis-à-vis de Sostrate et vis-à-vis d'Ériphile, et on s'apercevra que Clitidas aura été l'accoucheur de la vérité des deux cœurs, préparant leur union et leur bonheur. Autre contrepoint.

Non seulement cohérente et équilibrée, la construction du *Divertissement* s'enrichit considérablement du jeu avec les plans, de différentes ruptures de niveaux, qui tous portent grand sens et révèlent, sur le mode enchanteur ou plaisant, de plus sérieuses réflexions critiques.

LA COMÉDIE SENTIMENTALE

Si donc, en reproduisant sur la scène l'habitude des divertissements de cour, ces galanteries appelées « cadeaux » ou « régales », volontiers offerts aux dames, Molière, Lully et Vigarani tendaient un miroir à la cour – et un miroir sans complaisance, à le bien considérer –, la fable dramatique elle-même, inventée par Molière pour lier l'ensemble, propose un monde passablement idéal : dans une Thessalie de rêve, des personnages nobles, sinon toujours héroïques, vivent une existence romanesque, occupée uniquement de loisirs et d'amour. C'était renouer avec l'atmosphère de *La Princesse d'Élide* et créer assurément une nouvelle comédie galante.

On a repéré le sujet. Autour d'Ériphile, la fille de la Princesse Aristione, gravitent – en une sorte de ballet – trois amoureux : les deux amants magnifiques, les Princes Iphicrate et Timoclès, qui dépensent sans compter pour offrir des divertissements somptueux à Ériphile et à sa mère, et le général d'armée Sostrate qui, malgré son rang inférieur, parviendra à se faire aimer de la Princesse Ériphile. À travers ces personnages, Molière oppose assurément deux manières de faire sa cour, de pratiquer la poursuite amoureuse ou *galanterie*.

Celle des Princes magnifiques est fort discréditée, déjà parce qu'elle manque à la vertu. Ces Princes n'hésitent pas à stipendier l'astrologue charlatan et imposteur Anaxarque pour duper la mère crédule et l'entraîner à donner la main de sa fille à l'un des deux. La galanterie des Princes manque surtout à l'authenticité. Ils pratiquent de manière formelle les codes amoureux mondains[7], à coup de divertissements et de déclarations convenues mais creuses. Iphicrate ne va-t-il pas, devant l'indifférence d'Ériphile pour lui et sachant bien que c'est la mère qui décide en principe du mariage de sa fille, jusqu'à transporter soins et hommages de la fille à la mère (comme il dit), en un compliment à celle-ci qui, malgré la flatterie un peu obligée à une mère en la circonstance, reste étonnant :

> Et plût au Ciel, Madame, que vous eussiez pu vous résoudre
> à tenir sa place [*la place de votre fille*], que vous eussiez voulu

---

7   Voir Marie-Claude Canova-Green, « *Ces gens-là se trémoussent bien… »…*, 2007, p. 264-268.

> jouir des conquêtes que vous lui faites, et recevoir pour vous
> les vœux que vous lui renvoyez[8].

Galimatias, lui rétorque rudement Aristione – non sans raison eu égard à la formulation ! L'on ne voit d'ailleurs jamais les deux Princes même tenter de dire leur sentiment à Ériphile. En revanche, ils ont passé marché avec leur auxiliaire – auxiliaire doublement trompeur car Anaxarque va mystifier Aristione, mais en trompant aussi les deux Princes, puisqu'il a promis à chacun d'eux son aide. Ils flattent bassement Sostrate, et même Clitidas, pour se les rendre favorables (I, 3 et 4). Et leur attitude finale, toute de violence (ils s'en sont pris à Anaxarque et menacent Aristione qui a donné sa fille à un autre, à eux inférieur) signalent l'orgueil blessé et le dépit du désir ambitieux déçu. En face de cela, Sostrate propose une tout autre galanterie, modeste et respectueuse, qui aurait plutôt les faveurs du roi. Nous allons y revenir.

Dans cette affaire matrimoniale, Aristione n'a pas le rôle attendu au théâtre de mère autoritaire et opposée aux amours de sa fille. C'est au contraire une mère libérale et patiente, qui attend de savoir où va le cœur de sa fille pour la marier et fait fi du préjugé social, de l'égalité du rang, en faveur du mérite (IV, 1). Comme elle dit : « Je suis une bonne mère ». Aristione intéresse plutôt Molière pour sa crédulité : elle perd tout bon sens et toute raison par sa croyance en l'astrologie, croit réelle l'apparition de Vénus et jusqu'au bout est persuadée de la vérité de l'oracle, puisque le hasard ou la Providence réalisent cet oracle à leur manière. À travers elle, Molière nous invite en effet à la lucidité et à quelque méfiance vis-à-vis des croyances.

---

8   I, 2.

En réalité, l'intérêt de la comédie sentimentale est ailleurs : dans une autre variation quelque peu marivaudienne, après *La Princesse d'Élide*, sur les épreuves de l'amour.

Cas unique dans tout le théâtre de Molière, *Les Amants magnifiques* mettent en œuvre un obstacle d'ordre social et la peur d'une mésalliance : malgré ses brillants états de service, sa bravoure, l'exercice noble des vertus héroïques, en quelque sorte, Sostrate est d'un rang trop inférieur pour pouvoir prétendre à la main d'Ériphile, une princesse, qu'il aime, laquelle, de son côté, ne pourrait accepter comme époux un amant de rang inférieur. Dans sa comédie héroïque de *Don Sanche d'Aragon*, Pierre Corneille avait retenu le même thème et montré les épreuves de l'amour romanesque avant que ne se réalise l'harmonie heureuse voulue par la Providence – à cette différence près, capitale, que chez le tragique les deux amants se découvrent être de même rang. Chez Molière, l'obstacle à l'amour et au bonheur est véritablement une fatalité sociale, mais dont on nous laisse à penser qu'elle pourra ne plus peser sur les personnages. À preuve les réflexions de la mère d'Ériphile qui, loin de cautionner de son autorité maternelle l'impossibilité due à la différence de rang, vante régulièrement Sostrate, comme pour abolir cette différence. « Votre mérite, Sostrate, n'est pas borné aux seuls emplois de la guerre : vous avez de l'esprit, de la conduite, de l'adresse, et ma fille fait cas de vous », déclare-t-elle pour justifier son choix de Sostrate en vue d'une commission délicate (I, 2) ; « J'estime tant Sostrate […], je fais, dis-je, tant d'estime de sa vertu et de son jugement… », affirme-t-elle plus tard (III, 1). Au point que cette Aristione – c'est sa fille qui le dit – aurait accepté qu'Ériphile épousât Sostrate avant même que les dieux n'aient parlé et n'imposent Sostrate, sauveur d'Aristione, à la jeune Princesse.

Mais les jeunes gens ont faite leur la contrainte sociale, ont transposé l'obstacle extérieur en obstacle intérieur, qui empêcherait non seulement la réalisation de l'amour, mais même l'expression et l'aveu de cet amour.

À l'écart des plaisirs de la cour, enfermé dans sa rêverie mélancolique, Sostrate veut garder le secret sur sa passion impossible. Sa seule issue : mourir sans même se déclarer, à cause de ce respect inviolable où les beaux yeux d'Ériphile assujettissent toute la violence de son ardeur, pour parler comme lui (I, 1). En fait[9], Sostrate applique l'orthodoxie des amours romanesques : la femme idole et l'amant soumis. On ne s'étonne pas que le plaisant de cour Clitidas, devenu un peu son confident, raille doucement cet amoureux désespéré et lui conseille davantage de hardiesse (qu'il ne montrera guère, car les initiatives viendront d'ailleurs, de Clitidas lui-même, d'Ériphile, du destin enfin). La raillerie de Clitidas et le dénouement valent mise à distance critique de l'orthodoxie romanesque, du code des amours romanesques. S'il critique sérieusement la galanterie des Princes, Molière n'épargne pas non plus la galanterie à la manière de Sostrate, pourtant infiniment plus acceptable.

Ériphile a pu se douter de l'amour de Sostrate et même en conçoit pour lui ; comme lui elle recherche la solitude – des lieux comme la forêt, propre à la méditation et aussi à l'aveu – au milieu des fêtes que donnent en son honneur les deux prétendants magnifiques et insupportables. Mais comment s'avouerait-elle un amour qu'elle sait injurieux pour son rang et donc impossible ? Son plaisant Clitidas va jouer le rôle de telle suivante du théâtre de Marivaux pour jeter la lumière dans son cœur, par un habile stratagème

---

9   Voir Charles Mazouer, « Molière et les amours romanesques », [in] *Molière et le romanesque du XXe siècle à nos jours*, 2009, p. 255-272.

(II, 2) : il dépeint Sostrate amoureux ; mais devant la colère d'Ériphile qui se croit l'objet de cet amour (réaction, pour le dire aussi, parfaitement conforme à l'orthodoxie romanesque !), il affirme que Sostrate est amoureux d'une autre, ce qui provoque naturellement la jalousie d'Ériphile. En cinq ou six répliques, Ériphile s'est donc deux fois trahie – en se croyant l'aimée et en montrant sa jalousie. « Vous êtes un insolent de venir surprendre mes sentiments », dit-elle en chassant Clitidas… qu'elle rappelle aussitôt. Telle est la surprise de l'amour ! Elle a dû s'avouer, devant Clitidas, qu'elle aime Sostrate. Elle sait maintenant le secret de Sostrate et joue d'abord avec une malice un peu cruelle de cette supériorité (II, 3).

Mais cette surprise de l'amour ne supprime en rien l'obstacle entre les deux amoureux, qui jusqu'ici n'ont chacun exprimé leur amour que devant un tiers – le même Clitidas –, et ne se sont jamais déclarés ni réciproquement ni publiquement. Sostrate continue de se taire[10], convaincu qu'il reste que son amour est impossible. De son côté, Ériphile, tout en refusant de choisir entre les amants détestés, et malgré les avances de sa mère, pour qui le mérite tient lieu de rang social, refuse d'avouer qu'elle aime Sostrate, toujours embarrassée qu'elle reste par l'incompatibilité de son inclination avec son rang[11].

Un pas sera franchi quand, devant le danger (le faux oracle veut qu'Ériphile épouse le sauveur de sa mère, qui pourrait être un des amants magnifique détestés), Ériphile brusque un entretien avec le (trop) respectueux amant (IV, 4). L'attaque n'est plus marivaudienne, de la

---

10   En III, 1, il parle publiquement de sa passion sous le déguisement d'un
     ami, en précisant que lui ne pourrait aspirer à la Princesse. Celle-ci, qui
     est présente mais se tait, lit clairement, et goûte l'aveu.
11   Voir le dialogue avec sa mère en IV, 1.

part de la jeune fille : « Sostrate, vous m'aimez ? » sont ses premiers mots. C'est que, devant le danger, le secret ni les réticences ne sont plus de mise : « Laissons cela, Sostrate : je le sais, je l'approuve et vous permet de me le dire », affirme-t-elle au jeune home qui se récrie. Étape capitale dans l'expression de cet amour mutuel : celle de l'aveu, qu'à sa manière simple et humoristique Clitidas aura favorisé. Mais c'est encore insuffisant, car le devoir l'emporte toujours sur l'inclination, chez les deux héros : Ériphile reste fidèle à son devoir de princesse et Sostrate reste fidèle à son vœu de mourir quand Ériphile en aura épousé un autre. C'est l'heureux destin dramatique – Sostrate sauve Aristione, qui lui donne alors sa fille – qui lève l'obstacle social, l'obstacle du préjugé, si l'on veut. Voilà réunis dans le bonheur de l'amour partagé deux amoureux que l'obstacle insurmontable avait laissés chacun dans une sombre mélancolie.

Grâce à Clitidas. Et au profit d'une autre vision de l'amour qui congédie tous les codes amoureux, renvoie dos à dos galants de cour et galant romanesque, et illustre un amour plus naturel et plus simple, sans les plaisirs duquel on ne peut vivre. Comme la Caliste du troisième intermède a su se débarrasser de la contrainte du faux honneur et s'abandonner à l'amour de Tircis, Ériphile doit se débarrasser du préjugé social, se laisser aller à son amour et combler l'amour de Sostrate, qui souscrivait au même préjugé. Comme le troisième intermède s'achève doublement (et pour les amours de Caliste et de Tircis, et pour la petite scène de dépit amoureux entre Climène et Philinte) sur la victoire de l'amour, la comédie fait triompher la passion véritable de Sostrate et d'Ériphile. Ultime écho entre l'intermède et la comédie.

On l'aura constaté : ces *Amants magnifiques*, mal connus et passablement négligés dans l'œuvre de Molière, méritent, par leur richesse et leur finesse, plus d'attention et plus d'estime.

LE TEXTE

Nous suivons le texte de l'édition de 1682, qui publia pour la première fois *Les Amants magnifiques*, à titre posthume, au tome VIII et dernier des *Œuvres de M. de Molière, revues, corrigées et augmentées, Enrichies de Figures en Taille-douce.* Paris, chez Denys Thierry et chez Pierre Trabouillet 1682, avec privilège du roi (deuxième volume des *Œuvres posthumes*) :

LES / ŒUVRES / POSTHUMES / DE / MONSIEUR / DE MOLIERE. / *TOME VIII.* / Imprimées pour la pre-miere fois en 1682. / *Enrichies de Figures en Taille-douce.* / A PARIS. / Chez / DENYS THIERRY, ruë Saint Jacques, à / l'enseigne de la Ville de Paris. / CLAUDE BARBIN, au Palais sur le se- / cond Perron de la Sainte Chapelle. / ET / PIERRE TRABOUILLET, au Palais, dans la / Gallerie des Prisonniers, à l'image S. Hubert, & / à la Fortune, proche le Greffe des / Eaux & Forests / M. DC. LXXXII. / *AVEC PRIVILEGE DU ROY.*

Les Amants magnifiques se trouvent aux pages 8 à 84. Les éditeurs de 1682 se sont contentés de reprendre, avec quelques variantes, les intermèdes du livret.

L'exemplaire BnF Tolbiac RES-YF-3162 a été numérisé : NUMM-71409.

Seul le livret avait paru du vivant de Molière, en 1670 :

Le / Divertissement / Royal, / Meslé de Comedie, de / Musique, & d'Entrée / de ballet. / A PARIS, / Par ROBERT BALLARD, seul Imprimeur / du Roy pour la musique. / M. DC. LXX. / *Avec Privilege de sa Majesté.* In-4 de 30 pages.

L'exemplaire BnF, Arts du spectacle (8-RA3-133) est numérisé : NUMM-114435.

LA PARTITION

Les sources musicales sont nombreuses, dont la copie Philidor. L'édition moderne de cette partition, préparée par Bruce Gustafson, est à paraître dans la grande édition moderne des *Œuvres complètes* de Lully, publiée à Hildesheim, par Georg Olms ; *Les Amants magnifiques*, LWV 42, constitueront le volume 5 de la Série II : *Le Divertissement royal (Les Amants magnifiques).*

BIBLIOGRAPHIE COMPLÉMENTAIRE

GUICHARNAUD, Jacques, « Les Trois Niveaux critiques des *Amants magnifiques* », [in] *Molière : Stage and study. Essays in honour of W. G. Moore*, p. p. W. D. Howarth and M. Thomas, Oxford, Clarendon Press, 1973, p. 21-42.
LA GORCE, Jérôme de, *Jean-Baptiste Lully*, Paris, Fayard, 2002.

AKIYAMA, Nobuko, « Deux comédies galantes de Molière : *La Princesse d'Élide* et *Les Amants magnifiques* », [in] *Molière et la fête*, Actes du colloque international de Pézenas (7-8 juin 2001), publiés sous la direction de Jean Emelina, par la ville de Pézenas, 2003, p. 35-49.

ROLLIN, Sophie, « Les jeux galants dans *La Princesse d'Élide* et *Les Amants magnifiques* », [in] *Molière et le jeu*, Deuxième Biennale « Molière » ; sous la direction de Gabriel Conesa et Jean Emelina, Pézenas, Domens, 2005.

LA GORCE, Jérôme de, *Carlo Vigarani intendant des plaisirs de Louis XIV*, éditions Perrin / Établissement public du musée et du domaine national de Versailles, 2005.

Gambelli, Delia, « *Bérénice* ou *Les Amants magnifiques*. Les transports furtifs d'une pièce faite de rien », *Cahiers de littérature française*, 4, 2006, p. 105-123.

MAZOUER, Charles, *Molière et ses comédies-ballets*, 2° éd., Paris, Champion, 2006.

CANOVA-GREEN, Marie-Claude, « *Ces gens-là se trémoussent bien…* » *Ébats et débats dans la comédie-ballet de Molière*, Tübingen, Gunter Narr, 2007 (*Biblio 17*, 171), p. 232-235, 264-268 et 310-319.

COURTÈS, Noémie, « L'impossible romanesque des *Amants magnifiques* », [in] *Molière et le romanesque du XXe siècle à nos jours*, Actes du 4° colloque de Pézenas (8-9 juin 2007) p. p. Gabriel Conesa et Jean Emelina, Pézenas, Domens, 2009, p. 77-93.

MAZOUER, Charles, « Molière et les amours romanesques », [in] *Molière et le romanesque du XXe siècle à nos jours*, Actes du 4° colloque de Pézenas (8-9 juin 2007) p. p. Gabriel Conesa et Jean Emelina, Pézenas, Domens, 2009, p. 255-272.

CANOVA-GREEN, Marie-Claude, « Molière et la cartographie du Tendre », [in] *Molière et le romanesque du XXe siècle à nos jours*, Actes du 4° colloque de Pézenas (8-9 juin 2007), p. p. Gabriel Conesa et Jean Emelina, Pézenas, Domens, 2009, p. 328-347.

CORNUAILLE, Philippe, *Les Décors de Molière. 1658-1674*, Paris, PUPS, 2015.

NÉDÉLEC, Claudine et PARINGAUX, Céline, « Langages de Molière », [in] *Molière Re-Envisioned. Twenty-First Century Retakes. / Renouveau et renouvellement moliéresques. Reprises contemporaines*, sous la direction de M. J. Muratore, Paris, Hermann, 2018, p. 141-159.

CALL, Michaël, « Of Sceptics and Spectators : *Les Amants magnifiques* and the Wonders of Disenchantment », *Early Modern French Studies*, 40 (2), 2018, p. 166-178.

Molière à la cour. « Les Amants magnifiques » en 1970, dir. Laura Naudeix, Rennes, P. U. de Rennes, 2020, propose un riche ensemble d'articles.

COUVREUR, Manuel, « *Les Amants magnifiques* », [in] *Molière et la musique : des états du Languedoc à la cour du Roi-Soleil*, dir. Catherine Cessac, nouvelle édition, Paris, Les Éditions de Paris – Max Chaleil, 2022, p. 85-90.

LES AMANTS MAGNIFIQUES

COMÉDIE

MÊLÉE DE MUSIQUE,
& d'entrées de Ballet.

PAR I. B. P. DE MOLIÈRE.

Représentée pour le Roi à Saint-Germain-en-Laye,
au mois de février 1670,
sous le titre du Divertissement royal.

PERSONNAGES [A iij] [n. p.]
DE LA COMÉDIE

ARISTIONE, Princesse, mère d'Ériphile.

ÉRIPHILE, fille de la Princesse.

CLÉONICE, confidente d'Ériphile.

CHORÈBE, de la suite de la Princesse.

IPHICRATE, ⎫
TIMOCLÈS,   ⎭ amants magnifiques[1].

SOSTRATE, général d'armée, amant d'Ériphile.

CLITIDAS[2], plaisant de cour, de la suite d'Ériphile.

ANAXARQUE, astrologue.

CLÉON, fils d'Anaxarque.

UNE FAUSSE VÉNUS, d'intelligence avec Anaxarque.

La scène est en Thessalie,
dans la délicieuse vallée de Tempê[3].

---

1 Rappelons que l'adjectif *magnifique* appliqué à un homme signifie « qui
   donne avec largesse, qui aime le faste ».
2 Clitidas et un *plaisant* ou fou de cour, un bouffon comme on en trouvait
   au service des rois (Louis XIV avait encore son fou) et des seigneurs.
   – Molière tenait ce rôle (seule certitude de la distribution). Son habit
   est connu par l'*Inventaire après décès* : « Un habit de Clitidas, consistant
   en un tonnelet [partie basse d'un habit à la romaine, faite de bandes
   d'étoffes tombant verticalement, ou lambrequins], chemisette [petite
   chemise qui s'arrête à la ceinture], un jupon [espèce de veste], un caleçon
   [visible quand les lambrequins du tonnelet s'écartaient] et cuissards ;
   ledit tonnelet de moire verte, garni de deux dentelles or et argent ; la
   chemisette de velours à fond d'or ; les souliers, jarretières, bas, festons,
   fraise et manchettes, le tout garni d'argent fin. »
3 *La vallée de Tempé*, consacrée à Apollon, est le nom donné par les Grecs
   à la gorge creusée par le fleuve Pénée, pour s'ouvrir un passage de la
   plaine de Thessalie vers la mer.

Le roi, qui ne veut que des choses extraordinaires dans tout ce qu'il entreprend, s'est proposé de donner à sa cour un divertissement qui fût composé de tous ceux que le théâtre peut fournir ; et pour embrasser cette vaste idée, et enchaîner ensemble tant de choses diverses, SA MAJESTÉ a choisi pour sujet deux princes rivaux, qui dans le champêtre séjour de la vallée de Tempé, où l'on doit célébrer la fête des jeux Pythiens[4], régalent[5] à l'envi une jeune princesse et sa mère de toutes les galanteries[6] dont ils se peuvent aviser.

PREMIER INTERMÈDE   [A iiij] [8]

Le théâtre s'ouvre[7] à l'agréable bruit de quantité d'instruments, et d'abord il offre aux yeux une vaste mer, bordée de chaque côté de quatre grands rochers, dont le

---

4   Les *jeux Pythiens* ou Pythiques, copiés sur les jeux Olympiques, étaient organisés tous les quatre ans en l'honneur d'Apollon pythien (qui tua de ses flèches un dragon appelé Python, puis se purifia dans les eaux du Pénée). Ils comprenaient des concours poétiques, dramatiques et musicaux, des courses et exercices gymniques ; ils se déroulaient traditionnellement à Delphes.

5   *Régaler* : offrir une fête, un divertissement.

6   *Galanterie* : cadeau, divertissement raffiné offert à quelqu'un.

7   Selon la *Gazette* du 21 février 1670, le rideau, qui s'ouvrait alors, était peint et représentait d'un côté l'Apollon guerrier triomphant des cyclopes et du serpent ou du dragon Python, de l'autre l'Apollon dieu de la musique et de la poésie, entouré des Muses sur le Mont Parnasse.

sommet porte chacun un Fleuve, accoudé sur les marques[8] de ces sortes de déités. Au pied de ces rochers sont douze Tritons de chaque côté, et dans le milieu de la mer quatre Amours montés sur des dauphins, et derrière eux le dieu Éole élevé au-dessus des ondes sur un petit nuage. Éole commande aux vents de se retirer, et tandis que quatre Amours, douze Tritons, et huit Fleuves lui répondent, la mer se calme, et du milieu des ondes on voit s'élever une île. Huit Pêcheurs sortent du fond de la mer avec des nacres de perles[9], et des branches de corail, et après une danse agréable vont se placer chacun sur un rocher au-dessous d'un Fleuve. Le chœur de la musique annonce la venue de Neptune, et tandis que ce dieu danse avec sa suite, les Pêcheurs, les Tritons et les Fleuves accompagnent ses pas de gestes différents, et de bruit de conques de perles[10]. Tout ce spectacle est une magnifique galanterie, dont l'un des princes régale sur la mer la promenade des princesses.

---

8   Les *marques* sont les ornements distinctifs, les attributs ; les marques des dieux aquatiques sont des urnes, des conques, des avirons ou des rostres (éperons d'un navire).

9   *Nacre de perles* équivaut à *nacre* : matière blanche et brillante qui forme l'intérieur de plusieurs coquilles et qui réfracte la lumière de manière variée et agréable, dit Littré.

10 Les *conques*, coquilles en spirale ou concaves de certains mollusques, étaient remplies de *perles*.

PREMIÈRE ENTRÉE DE BALLET[11]   [9]

NEPTUNE, *et six dieux marins.*

DEUXIÈME ENTRÉE DE BALLET

Huit Pêcheurs de corail.

Vers chantés

RÉCIT D'ÉOLE[12]

Vents, qui troublez les plus beaux jours,
Rentrez dans vos grottes profondes;
Et laissez régner sur les ondes
Les Zéphyres[13] et les Amours.

Un Triton
Quels beaux yeux ont percé nos demeures humides ?
Venez, venez, Tritons, cachez-vous, Néréides[14].

Tous les Tritons
Allons tous au-devant de ces divinités,
Et rendons par nos chants hommage à leurs beautés.

---

11   On constatera quelque divergence, dans l'ordre des morceaux de musique, entre l'édition de 1680, transcrite ici, et la partition, qui provient de différentes sources musicales.

12   Éole est le dieu et maître des vents.

13   *Zéphyres* : divinités du vent d'ouest, un vent doux.

14   *Tritons* et *Néréides* sont des divinités marines.

Un Amour
Ah ! que ces princesses sont belles !

Un autre Amour
Quels sont les cœurs qui ne s'y rendraient pas[15] *?*

Un autre Amour
La plus belle des immortelles[16]*,*
Notre mère, a bien moins d'appas.

Chœur   [10]
Allons tous au-devant de ces divinités,
Et rendons par nos chants hommage à leurs beautés.

Un Triton
Quel noble spectacle s'avance !
Neptune le grand dieu, Neptune avec sa cour
Vient honorer ce beau jour
De son auguste présence.

Chœur
Redoublons nos concerts,
Et faisons retentir dans le vague des airs
Notre réjouissance.

POUR LE ROI[17],
représentant NEPTUNE

---

15   Qui n'irait pas au-devant de ces beautés, selon l'injonction précédente
     des Tritons ; ou : qui ne serait pas vaincu par ces beautés.
16   Vénus, bien sûr.
17   En fait, le roi ne dansa pas, contrairement à ce qui était prévu et annoncé
     par les gazettes ou, peut-être, ne dansa qu'à la première représentation
     ce *Divertissement royal* – « ballet en comédie » ou « comédie en ballet »,
     comme hésite à le nommer Robinet –, le 4 février 1670. Le comte
     d'Armagnac représenta Neptune dans cet intermède, et le marquis

Le Ciel entre les dieux les plus considérés
Me donne pour partage un rang considérable,
Et, me faisant régner sur les flots azurés,
Rend à tout l'univers mon pouvoir redoutable.

Il n'est aucune terre, à me bien regarder,
Qui ne doive trembler que je ne m'y répande ;
Point d'États qu'à l'instant je ne puisse inonder
Des flots impétueux que mon pouvoir commande.

Rien n'en peut arrêter le fier débordement, [11]
Et d'une triple digue à leur force opposée
On les verrait forcer le ferme empêchement,
Et se faire en tous lieux une ouverture aisée.

Mais je sais retenir la fureur de ces flots
Par la sage équité du pouvoir que j'exerce,
Et laisser en tous lieux, au gré des matelots,
La douce liberté d'un paisible commerce.

On trouve des écueils parfois dans mes États,
On voit quelques vaisseaux y périr par l'orage ;
Mais contre ma puissance on n'en murmure pas,
Et chez moi la vertu ne fait jamais naufrage.

---

de Villeroy Apollon dans le sixième intermède. Mais les vers avaient
été écrits et publiés avant le spectacle et devaient recevoir une lecture
allégorique, la puissance de Neptune signifiant celle du roi. Allusion
est faite à la conquête de la Franche-Comté, aux menaces qui pèsent sur
la Hollande, à la Triple Alliance entre l'Angleterre, la Hollande et la
Suède (la « triple digue ») ; allusion aussi à la politique commerciale de
Colbert (« la douce liberté d'un paisible commerce »), et au naufrage de
Fouquet, à sa condamnation, qu'il faut considérer comme juste. – Les
vers pour les quatre danseurs sont des vers d'application, donnés à lire
dans le livret distribué avant la représentation aux spectateurs, et exclus
de la représentation.

Pour Monsieur le Grand[18],
représentant un dieu marin.

L'empire où nous vivons est fertile en trésors,
Tous les mortels en foule accourent sur ses bords,
Et pour faire bientôt une haute fortune,
Il ne faut rien qu'avoir la faveur de NEPTUNE.

Pour le marquis de Villeroy,
représentant un dieu marin.

Sur la foi de ce dieu de l'empire flottant
On peut bien s'embarquer avec toute assurance ;
Les flots ont de l'inconstance ;
Mais le NEPTUNE *est constant.*

Pour le marquis de Rassent,
représentant un dieu marin.   [12]

Voguez sur cette mer d'un zèle inébranlable,
C'est le moyen d'avoir NEPTUNE *favorable.*

---

18   Monsieur le Grand est le Grand écuyer de France, le comte d'Armagnac.

LES AMANTS MAGNIFIQUES

Comédie

ACTE PREMIER

Scène PREMIÈRE
SOSTRATE, CLITIDAS

CLITIDAS
Il est attaché à ses pensées[19] ?

SOSTRATE
Non, Sostrate, je ne vois rien où tu puisses avoir recours, et tes maux sont d'une nature à ne te laisser nulle espérance d'en sortir.

CLITIDAS
Il raisonne tout seul.

SOSTRATE
Hélas !

CLITIDAS
Voilà des soupirs qui veulent dire quelque cho[14]se, et ma conjecture se trouvera véritable.

---

19 Les quatre premières répliques de Clitidas sont des apartés prononcés tandis que le plaisant observe Sostrate.

SOSTRATE

Sur quelles chimères, dis-moi, pourrais-tu bâtir quelque espoir ? et que peux-tu envisager que l'affreuse[20] longueur d'une vie malheureuse, et des ennuis[21] à ne finir que par la mort ?

CLITIDAS

Cette tête-là est plus embarrassée[22] que la mienne ?

SOSTRATE

Ah ! mon cœur, ah ! mon cœur, où m'avez-vous jeté ?

CLITIDAS

Serviteur[23], Seigneur Sostrate.

SOSTRATE

Où vas-tu, Clitidas ?

CLITIDAS

Mais vous plutôt, que faites-vous ici ? et quelle secrète mélancolie, quelle humeur sombre, s'il vous plaît, vous peut retenir dans ces bois, tandis que tout le monde a couru en foule à la magnificence de la fête, dont l'amour du prince Iphicrate vient de régaler sur la mer la promenade des princesses, tandis qu'elles y ont reçu des cadeaux[24] merveilleux de musique et de danse, et qu'on a vu les rochers et les ondes se parer de divinités pour faire honneur à leurs attraits ?

---

20 *Affreux* : qui épouvante.
21 *Ennui* : tourment, désespoir.
22 *Embarrassé* : préoccupé.
23 *Serviteur* : formule de salutation déférente.
24 *Cadeau* : toute sorte de divertissement offert à une dame.

SOSTRATE

Je me figure assez sans la voir cette magnificence, et tant de gens d'ordinaire s'empressent à porter de la confusion dans ces sortes de fêtes, que j'ai cru à propos de ne pas augmenter le nombre des importuns.

CLITIDAS

Vous savez que votre présence ne gâte jamais rien, et que vous n'êtes point de trop en quelque [15] lieu que vous soyez. Votre visage est bien venu partout, et il n'a garde d'être de ces visages disgraciés, qui ne sont jamais bien reçus des regards souverains[25]. Vous êtes également bien auprès des deux princesses ; et la mère et la fille vous font assez connaître l'estime qu'elles font de vous pour n'appréhender pas de fatiguer leurs yeux ; et ce n'est pas cette crainte, enfin, qui vous a retenu.

SOSTRATE

J'avoue que je n'ai pas naturellement grande curiosité pour ces sortes de choses.

CLITIDAS

Mon Dieu ! quand on n'aurait nulle curiosité pour les choses, on en a toujours pour aller où l'on trouve tout le monde, et quoi que vous puissiez dire, on ne demeure point tout seul pendant une fête à rêver parmi des arbres, comme vous faites, à moins d'avoir en tête quelque chose qui embarrasse.

SOSTRATE

Que voudrais-tu que j'y pusse avoir ?

---

25 Les regards des princesses, et peut-être aussi les regards des dames en général, qui sont comme les souveraines de leurs amants.

CLITIDAS

Ouais, je ne sais d'où cela vient, mais il sent[26] ici l'amour ; ce n'est pas moi. Ah ! par ma foi, c'est vous.

SOSTRATE

Que tu es fou, Clitidas !

CLITIDAS

Je ne suis point fou, vous êtes amoureux ; j'ai le nez délicat, et j'ai senti cela d'abord[27].

SOSTRATE

Sur quoi prends-tu cette pensée ?

CLITIDAS

Sur quoi ? vous seriez bien étonné si je vous disais encore de qui vous êtes amoureux.

SOSTRATE   [16]

Moi ?

CLITIDAS

Oui, je gage que je vais deviner tout à l'heure[28] celle que vous aimez. J'ai mes secrets aussi bien que notre astrologue, dont la princesse Aristione est entêtée ; et s'il a la science de lire dans les astres la fortune des hommes, j'ai celle de lire dans les yeux le nom des personnes qu'on aime. Tenez-vous un peu[29], et ouvrez les yeux. É, par soi, É[30], r, i, Éri,

---

26 Cela sent.
27 *D'abord* : aussitôt.
28 *Tout à l'heure* : sur le champ.
29 Retenez-vous un peu, ne bougez plus.
30 La voyelle *é* toute seule, faisant à elle seule une syllabe. Voir Furetière à propos de la voyelle *a* : « Quand cette lettre forme toute seule une syllabe, les enfants disent en épelant, A par soi A ».

p, h, i, phi, Ériphi, l, e, le, Ériphile. Vous êtes amoureux de la princesse Ériphile.

SOSTRATE

Ah! Clitidas, j'avoue que je ne puis cacher mon trouble, et tu me frappes d'un coup de foudre.

CLITIDAS

Vous voyez si je suis savant?

SOSTRATE

Hélas! si par quelque aventure tu as pu découvrir le secret de mon cœur, je te conjure au moins de ne le révéler à qui que ce soit; et surtout de le tenir caché à la belle princesse, dont tu viens de dire le nom.

CLITIDAS

Et sérieusement parlant, si dans vos actions j'ai bien pu connaître depuis un temps la passion que vous voulez tenir secrète, pensez-vous que la princesse Ériphile puisse avoir manqué de lumière[31] pour s'en apercevoir? Les belles, croyez-moi, sont toujours les plus clairvoyantes à découvrir les ardeurs qu'elles causent, et le langage des yeux et des soupirs se fait entendre mieux qu'à tout autre à celles à qui il s'adresse.

SOSTRATE

Laissons-la, Clitidas, laissons-la voir si elle peut [17] dans mes soupirs et mes regards l'amour que ses charmes[32] m'inspirent, mais gardons bien que par nulle autre voie elle en apprenne jamais rien.

---

31 *Lumière* : pénétration.
32 Le mot implique une puissance magique des attraits de la Princesse.

CLITIDAS

Et qu'appréhendez-vous ? Est-il possible que ce même Sostrate qui n'a pas craint ni Brennus, ni tous les Gaulois[33], et dont le bras a si glorieusement contribué à nous défaire de ce déluge de Barbares qui ravageait la Grèce ? Est-il possible, dis-je, qu'un homme si assuré dans la guerre soit si timide en amour, et que je le voie trembler à dire seulement qu'il aime ?

SOSTRATE

Ah ! Clitidas, je tremble avec raison, et tous les Gaulois du monde ensemble sont bien moins redoutables que deux beaux yeux pleins de charmes.

CLITIDAS

Je ne suis pas de cet avis, et je sais bien pour moi qu'un seul Gaulois, l'épée à la main, me ferait beaucoup plus trembler que cinquante beaux yeux ensemble les plus charmants du monde. Mais dites-moi un peu, qu'espérez-vous faire ?

SOSTRATE

Mourir sans déclarer ma passion.

CLITIDAS

L'espérance est belle. Allez, allez, vous vous moquez ; un peu de hardiesse réussit toujours aux amants ; il n'y a en amour que les honteux qui perdent, et je dirais ma passion à une déesse, moi, si j'en devenais amoureux.

SOSTRATE

Trop de choses, hélas ! condamnent mes feux à un éternel silence.

---

33   Les Gaulois envahirent le nord de la Grèce en 279 et leur général, un Brennus, avait été défait à Delphes.

CLITIDAS

Hé quoi ?

SOSTRATE   [Tome VIII. B] [18]

La bassesse de ma fortune[34], dont il plaît au Ciel de rabattre l'ambition de mon amour ; le rang de la Princesse qui met entre elle et mes désirs une distance si fâcheuse ; la concurrence de deux princes appuyés de tous les grands titres qui peuvent soutenir les prétentions de leurs flammes, de deux princes qui, par mille et mille magnificences se disputent à tous moments la gloire de sa conquête, et sur l'amour de qui on attend tous les jours de voir son choix se déclarer[35] ; mais plus que tout, Clitidas, le respect inviolable où ses beaux yeux assujettissent toute la violence de mon ardeur.

CLITIDAS

Le respect bien souvent n'oblige pas tant que l'amour, et je me trompe fort, ou la jeune princesse a connu[36] votre flamme, et n'y est pas insensible.

SOSTRATE

Ah ! ne t'avise point de vouloir flatter par pitié le cœur d'un misérable.

CLITIDAS

Ma conjecture est fondée ; je lui vois reculer beaucoup le choix de son époux, et je veux éclaircir un peu cette petite affaire-là. Vous savez que je suis auprès d'elle en quelque

---

34 La *fortune* est ici la situation sociale. Sostrate n'est qu'un général en face d'une Princesse.

35 On attend tous les jours que la Princesse se déclare et fasse son choix entre les deux Princes amoureux.

36 A reconnu l'existence de.

espèce de faveur, que j'y ai les accès ouverts, et qu'à force de me tourmenter[37] je me suis acquis le privilège de me mêler à la conversation, et parler à tort et à travers de toutes choses. Quelquefois cela ne me réussit pas, mais quelquefois aussi cela me réussit. Laissez-moi faire, je suis de vos amis, les gens de mérite me touchent, et je veux prendre mon temps pour entretenir la Princesse de...

SOSTRATE

Ah ! de grâce, quelque bonté que mon malheur t'inspire, garde-toi bien de lui rien dire de ma [19] flamme. J'aimerais mieux mourir que de pouvoir être accusé par elle de la moindre témérité, et ce profond respect où ses charmes divins...

CLITIDAS

Taisons-nous, voici tout le monde.

Scène 2
ARISTIONE, IPHICRATE, TIMOCLÈS, SOSTRATE, ANAXARQUE, CLÉON, CLITIDAS

ARISTIONE

Prince, je ne puis me lasser de le dire, il n'est point de spectacle au monde qui puisse le disputer en magnificence à celui que vous venez de nous donner. Cette fête a eu des ornements qui l'emportent sans doute[38] sur tout ce que l'on saurait voir, et elle vient de produire à nos yeux quelque chose de si noble, de si grand et de si majestueux, que le Ciel même ne saurait aller au-delà, et je puis dire assurément qu'il n'y a rien dans l'univers qui s'y puisse égaler.

---

37 *Se tourmenter* : « s'agiter, se donner de la peine et de la fatigue » (Furetière), s'évertuer.

38 Sans aucun doute.

TIMOCLÈS

Ce sont des ornements dont on ne peut pas espérer que toutes les fêtes soient embellies, et je dois fort trembler, Madame, pour la simplicité du petit divertissement que je m'apprête à vous donner dans le bois de Diane.

ARISTIONE

Je crois que nous n'y verrons rien que de fort agréable, et certes il faut avouer que la campagne a lieu de nous paraître belle, et que nous [B ij] [20] n'avons pas le temps de nous ennuyer dans cet agréable séjour qu'ont célébré tous les poètes sous le nom de Tempé. Car enfin, sans parler des plaisirs de la chasse que nous y prenons à toute heure, et de la solennité des jeux Pythiens que l'on y célèbre tantôt[39], vous prenez soin l'un et l'autre de nous y combler de tous les divertissements qui peuvent charmer[40] les chagrins des plus mélancoliques. D'où vient, Sostrate, qu'on ne vous a point vu dans notre promenade ?

SOSTRATE

Une petite indisposition, Madame, m'a empêché de m'y trouver.

IPHICRATE

Sostrate est de ces gens, Madame, qui croient qu'il ne sied pas bien d'être curieux comme les autres, et il est beau d'affecter de ne pas courir où tout le monde court.

SOSTRATE

Seigneur, l'affectation n'a guère de part à tout ce que je fais ; et sans vous faire compliment, il y avait des choses

---

39 *Tantôt* : bientôt, prochainement.
40 Comme *charme*, *charmer* entraîne le sens d'attirer avec une puissance magique.

à voir dans cette fête, qui pouvaient m'attirer, si quelque autre motif ne m'avait retenu.

ARISTIONE

Et Clitidas a-t-il vu cela?

CLITIDAS

Oui, Madame, mais du rivage.

ARISTIONE

Et pourquoi du rivage?

CLITIDAS

Ma foi, Madame, j'ai craint quelqu'un des accidents qui arrivent d'ordinaire dans ces confusions. Cette nuit j'ai songé de poisson mort et d'œufs cassés, et j'ai appris du Seigneur Anaxarque que les œufs cassés et le poisson mort signifient malencontre[41].

ANAXARQUE   [21]

Je remarque une chose, que Clitidas n'aurait rien à dire s'il ne parlait de moi.

CLITIDAS

C'est qu'il y a tant de choses à dire de vous, qu'on n'en saurait parler assez.

ANAXARQUE

Vous pourriez prendre d'autres matières, puisque je vous en ai prié.

---

41   Selon la clé des songes de l'astrologue, ce genre de rêves présagerait un
      événement fâcheux, un malheur (un *malencontre*).

CLITIDAS

Le moyen ? Ne dites-vous pas que l'ascendant[42] est plus fort que tout ? et s'il est écrit dans les astres que je sois enclin à parler de vous, comment voulez-vous que je résiste à ma destinée ?

ANAXARQUE

Avec tout le respect, Madame, que je vous dois, il y a une chose qui est fâcheuse dans votre cour : que tout le monde y prenne liberté de parler, et que le plus honnête homme y soit exposé aux railleries du premier méchant plaisant[43].

CLITIDAS

Je vous rends grâce de l'honneur.

ARISTIONE

Que vous êtes fou de vous chagriner[44] de ce qu'il dit.

CLITIDAS

Avec tout le respect que je dois à Madame, il y a une chose qui m'étonne dans l'astrologie : comment des gens qui savent tous les secrets des dieux, et qui possèdent des connaissances à se mettre au-dessus de tous les hommes, aient besoin de faire leur cour, et de demander quelque chose.

ANAXARQUE

Vous devriez gagner un peu mieux votre argent, et donner à Madame de meilleures plaisanteries.

---

42 En astrologie, *l'ascendant* est l'influence des astres sur la destinée de quelqu'un, son horoscope.
43 Mauvais plaisant.
44 *Chagriner* : irriter.

CLITIDAS   [B iij] [22]

Ma foi, on les donne telles qu'on peut. Vous en parlez fort à votre aise, et le métier de plaisant n'est pas comme celui d'astrologue. Bien mentir et bien plaisanter sont deux choses fort différentes, et il est bien plus facile de tromper les gens que de les faire rire.

ARISTIONE

Eh! qu'est-ce donc que cela veut dire?

CLITIDAS, *se parlant à lui-même.*

Paix, impertinent[45] que vous êtes. Ne savez-vous pas bien que l'astrologie est une affaire d'État[46], et qu'il ne faut point toucher à cette corde-là? Je vous l'ai dit plusieurs fois, vous vous émancipez trop, et vous prenez de certaines libertés qui vous joueront un mauvais tour; je vous en avertis. Vous verrez qu'un de ces jours on vous donnera du pied au cul, et qu'on vous chassera comme un faquin[47]. Taisez-vous, si vous êtes sage.

ARISTIONE

Où est ma fille?

TIMOCLÈS

Madame, elle s'est écartée, et je lui ai présenté une main qu'elle a refusé d'accepter.

---

45 *L'impertinent* est un sot qui a agit mal à propos.

46 Les commentateurs voient ici la confirmation que l'astrologue Anaxarque de la pièce renvoie à l'historique Jean-Baptiste Morin, mort en 1656, qui avait réussi à se faire nommer professeur de mathématique au Collège de France, pratiquait l'astrologie prédictive auprès de grands personnages de l'État; il s'opposa à Gassendi et aux gassendistes comme Bernier. Ces milieux le considéraient comme un fou et un charlatan intéressé.

47 Comme on le ferait d'un porte-faix, d'une canaille.

ARISTIONE

Princes, puisque l'amour que vous avez pour Ériphile a bien voulu se soumettre aux lois que j'ai voulu vous imposer, puisque j'ai su obtenir de vous que vous fussiez rivaux sans devenir ennemis, et qu'avec pleine soumission aux sentiments de ma fille, vous attendez un choix dont je l'ai faite seule maîtresse, ouvrez-moi tous deux le fond de votre âme, et me dites sincèrement quel progrès vous croyez l'un et l'autre avoir fait sur son cœur.

TIMOCLÈS   [23]

Madame, je ne suis point pour me flatter, j'ai fait ce que j'ai pu pour toucher le cœur de la princesse Ériphile, et je m'y suis pris, que je crois[48], de toutes les tendres manières dont un amant se peut servir. Je lui ai fait des hommages soumis de tous mes vœux ; j'ai montré des assiduités ; j'ai rendu des soins[49] chaque jour ; j'ai fait chanter ma passion aux voix les plus touchantes, et l'ai fait exprimer en vers aux plumes les plus délicates[50] ; je me suis plaint de mon martyre en des termes passionnés ; j'ai fait dire à mes yeux aussi bien qu'à ma bouche le désespoir de mon amour ; j'ai poussé à ses pieds des soupirs languissants ; j'ai même répandu des larmes. Mais tout cela inutilement, et je n'ai point connu[51] qu'elle ait dans l'âme aucun ressentiment[52] de mon ardeur.

---

48   À ce que je crois.
49   *Soins* : assiduités, marques de dévouement à la personne aimée.
50   Comme les grands seigneurs, Timoclès a recours à un poète stipendié pour lui écrire des vers d'amour.
51   Je n'ai point remarqué.
52   Le *ressentiment* est le sentiment en retour. Ériphile est restée froide devant les déclarations d'amour de Timoclès.

ARISTIONE

Et vous, Prince ?

IPHICRATE

Pour moi, Madame, connaissant son indifférence et le peu
de cas qu'elle fait des devoirs qu'on lui rend, je n'ai voulu
perdre auprès d'elle ni plaintes, ni soupirs, ni larmes. Je
sais qu'elle est toute soumise à vos volontés, et que ce n'est
que de votre main seule qu'elle voudra prendre un époux.
Aussi n'est-ce qu'à vous que je m'adresse pour l'obtenir,
à vous plutôt qu'à elle que je rends tous mes soins et tous
mes hommages. Et plût au Ciel, Madame, que vous eussiez
pu vous résoudre à tenir sa place, que vous eussiez voulu
jouir des conquêtes que vous lui faites, et recevoir pour
vous les vœux que vous lui renvoyez[53].

ARISTIONE   [24]

Prince, le compliment est d'un amant adroit, et vous avez
entendu dire qu'il fallait cajoler les mères pour obtenir les
filles ; mais ici, par malheur, tout cela devient inutile, et je
me suis engagée à laisser le choix tout entier à l'inclination
de ma fille.

IPHICRATE

Quelque pouvoir que vous lui donniez pour ce choix,
ce n'est point compliment, Madame, que ce que je vous
dis. Je ne cherche la princesse Ériphile que parce qu'elle
est votre sang ; je la trouve charmante par tout ce qu'elle
tient de vous, et c'est vous que j'adore en elle[54].

---

53 Les vœux que vous ne voulez pas pour vous mais que vous faites adresser
    à votre fille.
54 Bien excessive à nos yeux, cette politesse à l'égard de la belle-mère sou-
    haitée n'était pas exceptionnelle au XVIIe siècle ; de surcroît, Iphicrate

ARISTIONE

Voilà qui est fort bien.

IPHICRATE

Oui, Madame, toute la terre voit en vous des attraits et
des charmes que je…

ARISTIONE

De grâce, Prince, ôtons ces charmes et ces attraits ; vous
savez que ce sont des mots que je retranche des compliments
qu'on me veut faire. Je souffre[55] qu'on me loue de ma sincérité, qu'on dise que je suis une bonne princesse, que j'ai de
la parole[56] pour tout le monde, de la chaleur pour mes amis,
et de l'estime pour le mérite et la vertu ; je puis tâter de tout
cela. Mais pour les douceurs de charmes et d'attraits je suis
bien aise qu'on ne m'en serve point, et quelque vérité qui s'y
pût rencontrer, on doit faire quelque scrupule d'en goûter la
louange, quand on est mère d'une fille comme la mienne.

IPHICRATE

Ah ! Madame, c'est vous qui voulez être mère malgré
tout le monde ; il n'est point d'yeux qui [25] ne s'y opposent,
et si vous le vouliez la princesse Ériphile ne serait que
votre sœur.

ARISTIONE

Mon Dieu, Prince, je ne donne point dans tous ces
galimatias où donnent la plupart des femmes ; je veux être
mère, parce que je la[57] suis, et ce serait en vain que je ne la

---

flatte galamment une future belle-mère probablement encore assez jeune.
55 *Souffrir* : supporter.
56 J'ai de bonnes paroles.
57 Accord normal du pronom avec *mère*, mais les puristes préféraient le
    neutre *le*.

voudrais pas être. Ce titre n'a rien qui me choque, puisque de mon consentement je me suis exposée à le recevoir. C'est un faible de notre sexe, dont grâce au Ciel je suis exempte ; et je ne m'embarrasse point de ces grandes disputes d'âge sur quoi nous voyons tant de folles. Revenons à notre discours. Est-il possible que jusqu'ici vous n'ayez pu connaître où penche l'inclination d'Ériphile ?

IPHICRATE

Ce sont obscurités pour moi.

TIMOCLÈS

C'est pour moi un mystère impénétrable.

ARISTIONE

La pudeur peut-être l'empêche de s'expliquer à vous et à moi. Servons-nous de quelque autre pour découvrir le secret de son cœur. Sostrate, prenez de ma part cette commission, et rendez cet office à ces princes, de savoir adroitement de ma fille vers qui des deux ses sentiments peuvent tourner.

SOSTRATE

Madame, vous avez cent personnes dans votre cour, sur qui vous pourriez mieux verser[58] l'honneur d'un tel emploi, et je me sens mal propre à[59] bien exécuter ce que vous souhaitez de moi.

ARISTIONE

Votre mérite, Sostrate, n'est point borné aux seuls emplois de la guerre ; vous avez de l'esprit, de la conduite[60], de l'adresse, et ma fille fait cas de vous.

---

58   *Verser* : faire tomber.
59   *Mal propre à* : peu apte à, mal qualifié pour.
60   De la sagesse.

SOSTRATE   [Tome VIII. C] [26]

Quelque autre mieux que moi, Madame…

ARISTIONE

Non, non, en vain vous vous en défendez.

SOSTRATE

Puisque vous le voulez, Madame, il vous faut obéir ;
mais je vous jure que dans toute votre cour vous ne pouviez
choisir personne qui ne fût en état de s'acquitter beaucoup
mieux que moi d'une telle commission.

ARISTIONE

C'est trop de modestie, et vous vous acquitterez toujours
bien de toutes les choses dont on vous chargera. Découvrez
doucement les sentiments d'Ériphile, et faites la ressouvenir
qu'il faut se rendre de bonne heure dans le bois de Diane.

Scène 3

IPHICRATE, TIMOCLÈS, CLITIDAS, SOSTRATE

IPHICRATE

Vous pouvez croire que je prends part à l'estime que la
Princesse vous témoigne.

TIMOCLÈS

Vous pouvez croire que je suis ravi du choix que l'on
a fait de vous.

IPHICRATE

Vous voilà en état de servir vos amis.

TIMOCLÈS

Vous avez de quoi rendre de bons offices aux gens qu'il vous plaira.

IPHICRATE   [27]

Je ne vous recommande point mes intérêts.

TIMOCLÈS

Je ne vous dis point de parler pour moi.

SOSTRATE

Seigneurs, il serait inutile ; j'aurai tort de passer[61] les ordres de ma commission, et vous trouverez bon que je ne parle ni pour l'un, ni pour l'autre.

IPHICRATE

Je vous laisse agir comme il vous plaira.

TIMOCLÈS

Vous en userez comme vous voudrez.

Scène 4

IPHICRATE, TIMOCLÈS, CLITIDAS[62]

IPHICRATE

Clitidas se ressouvient bien qu'il est de mes amis ; je lui recommande toujours de prendre mes intérêts auprès de sa maîtresse, contre ceux de mon rival.

---

61   *Passer* : outrepasser.
62   Clitidas va parler bas successivement à chacun des deux prétendants qui sollicitent ses services, et donnera à chacun la même assurance !

CLITIDAS

Laissez-moi faire ; il y a bien de la comparaison de lui
à vous, et c'est un prince bien bâti pour vous le disputer.

IPHICRATE

Je reconnaîtrai ce service.

TIMOCLÈS

Mon rival fait sa cour à Clitidas, mais Clitidas sait bien
qu'il m'a promis d'appuyer contre lui les prétentions de
mon amour.

CLITIDAS   [C ij] [28]

Assurément, et il se moque de croire[63] l'emporter sur
vous[64] ; voilà auprès de[65] vous un beau petit morveux de
prince.

TIMOCLÈS

Il n'y a rien que je ne fasse pour Clitidas.

CLITIDAS

Belles paroles de tous côtés. Voici la princesse ; prenons
mon temps[66] pour l'aborder.

---

63 Il est déraisonnable de croire.
64 Iphicrate votre rival ne peut pas croire sérieusement qu'il peut l'emporter
    sur vous.
65 *Auprès de* : comparé à.
66 *Prendre son temps*, c'est choisir le moment.

Scène 5
ÉRIPHILE, CLÉONICE

CLÉONICE
On trouvera étrange[67], Madame, que vous vous soyez ainsi écartée de tout monde.

ÉRIPHILE
Ah! qu'aux personnes comme nous qui sommes toujours accablées de tant de gens, un peu de solitude est parfois agréable, et qu'après mille impertinents[68] entretiens, il est doux de s'entretenir avec ses pensées. Qu'on me laisse ici promener[69] toute seule.

CLÉONICE
Ne voudriez-vous pas, Madame, voir un petit essai de la disposition[70] de ces gens admirables qui veulent se donner à vous? Ces sont des personnes qui, par leurs pas, leurs gestes, et leurs mouvements, expriment aux yeux toutes choses; et on appelle cela pantomimes. J'ai tremblé à vous dire ce mot[71], et il y a des gens dans votre cour qui ne me le pardonneraient pas.

ÉRIPHILE   [29]
Vous avez bien la mine, Cléonice, de me venir ici régaler d'un mauvais divertissement; car, grâce au Ciel, vous ne manquez pas de vouloir produire indifféremment tout ce qui se présente à vous, et vous avez une affabilité qui ne rejette

---

67   *Étrange* : anormal, scandaleux.
68   *Impertinent* : sot, ridicule.
69   Me promener (ellipse du réfléchi, ordinaire avec *faire* ou *laisser*).
70   *Disposition* : agilité, adresse.
71   Le mot, d'ailleurs défini par Cléonice, était encore peu usité, en particulier, donc, à la cour.

rien. Aussi est-ce à vous seule qu'on voit avoir recours toutes les Muses nécessitantes[72] ; vous êtes la grande protectrice du mérite incommodé[73], et tout ce qu'il y a de vertueux indigents au monde va débarquer chez vous.

CLÉONICE

Si vous n'avez pas envie de les voir, Madame, il ne faut que les laisser là.

ÉRIPHILE

Non, non, voyons les, faites-les venir.

CLÉONICE

Mais peut-être, Madame, que leur danse sera méchante[74].

ÉRIPHILE

Méchante ou non, il la faut voir ; ce ne serait avec vous que reculer la chose, et il vaut mieux en être quitte.

CLÉONICE

Ce ne sera ici, Madame, qu'une danse ordinaire, une autre fois…

ÉRIPHILE

Point de préambule, Cléonice, qu'ils dansent.

Fin du premier acte

---

72 Nécessiteuses. *Nécessitante* est du vocabulaire théologique (la grâce nécessitante).

73 *Incommodé* : qui est dans la gêne, qui est pauvre ; c'est le contraire d'*accommodé*.

74 *Méchant* : mauvais, de mauvaise qualité.

SECOND INTERMÈDE   [C iij] [30]

La confidente de la jeune princesse lui produit trois danseurs, sous le nom de pantomimes, c'est-à-dire qui expriment par leurs gestes toutes sortes de choses. La Princesse les voit danser, et les reçoit à son service[75].

ENTRÉE DE BALLET
De trois pantomimes.

ACTE II   [31]

Scène PREMIÈRE
ÉRIPHILE, CLÉONICE, CLITIDAS

ÉRIPHILE
Voilà qui est admirable ! je ne crois pas qu'on puisse mieux danser qu'ils dansent, et je suis bien aise de les avoir à moi.

CLÉONICE
Et moi, Madame, je suis bien aise que vous ayez vu que je n'ai pas si méchant[76] goût que vous avez pensé.

ÉRIPHILE
Ne triomphez point tant, vous ne tarderez guère à me faire avoir ma revanche. Qu'on me laisse ici.

---

75   Et les prend à son service.
76   Mauvais.

CLÉONICE

Je vous avertis, Clitidas[77], que la Princesse veut être seule.

CLITIDAS

Laissez-moi faire, je suis homme qui sais ma cour.

Scène 2   [C iiij] [32]

ÉRIPHILE, CLITIDAS

CLITIDAS *fait semblant de chanter.*

La, la, la, la, ah !

ÉRIPHILE

Clitidas.

CLITIDAS

Je ne vous avais pas vue là, Madame[78].

ÉRIPHILE

Approche. D'où viens-tu ?

CLITIDAS

De laisser la Princesse votre mère qui s'en allait vers le temple d'Apollon, accompagnée de beaucoup de gens.

ÉRIPHILE

Ne trouves-tu pas ces lieux les plus charmants du monde ?

---

77   Clitidas est donc entré sans être vu ; Cléonice va lui céder la place.
78   Pur mensonge !

CLITIDAS

Assurément. Les Princes vos amants y étaient.

ÉRIPHILE

Le fleuve Pénée fait ici d'agréables détours.

CLITIDAS

Fort agréables. Sostrate y était aussi.

ÉRIPHILE

D'où vient qu'il n'est pas venu à la promenade ?

CLITIDAS

Il a quelque chose dans la tête qui l'empêche de prendre plaisir à tous ces beaux régales[79]. Il m'a voulu entretenir, mais vous m'avez défendu si expressément de me charger d'aucune affaire au[33]près de vous, que je n'ai point voulu lui prêter l'oreille, et je lui ai dit nettement que je n'avais pas le loisir de l'entendre.

ÉRIPHILE

Tu as eu tort de lui dire cela, et tu devais l'écouter.

CLITIDAS

Je lui ai dit d'abord que je n'avais pas le loisir de l'entendre, mais après je lui ai donné audience.

ÉRIPHILE

Tu as bien fait.

---

79   Le XVIIe siècle orthographiait de préférence *un régale*, le mot désignant les fêtes ou divertissements qu'on donnait à ses amis.

CLITIDAS

En vérité, c'est un homme qui me revient, un homme fait comme je veux que les hommes soient faits. Ne prenant point des manières bruyantes et des tons de voix assommants ; sage et posé en toutes choses, ne parlant jamais que bien à propos ; point prompt à décider ; point du tout exagérateur[80] incommode ; et quelques beaux vers que nos poètes lui aient récités, je ne lui ai jamais ouï dire : « Voilà qui est plus beau que tout ce qu'a jamais fait Homère. » Enfin, c'est un homme pour qui je me sens de l'inclination, et si j'étais princesse il ne serait pas malheureux.

ÉRIPHILE

C'est un homme d'un grand mérite, assurément ; mais de quoi t'a-t-il parlé ?

CLITIDAS

Il m'a demandé si vous aviez témoigné grande joie au magnifique régale que l'on vous a donné, m'a parlé de votre personne avec des transports les plus grands du monde, vous a mise au-dessus du ciel, et vous a donné toutes les louanges qu'on peut donner à la princesse la plus accomplie de la terre, entremêlant tout cela de plusieurs sou[34]pirs qui disaient plus qu'il ne voulait. Enfin, à force de le tourner de tous côtés, et de le presser sur la cause de cette profonde mélancolie, dont toute la cour s'aperçoit, il a été contraint de m'avouer qu'il était amoureux.

ÉRIPHILE

Comment amoureux ? quelle témérité est la sienne ! c'est un extravagant que je ne verrai de ma vie.

---

80 Le mot, au sens transparent, a été enregistré par le *Dictionnaire de l'Académie* en 1694.

CLITIDAS

De quoi vous plaignez-vous, Madame ?

ÉRIPHILE

Avoir l'audace de m'aimer, et de plus avoir l'audace de le dire ?

CLITIDAS

Ce n'est pas vous, Madame, dont il est amoureux.

ÉRIPHILE

Ce n'est pas moi ?

CLITIDAS

Non, Madame, il vous respecte trop pour cela, et est trop sage pour y penser.

ÉRIPHILE

Et de qui donc, Clitidas ?

CLITIDAS

D'une de vos filles[81], la jeune Arsinoé.

ÉRIPHILE

A-t-elle tant d'appas, qu'il n'ait trouvé qu'elle digne de son amour ?

CLITIDAS

Il l'aime éperdument, et vous conjure d'honorer sa flamme de votre protection.

ÉRIPHILE

Moi ?

---

81   De vos filles d'honneur.

CLITIDAS

Non, non, Madame, je vois que la chose ne vous [35] plaît pas. Votre colère m'a obligé à prendre ce détour, et pour vous dire la vérité, c'est vous qu'il aime éperdument.

ÉRIPHILE

Vous êtes un insolent de venir ainsi surprendre mes sentiments. Allons, sortez d'ici, vous vous mêlez de vouloir lire dans les âmes, de vouloir pénétrer dans les secrets du cœur d'une princesse. Ôtez-vous de mes yeux, et que je ne vous voie jamais, Clitidas.

CLITIDAS

Madame[82].

ÉRIPHILE

Venez ici. Je vous pardonne cette affaire-là.

CLITIDAS

Trop de bonté, Madame.

ÉRIPHILE

Mais à condition, prenez bien garde à ce que je vous dis, que vous n'en ouvrirez la bouche à personne du monde, sur peine de la vie.

CLITIDAS

Il suffit.

ÉRIPHILE

Sostrate t'a donc dit qu'il m'aimait ?

---

82   Ce *Madame* marque l'obéissance à l'ordre donné ; mais aussitôt Ériphile rappelle Clitidas qui commençait de se retirer.

CLITIDAS

Non, Madame, il faut vous dire la vérité ; j'ai tiré de son cœur par surprise un secret qu'il veut cacher à tout le monde, et avec lequel il est, dit-il, résolu de mourir. Il a été au désespoir du vol subtil que je lui en ai fait, et bien loin de me charger de vous le découvrir, il m'a conjuré, avec toutes les instantes prières qu'on saurait faire, de ne vous en rien révéler, et c'est trahison contre lui que ce que je viens de vous dire.

ÉRIPHILE

Tant mieux, c'est par son seul respect qu'il peut [[35] me plaire, et s'il était si hardi que de me déclarer son amour, il perdrait pour jamais, et ma présence et mon estime.

CLITIDAS

Ne craignez point, Madame…

ÉRIPHILE

Le voici ; souvenez-vous au moins, si vous êtes sage, de la défense que je vous ai faite.

CLITIDAS

Cela est fait, Madame, il ne faut pas être courtisan indiscret.

Scène 3
SOSTRATE, ÉRIPHILE

SOSTRATE

J'ai une excuse, Madame, pour oser interrompre votre solitude, et j'ai reçu de la Princesse votre mère une commission qui autorise la hardiesse que je prends maintenant.

ÉRIPHILE

Quelle commission, Sostrate ?

SOSTRATE

Celle, Madame, de tâcher d'apprendre de vous vers lequel des deux Princes peut incliner votre cœur.

ÉRIPHILE

La Princesse ma mère montre un esprit judicieux dans le choix qu'elle a fait de vous pour un pareil emploi. Cette commission, Sostrate, vous a été agréable sans doute[83], et vous l'avez acceptée avec beaucoup de joie.

SOSTRATE   [37]

Je l'ai acceptée, Madame, par la nécessité que mon devoir m'impose d'obéir, et si la Princesse avait voulu recevoir mes excuses, elle aurait honoré quelque autre de cet emploi.

ÉRIPHILE

Quelle cause, Sostrate, vous obligeait à la refuser ?

SOSTRATE

La crainte, Madame, de m'en acquitter mal.

ÉRIPHILE

Croyez-vous que je ne vous estime pas assez pour vous ouvrir mon cœur, et vous donner toutes les lumières que vous pourrez désirer de moi sur le sujet de ces deux Princes ?

SOSTRATE

Je ne désire rien pour moi là-dessus, Madame, et je ne vous demande que ce que vous croirez devoir donner aux ordres qui m'amènent.

---

83   Assurément.

ÉRIPHILE

Jusques ici je me suis défendue de m'expliquer, et la
Princesse ma mère a eu la bonté de souffrir[84] que j'aie
reculé toujours ce choix qui me doit engager ; mais je serai
bien aise de témoigner à tout le monde que je veux faire
quelque chose pour l'amour de vous, et si vous m'en pres-
sez je rendrai cet arrêt qu'on attend depuis si longtemps.

SOSTRATE

C'est une chose, Madame, dont vous ne serez point
importunée par moi, et je ne saurais me résoudre à presser
une princesse qui sait trop ce qu'elle a à faire.

ÉRIPHILE

Mais c'est ce que la Princesse ma mère attend de vous.

SOSTRATE   [38]

Ne lui ai-je pas dit aussi que je m'acquitterais mal de
cette commission ?

ÉRIPHILE

Oh ! ça, Sostrate, les gens comme vous ont toujours les
yeux pénétrants, et je pense qu'il ne doit y avoir guère de
choses qui échappent aux vôtres. N'ont-ils pu découvrir, vos
yeux, ce dont tout le monde est en peine, et ne vous ont-ils
point donné quelques petites lumières du penchant de mon
cœur ? Vous voyez les soins[85] qu'on me rend, l'empressement
qu'on me témoigne ; quel est celui de ces deux Princes que
vous croyez que je regarde d'un œil plus doux ?

---

84   D'admettre, de supporter.
85   Voir *supra*, à la note 49.

SOSTRATE

Les doutes que l'on forme sur ces sortes de choses ne sont réglés d'ordinaire que par les intérêts qu'on prend[86].

ÉRIPHILE

Pour qui, Sostrate, pencheriez-vous des deux ? quel est celui, dites-moi, que vous souhaiteriez que j'épousasse ?

SOSTRATE

Ah ! Madame, ce ne seront pas mes souhaits, mais votre inclination qui décidera de la chose.

ÉRIPHILE

Mais si je me conseillais à[87] vous pour ce choix ?

SOSTRATE

Si vous vous conseilliez à moi, je serais fort embarrassé.

ÉRIPHILE

Vous ne pourriez pas dire qui des deux vous semble plus digne de cette préférence ?

SOSTRATE

Si l'on s'en rapporte à mes yeux, il n'y aura personne qui soit digne de cet honneur. Tous les [39] princes du monde seront trop peu de chose pour aspirer à vous ; les dieux seuls y pourront prétendre, et vous ne souffrirez des hommes que l'encens et les sacrifices.

---

86 Comprendre : les incertitudes sur ce genre de question (lequel des deux princes préférerait Ériphile ?) ne sont tranchées que par les intérêts qu'on épouse. Sostrate refuse de répondre à la question, de peur de ne pas se montrer objectif et désintéressé.

87 *Se conseiller à* : consulter, prendre conseil de.

ÉRIPHILE

Cela est obligeant, et vous êtes de mes amis. Mais je veux que vous me disiez pour qui des deux vous vous sentez plus[88] d'inclination, quel est celui que vous mettez le plus au rang de vos amis.

Scène 4
CHORÈBE, SOSTRATE, ÉRIPHILE

CHORÈBE

Madame, voilà la Princesse qui vient vous prendre ici, pour aller au bois de Diane.

SOSTRATE

Hélas[89] ! petit garçon, que tu es venu à propos !

Scène 5   [40]
ARISTIONE, IPHICRATE, TIMOCLÈS, ANAXARQUE, CLITIDAS, SOSTRATE, ÉRIPHILE

ARISTIONE

On vous a demandée, ma fille, et il y a des gens que votre absence chagrine fort.

ÉRIPHILE

Je pense, Madame, qu'on m'a demandée par compliment[90], et on ne s'inquiète pas tant qu'on vous dit.

---

88   Le plus.
89   Cet *Hélas !* ne marque visiblement pas la douleur, mais, comme l'indique la suite de la séquence exclamative, plutôt le soulagement.
90   Par civilité, et non par une inquiétude réelle.

ARISTIONE

On enchaîne pour nous ici tant de divertissements les uns aux autres, que toutes nos heures sont retenues, et nous n'avons aucun moment à perdre, si nous voulons les goûter tous. Entrons vite dans le bois, et voyons ce qui nous y attend ; ce lieu est le plus beau du monde, prenons vite nos places.

Fin du second acte

TROISIÈME INTERMÈDE   [41]

Le théâtre est une forêt, où la Princesse est invitée d'aller ; une Nymphe lui en fait les honneurs en chantant, et pour la divertir on lui joue une petite comédie en musique, dont voici le sujet. Un Berger se plaint à deux Bergers, ses amis, des froideurs de celle qu'il aime ; les deux amis le consolent. Et comme la bergère aimée arrive, tous trois se retirent pour l'observer. Après quelque plainte amoureuse elle se repose sur un gazon, et s'abandonne aux douceurs du sommeil ; l'amant fait approcher ses amis pour contempler les grâces de sa Bergère, et invite toutes choses à contribuer à son repos. La Bergère, en s'éveillant, voit son Berger à ses pieds, se plaint de sa poursuite. Mais considérant sa constance, elle lui accorde sa demande, et consent d'en être aimée en présence des deux Bergers amis. Deux Satyres arrivant se plaignent de son changement et, étant touchés de cette disgrâce, cherchent leur consolation dans le vin.

LES PERSONNAGES
DE LA PASTORALE

LA NYMPHE de la vallée de Tempé.

TIRCIS.

LYCASTE.

MÉNANDRE.

CALISTE.

DEUX SATYRES.

PROLOGUE   [Tome VIII. D] [42]

LA NYMPHE DE TEMPÉ

Venez, grande Princesse, avec tous vos appas.
Venez prêter vos yeux aux innocents ébats
        Que notre désert[91] vous présente ;
N'y cherchez point l'éclat des fêtes de la cour,
        On ne sent ici que l'amour,
        Ce n'est que d'amour qu'on y chante.

Scène PREMIÈRE

TIRCIS

        Vous chantez sous ces feuillages,
        Doux rossignols pleins d'amour,
        Et de vos tendres ramages
        Vous réveillez tour à tour
        Les échos de ces bocages.
        Hélas ! petits oiseaux, hélas !
Si vous aviez mes maux vos ne chanteriez pas.

Scène deuxième   [43]
LYCASTE, MÉNANDRE, TIRCIS

LYCASTE
Hé quoi ! toujours languissant, sombre et triste ?

---

91   Un *désert* est un lieu peu habité, un lieu de retraite solitaire.

MÉNANDRE
Hé quoi ! toujours aux pleurs abandonné ?

TIRCIS
Toujours adorant Caliste,
Et toujours infortuné.

LYCASTE
Dompte, dompte, Berger, l'ennui[92] *qui te possède.*

TIRCIS
Eh ! le moyen, hélas !

MÉNANDRE
Fais, fais-toi quelque effort[93].

TIRCIS
Eh ! le moyen, hélas ! quand le mal est trop fort ?

LYCASTE
Ce mal trouvera son remède.

TIRCIS
Je ne guérirai qu'à ma mort.

LYCASTE *et* MÉNANDRE
Ah ! Tircis !

TIRCIS
Ah ! Bergers !

---

92 Sens fort d'*ennui* : tourment, désespoir.
93 *Se faire un effort* : se faire violence.

LYCASTE *et* MÉNANDRE
> *Prends sur toi plus*
> *d'empire.*

TIRCIS
Rien ne me peut plus secourir.

LYCASTE *et* MÉNANDRE   [D ij] [44]
C'est trop, c'est trop céder.

TIRCIS
> *C'est trop, c'est trop souffrir.*

LYCASTE *et* MÉNANDRE
Quelle faiblesse !

TIRCIS
> *Quel martyre !*

LYCASTE *et* MÉNANDRE
Il faut prendre courage.

TIRCIS
> *Il faut plutôt mourir.*

LYCASTE
Il n'est point de bergère
Si froide et si sévère,
Dont la pressante ardeur
D'un cœur qui persévère
Ne vainque la froideur.

MÉNANDRE
Il est, dans les affaires

Des amoureux mystères,
Certains petits moments
Qui changent les plus fières,
Et font d'heureux amants.

TIRCIS
Je la vois, la cruelle,
Qui porte ici ses pas ;
Gardons d'être vus delle.
L'ingrate, hélas !
N'y viendrait pas.

Scène TROISIÈME [45]

CALISTE
Ah ! que sur notre cœur
La sévère loi de l'honneur
Prend un cruel empire !
Je ne fais voir que rigueurs pour Tircis,
Et cependant sensible à ses cuisants soucis,
De sa langueur en secret je soupire,
Et voudrais bien soulager son martyre.
C'est à vous seuls que je le dis,
Arbres, n'allez pas le redire.
Puisque le Ciel a voulu nous former
Avec un cœur qu'Amour peut enflammer,
Quelle rigueur impitoyable
Contre des traits[94] si doux nous force à nous armer,
Et pourquoi sans être blâmable
Ne peut-on pas aimer
Ce que l'on trouve aimable[95] ?

---

94 Les flèches du dieu Amour.
95 *Aimable* : digne d'être aimé.

Hélas ! que vous êtes heureux,
Innocents animaux, de vivre sans contrainte,
Et de pouvoir suivre sans crainte
Les doux emportements de vos cœurs amoureux !
Hélas ! petits oiseaux, que vous êtes heureux
De ne sentir nulle contrainte,
Et de pouvoir suivre sans crainte
Les doux emportements de vos cœurs amoureux.
Mais le sommeil sur ma paupière
Verse de ses pavots[96] l'agréable fraîcheur ;
Donnons-nous à lui tout entière :
Nous n'avons point de loi sévère
Qui défende à nos sens d'en goûter la douceur[97].

Scène QUATRIÈME   [46]
CALISTE, TIRCIS, LYCASTE, MÉNANDRE

TIRCIS
Vers ma belle ennemie
Portons sans bruit nos pas,
Et ne réveillons pas
Sa rigueur endormie.

TOUS TROIS
Dormez, dormez, beaux yeux, adorables vainqueurs,
Et goûtez le repos que vous ôtez aux cœurs.
Dormez, dormez, beaux yeux.

TIRCIS
Silence, petits oiseaux,

---

96 On sait que le pavot est une plante somnifère.
97 Caliste s'endort alors sur un lit de gazon, dit une didascalie de 1734.

Vents, n'agitez nulle chose.
Coulez doucement, ruisseaux,
C'est Caliste qui repose.

TOUS TROIS

Dormez, dormez, beaux yeux, adorables vainqueurs,
Et goûtez le repos que vous ôtez aux cœurs.
Dormez, dormez, beaux yeux.

CALISTE[98]

Ah ! quelle peine extrême !
Suivre partout mes pas.

TIRCIS

Que voulez-vous qu'on suive, hélas !
Que ce qu'on aime ?

CALISTE   [47]

Berger, que voulez-vous ?

TIRCIS

Mourir, belle Bergère,
Mourir à vos genoux,
Et finir ma misère ;
Puisque en vain à vos pieds on me voit soupirer,
Il y faut expirer.

CALISTE

Ah ! Tircis, ôtez-vous, j'ai peur que dans ce jour
La pitié dans mon cœur n'introduise l'amour.

---

98   Caliste se réveille et s'adresse à Tircis.

LYCASTE *et* MÉNANDRE, *l'un après l'autre*[99]
> *Soit amour, soit pitié,*
> *Il sied bien d'être tendre ;*
> *C'est par trop vous défendre*
> *Bergère, il faut se rendre*
> *À sa longue amitié*[100] *;*
> *Soit amour, soit pitié,*
> *Il sied bien d'être tendre.*

CALISTE[101]
> *C'est trop, c'est trop de rigueur.*
> *J'ai maltraité votre ardeur*
> *Chérissant votre personne ;*
> *Vengez-vous de mon cœur,*
> *Tircis, je vous le donne.*

TIRCIS
> *Ô Ciel ! Bergers ! Caliste ! ah ! je suis hors de moi.*
> *Si l'on meurt de plaisir, je dois perdre la vie.*

LYCASTE
> *Digne prix de ta foi.*

MÉNANDRE
> *Ô sort digne d'envie !*

---

99 Ils chantent un duo.
100 Amour.
101 À Tircis.

Scène CINQUIÈME　　　　　[48]

DEUX SATYRES[102], TIRCIS, LYCASTE, CALISTE,
MÉNANDRE

PREMIER SATYRE

Quoi, tu me fuis, ingrate, et je te vois ici
De ce Berger à moi faire une préférence ?

DEUXIÈME SATYRE

Quoi, mes soins n'ont rien pu sur ton indifférence,
Et pour ce langoureux ton cœur s'est adouci ?

CALISTE

Le destin le veut ainsi ;
Prenez tous deux patience.

PREMIER SATYRE

Aux amants qu'on pousse à bout
L'amour fait verser des larmes.
Mais ce n'est pas notre goût,
Et la bouteille a des charmes
Qui nous consolent de tout.

DEUXIÈME SATYRE

Notre amour n'a pas toujours
Tout le bonheur qu'il désire.
Mais nous avons un secours,
Et le bon vin nous fait rire
Quand on rit de nos amours.

TOUS

Champêtres divinités,

---

102 Ils en veulent évidemment tous deux à Caliste.

Faunes, Dryades, sortez
De vos paisibles retraites ;
Mêlez vos pas à nos sons,
Et tracez sur les herbettes
L'image de nos chansons[103].

PREMIÈRE ENTRÉE DE BALLET   [49]

En même temps six Dryades et six Faunes sortent de leurs demeures, et font ensemble une danse agréable, qui s'ouvrant tout d'un coup, laisse voir un Berger et une Bergère, qui font en musique une petite scène d'un dépit amoureux.

DÉPIT AMOUREUX[104]

CLIMÈNE, PHILINTE

PHILINTE
Quand je plaisais à tes yeux,
J'étais content de ma vie,
Et ne voyais roi ni dieux
Dont le sort me fît envie.

---

103 Ces deux vers auraient été parodiés par Bensserade, selon qui il fallait
    dire : « Et tracez sur les herbettes / L'image de vos chaussons » !
104 Ce Dépit amoureux part de la célèbre ode d'Horace (Livre III, 9), qui
    commence par ce vers : « *Donec gratus eram tibi* » (« Tout le temps où je
    te plaisais »), que Molière traduit presque exactement au premier vers
    chanté par Philinte.

CLIMÈNE

Lorsqu'à toute autre personne
Me préférait ton ardeur,
J'aurais quitté la couronne
Pour régner dessus ton cœur.

PHILINTE

Une autre a guéri mon âme
Des feux que j'avais pour toi.

CLIMÈNE

Un autre a vengé ma flamme
Des faiblesses de ta foi.

PHILINTE

Cloris qu'on vante si fort
M'aime[105] *d'une ardeur fidèle.*
Si ses yeux voulaient ma mort,
Je mourrais content pour elle.

CLIMÈNE   [Tome VIII] [50]

Myrtil, si digne d'envie,
Me chérit plus que le jour,
Et moi je perdrais la vie
Pour lui montrer mon amour.

PHILINTE

Mais si d'une douce ardeur
Quelque renaissante trace
Chassait Cloris de mon cœur
Pour te remettre en sa place… ?

---

105 L'original *Mesme* est manifestement fautif; je corrige.

CLIMÈNE

Bien qu'avec pleine tendresse
Myrtil me puisse chérir,
Avec toi, je le confesse,
Je voudrais vivre et mourir.

TOUS DEUX ENSEMBLE

Ah ! plus que jamais aimons-nous,
Et vivons, et mourrons en des liens si doux.

TOUS LES ACTEURS
DE LA COMÉDIE CHANTENT

Amants, que vos querelles
Sont aimables[106] et belles !
Qu'on y voit succéder[107]
De plaisirs, de tendresse !
Querellez-vous sans cesse
Pour vous raccommoder !

Amants, que vos querelles
Sont aimables et belles ! etc.

---

106 *Aimables*, au sens où les querelles, pour finir, renforcent l'amour.
107 *Succéder* : résulter.

DEUXIÈME ENTRÉE DE BALLET [51]

Les Faunes et les Dryades recommencent leur danse, que les Bergers et Bergères musiciens entremêlent de leurs chansons, tandis que trois petites Dryades et trois petits Faunes font paraître dans l'enfoncement du théâtre tout ce qui se passe sur le devant[108].

LES BERGERS ET BERGÈRES

Jouissons, jouissons des plaisirs innocents
Dont les feux de l'amour savent charmer nos sens.
Des grandeurs, qui voudra se soucie,
Tous ces honneurs, dont on a tant d'envie,
Ont des chagrins qui sont vieillissants[109].
Jouissons, jouissons des plaisirs innocents
Dont les feux de l'amour savent charmer nos sens.
En aimant tout nous plaît dans la vie ;
Deux cœurs unis de leur sort sont contents ;
Cette ardeur de plaisirs suivie
De tous nos jours fait d'éternels printemps.
Jouissons, jouissons des plaisirs innocents
Dont les feux de l'amour savent charmer nos sens.

---

108 Les trois petites Dryades et les trois petits Faunes doivent être installés sur une petite estrade dressée au fond de la scène, d'où ils imitent en miroir la danse des autres, en réduction en quelque sorte, peut-être aussi en la parodiant.
109 Qui font vieillir.

ACTE III [E ij] [52]

Scène PREMIÈRE
ARISTIONE, IPHICRATE, TIMOCLÈS, ANAXARQUE,
CLITIDAS, ÉRIPHILE, SOSTRATE, SUITE

ARISTIONE
Les mêmes paroles toujours se présentent à dire. Il faut toujours s'écrier : « Voilà qui est admirable ! il ne se peut rien de plus beau, cela passe[110] tout ce qu'on a jamais vu. »

TIMOCLÈS
C'est donner de trop grandes paroles, Madame, à de petites bagatelles.

ARISTIONE
Des bagatelles comme celles-là peuvent occuper agréablement les plus sérieuses personnes. En vérité, ma fille, vous êtes bien obligée à ces Princes, et vous ne sauriez assez reconnaître tous les soins[111] qu'ils prennent pour vous.

ÉRIPHILE
J'en ai, Madame, tout le ressentiment[112] qu'il est possible.

ARISTIONE
Cependant vous les faites longtemps languir [53] sur ce qu'ils attendent de vous ; j'ai promis de ne vous point contraindre, mais leur amour vous presse de vous déclarer, et de ne plus traîner en longueur la récompense de leurs

---

110 Cela dépasse, excède.
111 Voir *supra*, les notes 49 et 85.
112 Le *ressentiment* est le sentiment en retour, ici la gratitude.

services[113]. J'ai chargé Sostrate d'appendre doucement de vous les sentiments de votre cœur, et je ne sais pas s'il a commencé à s'acquitter de cette commission.

ÉRIPHILE

Oui, Madame ; mais il me semble que je ne puis assez reculer ce choix dont on me presse, et que je ne saurais le faire sans mériter quelque blâme. Je me sens également obligée à l'amour, aux empressements, aux services de ces deux Princes, et je trouve une espèce d'injustice bien grande à me montrer ingrate ou vers[114] l'un, ou vers l'autre, par le refus qu'il m'en faudra faire dans la préférence de son rival.

IPHICRATE

Cela s'appelle, Madame, un fort honnête compliment[115] pour nous refuser tous deux.

ARISTIONE

Ce scrupule, ma fille, ne doit point vous inquiéter, et ces Princes tous deux se sont soumis il y a longtemps à la préférence que pourra faire votre inclination.

ÉRIPHILE

L'inclination, Madame, est fort sujette à se tromper, et des yeux désintéressés sont beaucoup plus capables de faire un juste choix.

ARISTIONE

Vous savez que je suis engagée de parole à ne rien pro-noncer là-dessus, et parmi ces deux Princes votre inclination ne peut point se tromper et faire un choix qui soit mauvais.

---

113 *Services* : hommages empressés rendus par un homme à une femme qu'il courtise.
114 *Vers* : envers.
115 *Compliment* : parole de politesse.

ÉRIPHILE

Pour ne point violenter votre parole, ni mon [E iij] [54]
scrupule, agréez, Madame, un moyen que j'ose proposer ?

ARISTIONE

Quoi, ma fille ?

ÉRIPHILE

Que Sostrate décide de cette préférence. Vous l'avez
pris pour découvrir le secret de mon cœur, souffrez[116] que
je le prenne pour me tirer de l'embarras où je me trouve.

ARISTIONE

J'estime tant Sostrate que, soit que vous vouliez vous
servir de lui pour expliquer vos sentiments, ou soit que vous
vous en remettiez absolument à sa conduite ; je fais, dis-je,
tant d'estime de sa vertu et de son jugement, que je consens
de tout mon cœur à la proposition que vous me faites.

IPHICRATE

C'est-à-dire, Madame, qu'il nous faut faire notre cour
à Sostrate ?

SOSTRATE

Non, Seigneur, vous n'aurez point de cour à me faire, et
avec tout le respect que je dois aux Princesses, je renonce
à la gloire où elles veulent m'élever.

ARISTIONE

D'où vient cela, Sostrate ?

---

116 Permettez, acceptez.

SOSTRATE

J'ai des raisons, Madame, qui ne permettent pas que je
reçoive l'honneur que vous me présentez.

IPHICRATE

Craignez-vous, Sostrate, de vous faire un ennemi ?

SOSTRATE

Je craindrais peu, Seigneur, les ennemis que je pourrais
me faire en obéissant à mes souveraines.

TIMOCLÈS   [55]

Par quelle raison donc refusez-vous d'accepter le pouvoir
qu'on vous donne, et de vous acquérir l'amitié d'un Prince
qui vous devrait tout son bonheur ?

SOSTRATE

Par la raison que je ne suis pas en état d'accorder à ce
Prince ce qu'il souhaiterait de moi.

IPHICRATE

Quelle pourrait être cette raison ?

SOSTRATE

Pourquoi me tant presser là-dessus ? Peut-être ai-je,
Seigneur, quelque intérêt secret qui s'oppose aux prétentions
de votre amour. Peut-être ai-je un ami qui brûle, sans oser le
dire, d'une flamme respectueuse pour les charmes[117] divins
dont vous êtes épris. Peut-être cet ami me fait-il tous les
jours confidence de son martyre, qu'il se plaint à moi tous
les jours des rigueurs de sa destinée, et regarde l'hymen de
la Princesse ainsi que l'arrêt redoutable qui le doit pousser

---

117 Voir *supra*, la note 32.

au tombeau. Et si cela était, Seigneur, serait-il raisonnable
que ce fût de ma main qu'il reçût le coup de sa mort ?

IPHICRATE

Vous auriez bien la mine, Sostrate, d'être vous-même
cet ami dont vous prenez les intérêts.

SOSTRATE

Ne cherchez point, de grâce, à me rendre odieux aux personnes qui vous écoutent ; je sais me connaître[118], Seigneur,
et les malheureux comme moi n'ignorent pas jusques où
leur fortune[119] leur permet d'aspirer.

ARISTIONE

Laissons cela ; nous trouverons moyen de terminer
l'irrésolution de ma fille.

ANAXARQUE   [E iiij] [56]

En est-il un meilleur, Madame, pour terminer les choses
au contentement de tout le monde, que les lumières que le
Ciel peut donner sur ce mariage ? J'ai commencé, comme
je vous ai dit, à jeter pour cela les figures mystérieuses
que notre art nous enseigne[120], et j'espère vous faire voir
tantôt[121] ce que l'avenir garde[122] à cette union souhaitée.

---

118 Reconnaître ce que je suis, qu'elle est mon rang – trop inférieur pour
   aspirer à l'hymen d'une princesse.
119 Voir *supra*, la note 34.
120 *Figure* est du vocabulaire de l'astrologie (« description de l'état et de la disposition du ciel à certaine heure, où l'on marque les lieux des planètes et des
   étoiles en une figure de 12 triangles qui s'appellent maisons », Furetière) ;
   mais aussi de la géomancie (figure « se dit des extrémités de points, lignes ou
   nombres qui ont été jetés ou faits au hasard, sur la combinaison ou variation
   desquelles les géomanciens fondent leurs fantastiques révélations », Furetière).
121 Bientôt.
122 *Garder* : réserver.

Après cela pourra-t-on balancer encore ? La gloire et les prospérités que le Ciel promettra, ou à l'un, ou à l'autre choix, ne seront-elles pas suffisantes pour le déterminer, et celui qui sera exclu pourra-t-il s'offenser quand ce sera le Ciel qui décidera cette préférence ?

IPHICRATE

Pour moi, je m'y soumets entièrement, et je déclare que cette voie me semble la plus raisonnable.

TIMOCLÈS

Je suis de même avis, et le Ciel ne saurait rien faire où je ne souscrive sans répugnance.

ÉRIPHILE

Mais, Seigneur Anaxarque, voyez-vous si clair dans les destinées, que vous ne vous trompiez jamais ? Et ces prospérités, et cette gloire que vous dites que le Ciel nous promet, qui en sera caution, je vous prie ?

ARISTIONE

Ma fille, vous avez une petite incrédulité qui ne vous quitte point.

ANAXARQUE

Les épreuves[123], Madame, que tout le monde a vues de l'infaillibilité de mes prédictions, sont les cautions suffisantes des promesses que je puis faire. Mais enfin, quand je vous aurai fait voir ce que le Ciel vous marque[124], vous vous réglerez [57] là-dessus, à votre fantaisie, et ce sera à vous à prendre la fortune de l'un, ou de l'autre choix[125].

---

123 *Épreuve* : preuve, témoignage.
124 *Marquer* : indiquer, désigner.
125 Et ce sera à vous de courir le risque de l'un ou de l'autre choix.

ÉRIPHILE

Le Ciel, Anaxarque, me marquera les deux fortunes qui m'attendent ?

ANAXARQUE

Oui, Madame, les félicités qui vous suivront si vous épousez l'un, et les disgrâces qui vous accompagneront, si vous épousez l'autre.

ÉRIPHILE

Mais comme il est impossible que je les épouse tous deux, il faut donc qu'on trouve écrit dans le Ciel, non seulement ce qui doit arriver, mais aussi ce qui ne doit pas arriver ?

CLITIDAS

Voilà mon astrologue embarrassé.

ANAXARQUE

Il faudrait vous faire, Madame, une longue discussion des principes de l'astrologie pour vous faire comprendre cela.

CLITIDAS

Bien répondu. Madame, je ne dis point de mal de l'astrologie ; l'astrologie est une belle chose, et le Seigneur Anaxarque est un grand homme.

IPHICRATE

La vérité de l'astrologie est une chose incontestable, et il n'y a personne qui puisse disputer contre[126] la certitude de ses prédictions.

---

126 Contester.

CLITIDAS

Assurément.

TIMOCLÈS

Je suis assez incrédule pour quantité de choses, mais pour ce qui est de l'astrologie, il n'y a rien de plus sûr et de plus constant[127] que le succès des horoscopes qu'elle tire[128].

CLITIDAS   [58]

Ce sont des choses les plus claires du monde.

IPHICRATE

Cent aventures[129] prédites arrivent tous les jours, qui convainquent les plus opiniâtres.

CLITIDAS

Il est vrai.

TIMOCLÈS

Peut-on contester sur cette matière les incidents célèbres dont les histoires nous font foi ?

CLITIDAS

Il faut n'avoir pas le sens commun. Le moyen de contester ce qui est moulé[130] ?

ARISTIONE

Sostrate n'en dit mot ; quel est son sentiment là-dessus ?

---

127 *Constant* : indubitable, avéré.
128 Comprenons que les horoscopes sont confirmés par la réalité, leur issue (*succès*) montre leur véracité.
129 *L'aventure* est ce qui arrive, l'événement.
130 Ce qui est imprimé dans les livres d'histoire.

SOSTRATE

Madame, tous les esprits ne sont pas nés avec les qualités qu'il faut pour la délicatesse de ces belles sciences qu'on nomme curieuses[131], et il y en a de si matériels, qu'ils ne peuvent aucunement comprendre ce que d'autres conçoivent le plus facilement du monde. Il n'est rien de plus agréable, Madame, que toutes les grandes promesses de ces connaissances sublimes. Transformer tout en or[132], faire vivre éternellement, guérir par des paroles, se faire aimer de qui l'on veut, savoir tous les secrets de l'avenir, faire descendre comme on veut du ciel sur des métaux des impressions de bonheur[133], commander aux démons, se faire des armées invisibles et des soldats invulnérables – tout cela est charmant[134], sans doute[135], et il y a des gens qui n'ont aucune peine à en comprendre la possibilité ; cela leur est le plus aisé du monde à concevoir. Mais pour moi, je vous avoue que mon esprit grossier a quel[59] que peine à le comprendre, et à le croire ; et j'ai toujours trouvé cela trop beau pour être véritable. Toutes ces belles raisons de sympathie[136], de force magnétique[137], et de vertu

---

131 Les *sciences curieuses* sont celles qui sont connues de peu de personnes, qui ont des secrets particuliers ; Furetière cite parmi elles la chimie, l'optique, mais aussi l'astrologie ou la chiromancie.

132 Comme l'espèrent les alchimistes.

133 Grâce à des talismans et autres amulettes porte-bonheur.

134 Ensorcelant.

135 Assurément.

136 La *sympathie* est une convenance ou conformité de qualités, d'humeur, de tempérament « qui font que deux choses s'aiment, se cherchent et demeurent en repos ensemble » (Furetière). Médecins et charlatans exploitaient cela pour des guérisons par sympathie ; une *poudre de sympathie* prétendait guérir les blessures à distance !

137 « Quand un physicien ne peut rendre raison d'un phénomène, il dit qu'il est produit par une vertu *magnétique* ou *sympathique*. Les charlatans vendent des remèdes, des emplâtres magnétiques, et les ignorants croient qu'il y entre de l'aimant pilé » (Furetière).

occulte[138] sont si subtiles et délicates, qu'elles échappent à mon sens matériel, et sans parler du reste, jamais il n'a été en ma puissance de concevoir comme on trouve écrit dans le ciel jusqu'aux plus petites particularités de la fortune[139] du moindre homme. Quel rapport, quel commerce[140], quelle correspondance peut-il y avoir entre nous et des globes éloignés de notre terre d'une distance si effroyable ? et d'où cette belle science, enfin, peut être venue aux hommes ? Quel dieu l'a révélée, ou quelle expérience l'a pu former de l'observation de ce grand nombre d'astres qu'on n'a pu voir encore deux fois dans la même disposition ?

ANAXARQUE

Il ne sera pas difficile de vous le faire concevoir.

SOSTRATE

Vous serez plus habile que tous les autres.

CLITIDAS

Il vous fera une discussion de tout cela quand vous voudrez.

IPHICRATE

Si vous ne comprenez pas les choses, au moins les pouvez-vous croire, sur ce que l'on voit[141] tous les jours.

---

138 Toujours Furetière : « Les mauvais philosophes qui ne savent point découvrir la cause d'un effet, d'une maladie, disent que cela vient d'une *vertu occulte* », cachée !

139 Du destin.

140 *Commerce* : lien, relation.

141 D'après ce que l'on voit.

SOSTRATE

Comme mon sens est si grossier qu'il n'a pu rien comprendre, mes yeux aussi sont si malheureux qu'ils n'ont jamais rien vu.

IPHICRATE

Pour moi, j'ai vu, et des choses tout à fait convaincantes.

TIMOCLÈS   [60]

Et moi aussi.

SOSTRATE

Comme vous avez vu, vous faites bien de croire, et il faut que vos yeux soient faits autrement que les miens.

IPHICRATE

Mais enfin, la Princesse croit à l'astrologie, et il me semble qu'on y peut bien croire après elle. Est-ce que Madame, Sostrate, n'a pas de l'esprit et du sens ?

SOSTRATE

Seigneur, la question est un peu violente. L'esprit de la Princesse n'est pas une règle pour le mien, et son intelligence peut l'élever à des lumières où mon sens ne peut pas atteindre.

ARISTIONE

Non, Sostrate, je ne vous dirai rien sur quantité de choses auxquelles je ne donne guère plus de créance[142] que vous. Mais pour l'astrologie, on m'a dit, et fait voir des choses si positives que je ne la puis mettre en doute.

---

142 *Donner créance* : croire.

SOSTRATE

Madame, je n'ai rien à répondre à cela.

ARISTIONE

Quittons ce discours, et qu'on nous laisse un moment. Dressons[143] notre promenade, ma fille, vers cette belle grotte, où j'ai promis d'aller. Des galanteries à chaque pas.

Fin du troisième Acte

QUATRIÈME INTERMÈDE   [61]

Le théâtre représente une grotte, où les Princesses vont se promener, et dans le temps qu'elles y entrent, huit statues, portant chacune deux flambeaux à leurs mains, sortent de leurs niches, et font une danse variée de plusieurs figures et de plusieurs belles attitudes, où elles demeurent par intervalles.

ENTRÉE DE BALLET
de huit statues.

---

143 *Dresser* : diriger.

ACTE IV   [62]

Scène PREMIÈRE
ARISTIONE, ÉRIPHILE

ARISTIONE

De qui que cela soit, on ne peut rien de plus galant et de mieux entendu[144]. Ma fille, j'ai voulu me séparer de tout le monde pour vous entretenir, et je veux que vous ne me cachiez rien de la vérité. N'auriez-vous point dans l'âme quelque inclination secrète que vous ne voulez pas nous dire ?

ÉRIPHILE

Moi, Madame ?

ARISTIONE

Parlez à cœur ouvert, ma fille ; ce que j'ai fait pour vous mérite bien que vous usiez avec moi de franchise. Tourner vers vous toutes mes pensées, vous préférer à toutes choses, et fermer l'oreille, en l'état où je suis, à toutes les propositions que cent princesses en ma place écouteraient avec bienséance[145], tout cela vous doit assez persuader que je suis une bonne mère, et que je ne suis pas pour recevoir[146] avec sévérité les ouvertures que vous pourriez me faire de votre cœur[147].

---

144 *Bien entendu* : bien conçu, bien disposé.
145 Conformément aux usages princiers en matière matrimoniale.
146 Je ne suis pas mère à recevoir.
147 Les clartés (*ouvertures*) que vous pourriez me donner sur vos sentiments intimes.

ÉRIPHILE [63]

Si j'avais si mal suivi votre exemple, que de m'être laissée aller à quelques sentiments d'inclination que j'eusse raison de cacher, j'aurais, Madame, assez de pouvoir sur moi-même pour imposer silence à cette passion, et me mettre en état de ne rien faire voir qui fût indigne de votre sang.

ARISTIONE

Non, non, ma fille, vous pouvez sans scrupule m'ouvrir vos sentiments. Je n'ai point renfermé votre inclination dans le choix de deux princes ; vous pouvez l'étendre où vous voudrez, et le mérite auprès de moi tient un rang si considérable que je l'égale à tout ; et si vous m'avouez franchement les choses, vous me verrez souscrire sans répugnance au choix qu'aura fait votre cœur.

ÉRIPHILE

Vous avez des bontés pour moi, Madame, dont je ne puis assez me louer ; mais je ne les mettrai point à l'épreuve sur le sujet dont vous me parlez, et tout ce que je leur demande, c'est de ne point presser un mariage où je ne me sens pas encore bien résolue.

ARISTIONE

Jusqu'ici je vous ai laissée assez maîtresse de tout, et l'impatience des Princes vos amants… Mais quel bruit est-ce que j'entends ? Ah ! ma fille, quel spectacle s'offre à nos yeux ? Quelque divinité descend ici, et c'est la déesse Vénus qui semble nous vouloir parler.

Scène 2   [64]

VÉNUS, *accompagnée de quatre petits Amours*
dans une machine, ARISTIONE, ÉRIPHILE

VÉNUS[148]

Princesse, dans tes soins brille un zèle exemplaire,
Qui par les immortels doit être couronné,
Et pour te voir un gendre illustre et fortuné[149],
Leur main te veut marquer le choix que tu dois faire.
   Ils t'annoncent tous par ma voix
La gloire et les grandeurs que, par ce digne choix,
Ils feront pour jamais entrer dans ta famille.
De tes difficultés termine donc le cours,
   Et pense à donner ta fille
   À qui sauvera tes jours.

ARISTIONE

Ma fille, les dieux imposent silence à tous nos raisonnements. Après cela nous n'avons plus rien à faire, qu'à recevoir ce qu'ils s'apprêtent à nous donner, et vous venez d'entendre distinctement leur volonté. Allons dans le premier temple les assurer de notre obéissance, et leur rendre grâce de leurs bontés.

Scène 3   [65]

ANAXARQUE, CLÉON

CLÉON

Voilà la Princesse qui s'en va ; ne voulez-vous pas lui parler ?

---

148 À Aristione.
149 *Fortuné* : bien traité de la fortune ou du sort, favorisé, heureux.

ANAXARQUE

Attendons que sa fille soit séparée d'elle : c'est un esprit que je redoute, et qui n'est pas de trempe à se laisser mener ainsi que celui de sa mère. Enfin, mon fils, comme nous venons de voir par cette ouverture[150], le stratagème a réussi, notre Vénus a fait des merveilles ; et l'admirable ingénieur qui s'est employé à cet artifice[151] a si bien disposé tout, a coupé avec tant d'adresse le plancher de cette grotte, si bien caché ses fils de fer, et tous ses ressorts, si bien ajusté ses lumières, et habillé ses personnages, qu'il y a peu de gens qui n'y eussent été trompés. Et comme la Princesse Aristione est fort superstitieuse, il ne faut point douter qu'elle ne donne à pleine tête dans cette tromperie. Il y a longtemps, mon fils, que je prépare cette machine[152], et me voilà tantôt[153] au but de mes prétentions.

CLÉON

Mais pour lequel des deux princes au moins dressez-vous tout cet artifice ?

ANAXARQUE

Tous deux ont recherché mon assistance, et je leur promets à tous deux la faveur de mon art ; mais les présents du Prince Iphicrate, et les pro[Tome VIII. F][66]messes qu'il m'a faites,

---

150 Ce début.

151 *Artifice* : tromperie.

152 Cette machination, cette combinaison. Mais, en langage de théâtre, la *machine* désigne les moyens mécaniques qui permettent un changement de décor ou une mise en scène spectaculaire – précisément ce qu'Anaxarque vient de décrire par le menu. En somme, sa machination a été réalisée grâce à une machine de théâtre – comme Vigarani, machiniste et décorateur de Molière dans *Les Amants magnifiques*, ici même en réalisa. La réplique d'Anaxarque est aussi une manière de glorifier le travail de l'Italien.

153 Bientôt.

l'emportent de beaucoup sur tout ce qu'a pu faire l'autre. Ainsi ce sera lui qui recevra les effets favorables de tous les ressorts[154] que je fais jouer ; et comme son ambition me devra toute chose, voilà, mon fils, notre fortune faite. Je vais prendre mon temps pour affermir dans son erreur l'esprit de la Princesse, pour la mieux prévenir[155] encore par le rapport que je lui ferai voir adroitement des paroles de Vénus avec les prédictions des figures célestes, que je lui dis que j'ai jetées[156]. Va-t'en tenir la main[157] au reste de l'ouvrage, préparer nos six hommes à se bien cacher dans leur barque derrière le rocher, à posément attendre le temps que la Princesse Aristione vient tous les soirs se promener seule sur le rivage, à se jeter bien à propos sur elle, ainsi que des corsaires, et donner lieu au Prince Iphicrate de lui apporter ce secours, qui sur les paroles[158] du Ciel doit mettre entre ses mains la Princesse Ériphile. Ce prince est averti par moi, et sur la foi de ma prédiction il doit se tenir dans ce petit bois qui borde le rivage. Mais sortons de cette grotte ; je te dirai en marchant toutes les choses qu'il faut bien observer. Voilà la Princesse Ériphile, évitons sa rencontre.

Scène 4   [67]

ÉRIPHILE, CLÉONICE, SOSTRATE

ÉRIPHILE

Hélas ! quelle est ma destinée, et qu'ai-je fait aux dieux pour mériter les soins qu'ils veulent prendre de moi ?

---

154 *Ressort* : moyen secret destiné à faire réussir une intrigue ou un projet.

155 *Prévenir* : inspirer des préventions (à propos du pseudo-oracle de Vénus, auquel Aristione doit croire).

156 Sur cette pratique astrologique, voir *supra* la déclaration d'Anaxarque en III, 1, et la note 120.

157 *Tenir la main à* : veiller à, surveiller.

158 Selon les paroles (de Vénus).

CLÉONICE

Le voici, Madame, que j'ai trouvé, et à vos premiers
ordres il n'a pas manqué de me suivre.

ÉRIPHILE

Qu'il approche, Cléonice, et qu'on nous laisse seuls un
moment[159]. Sostrate, vous m'aimez ?

SOSTRATE

Moi, Madame ?

ÉRIPHILE

Laissons cela, Sostrate ; je le sais, je l'approuve et vous
permets de me le dire. Votre passion a paru à mes yeux,
accompagnée de tout le mérite qui me la pouvait rendre
agréable. Si ce n'était le rang où le Ciel m'a fait naître,
je puis vous dire que cette passion n'aurait pas été malheureuse, et que cent fois je lui ai souhaité l'appui d'une
fortune qui pût mettre pour elle en pleine liberté les secrets
sentiments de mon âme[160]. Ce n'est pas, Sostrate, que le
mérite seul n'ait à mes yeux tout le prix qu'il doit avoir,
et que dans mon cœur je ne préfère les vertus qui sont
en vous à tous les titres magnifiques, dont les autres sont
revêtus. Ce n'est pas même que la Princesse ma [F ij] [68]
mère ne m'ait assez laissé la disposition de mes vœux, et je
ne doute point, je vous l'avoue, que mes prières n'eussent
pu tourner son consentement du côté que j'aurais voulu ;
mais il est des états[161], Sostrate, où il n'est pas honnête de
vouloir tout ce qu'on peut faire. Il y a des chagrins[162] à se

---

159 Cléonice se retire alors.
160 J'ai souhaité que votre rang social soit supérieur et me permette de
     déclarer mon amour pour vous.
161 *État* : situation social, rang.
162 *Chagrins* : déplaisirs, souffrance.

mettre au-dessus de toutes choses, et les bruits fâcheux de la renommée vous font trop acheter le plaisir que l'on trouve à contenter son inclination ; c'est à quoi, Sostrate, je ne me serais jamais résolue, et j'ai cru faire assez de fuir l'engagement dont j'étais sollicitée. Mais enfin, les dieux veulent prendre le soin eux-mêmes de me donner un époux ; et tous ces longs délais avec lesquels j'ai reculé mon mariage, et que les bontés de la Princesse ma mère ont accordés à mes désirs, ces délais, dis-je, ne me sont plus permis, et il me faut résoudre[163] à subir cet arrêt du Ciel. Soyez sûr, Sostrate, que c'est avec toutes les répugnances du monde que je m'abandonne à cet hyménée ; et que si j'avais pu être maîtresse de moi, ou j'aurais été à vous, ou je n'aurais été à personne. Voilà, Sostrate, ce que j'avais à vous dire, voilà ce que j'ai cru devoir à votre mérite, et la consolation que toute ma tendresse peut donner à votre flamme.

SOSTRATE

Ah ! Madame, c'en est trop pour un malheureux ; je ne m'étais pas préparé à mourir avec tant de gloire, et je cesse dans ce moment de me plaindre des destinées. Si elles ne m'ont pas fait naître dans un rang beaucoup moins élevé que mes désirs, elles m'ont fait naître assez heureux pour attirer quelque pitié du cœur d'un grande princesse ; et cette pitié glorieuse vaut des sceptres et des couronnes, vaut la fortune des plus grands [69] princes de la terre. Oui, Madame, dès que j'ai osé vous aimer, c'est vous, Madame, qui voulez bien que je me serve de ce mot téméraire, dès que j'ai, dis-je, osé vous aimer, j'ai condamné d'abord[164] l'orgueil de mes désirs, je me suis fait moi-même la destinée que je devais attendre. Le coup de mon trépas, Madame, n'aura rien qui

163 Il faut me résoudre à subir, je dois me résoudre à subir.
164 Aussitôt.

me surprenne, puisque je m'y étais préparé[165] ; mais vos bontés le comblent d'un honneur que mon amour jamais n'eût osé espérer, et je m'en vais mourir, après cela, le plus content et le plus glorieux de tous les hommes. Si je puis encore souhaiter quelque chose, ce sont deux grâces, Madame, que je prends la hardiesse de vous demander à genoux : de vouloir souffrir ma présence jusqu'à cet heureux hyménée, qui doit mettre fin à ma vie ; et parmi cette grande gloire et ces longues prospérités que le Ciel promet à votre union, de vous souvenir quelquefois de l'amoureux Sostrate. Puis-je, divine Princesse, me promettre de vous cette précieuse faveur[166] ?

ÉRIPHILE

Allez, Sostrate, sortez d'ici ; ce n'est pas aimer mon repos, que de me demander que je me souvienne de vous.

SOSTRATE

Ah ! Madame, si votre repos...

ÉRIPHILE

Ôtez-vous[167], vous dis-je, Sostrate ; épargnez ma faiblesse, et ne m'exposez point à plus que je n'ai résolu.

---

165 Je savais qu'à cause de mon rang inférieur mon amour pour vous ne serait jamais couronné, était sans issue, et que je mourrais du désespoir de ne pouvoir vous épouser et de vous voir l'épouse d'un autre.
166 M'assurer que vous m'accorderez cette faveur.
167 Retirez-vous.

Scène 5   [f iij] 70]
CLÉONICE, ÉRIPHILE

CLÉONICE

Madame, je vous vois l'esprit tout chagrin[168] ; vous plaît-il que vos danseurs, qui expriment si bien toutes les passions, vous donnent maintenant quelque épreuve[169] de leur adresse ?

ÉRIPHILE

Oui, Cléonice, qu'ils fassent tout ce qu'ils voudront, pourvu qu'ils me laissent à mes pensées.

CINQUIÈME INTERMÈDE   [71]

Quatre pantomimes, pour épreuve[170] de leur adresse, ajustent leurs gestes et leurs pas aux inquiétudes de la jeune Princesse Ériphile.

ENTRÉE DE BALLET
de quatre pantomimes

---

168 *Chagrin* : morose, malheureux.
169 Voir *supra*, la note 123.
170 Preuve.

ACTE V   [72]

Scène PREMIÈRE
CLITIDAS, ÉRIPHILE

CLITIDAS

De quel côté porter mes pas ? où m'aviserai-je d'aller,
et en que lieu puis-je croire que je trouverai maintenant la
Princesse Ériphile ? Ce n'est pas un petit avantage que d'être
le premier à porter une nouvelle. Ah ! la voilà. Madame,
je vous annonce que le Ciel vient de vous donner l'époux
qu'il vous destinait.

ÉRIPHILE

Eh ! laisse-moi, Clitidas, dans ma sombre mélancolie.

CLITIDAS

Madame, je vous demande pardon, je pensais faire
bien de vous venir dire que le Ciel vient de vous donner
Sostrate pour époux, mais puisque cela vous incommode,
je rengaine ma nouvelle, et m'en retourne droit comme
je suis venu.

ÉRIPHILE

Clitidas, holà ! Clitidas !

CLITIDAS

Je vous laisse, Madame, dans votre sombre mélancolie.

ÉRIPHILE   [73]

Arrête, te dis-je, approche. Que viens-tu me dire ?

CLITIDAS

Rien, Madame. On a parfois des empressements de venir dire aux grands de certains choses, dont ils ne se soucient pas, et je vous prie de m'excuser.

ÉRIPHILE

Que tu es cruel !

CLITIDAS

Une autre fois j'aurai la discrétion de ne vous pas venir interrompre.

ÉRIPHILE

Ne me tiens point dans l'inquiétude. Qu'est-ce que tu viens m'annoncer ?

CLITIDAS

C'est une bagatelle de Sostrate, Madame, que je vous dirai une autre fois, quand vous ne serez point embarrassée[171].

ÉRIPHILE

Ne me fais point languir davantage, te dis-je, et m'apprends cette nouvelle.

CLITIDAS

Vous la voulez savoir, Madame ?

ÉRIPHILE

Oui, dépêche. Qu'as-tu à me dire de Sostrate ?

CLITIDAS

Une aventure[172] merveilleuse, où personne ne s'attendait.

---

171 Retenue dans une préoccupation, occupée.
172 *Aventure* : ce qui arrive (en bien ou en mal).

ÉRIPHILE

Dis-moi vite ce que c'est.

CLITIDAS

Cela ne troublera-t-il point, Madame, votre sombre
mélancolie ?

ÉRIPHILE   [Tome VIII.] [74]

Ah ! parle promptement.

CLITIDAS

J'ai donc à vous dire, Madame, que la Princesse votre
mère passait presque seule dans la forêt, par ces petites routes
qui sont si agréables, lorsqu'un sanglier hideux (ces vilains
sangliers-là font toujours du désordre, et l'on devrait les
bannir des forêts bien policées) ; lors, dis-je, qu'un sanglier
hideux, poussé je crois par des chasseurs, est venu traverser
la route où nous étions. Je devrais vous faire peut-être, pour
orner mon récit, une description étendue du sanglier dont
je parle, mais vous vous en passerez s'il vous plaît, et je me
contenterai de vous dire que c'était un fort vilain animal.
Il passait son chemin, et il était bon de ne lui rien dire,
de ne point chercher de noise avec lui ; mais la Princesse
a voulu égayer sa dextérité[173], et de son dard[174] qu'elle lui
a lancé un peu mal à propos, ne lui en déplaise, lui a fait
au-dessus de l'oreille une assez petite blessure. Le sanglier
mal morigéné[175], s'est impertinemment détourné contre
nous ; nous étions là deux ou trois misérables qui avons

---

173 Faire l'essai de sa dextérité.

174 *Dard* : arme de jet ancienne, formée d'une pointe de fer portée par une
    hampe de bois, et qui se lançait à la main pour déchirer ou fendre ; et,
    de manière générale, arme pointue jetée ou lancée.

175 *Morigéner* ou, anciennement, *moriginer* : instruire, élever, soigner l'éducation
    de.

pâli de frayeur ; chacun gagnait son arbre, et la Princesse
sans défense demeurait exposée à la furie de la bête, lorsque
Sostrate a paru, comme si les dieux l'eussent envoyé.

ÉRIPHILE

Eh bien ! Clitidas ?

CLITIDAS

Si mon récit vous ennuie, Madame, je remettrai le reste
à une autre fois.

ÉRIPHILE

Achève promptement.

CLITIDAS   [75]

Ma foi, c'est promptement de vrai que j'achèverai, car
un peu de poltronnerie m'a empêché de voir tout le détail
de ce combat ; et tout ce que je puis vous dire, c'est que,
retournant sur la place, nous avons vu le sanglier mort, tout
vautré dans son sang, et la Princesse pleine de joie, nommant
Sostrate son libérateur, et l'époux digne et fortuné que les
dieux lui marquaient[176] pour vous. À ces paroles j'ai cru
que j'en avais assez entendu, et je me suis hâté de vous en
venir, avant tous, apporter la nouvelle.

ÉRIPHILE

Ah ! Clitidas, pouvais-tu m'en donner une qui me pût
être plus agréable ?

CLITIDAS

Voilà qu'on vient vous trouver.

---

176 *Marquer* : indiquer, désigner.

Scène 2
ARISTIONE, SOSTRATE, ÉRIPHILE, CLITIDAS

ARISTIONE

Je vois, ma fille, que vous savez déjà tout ce que nous pourrions vous dire. Vous voyez que les dieux se sont expliqués bien plus tôt que nous n'eussions pensé ; mon péril n'a guère tardé à nous marquer leurs volontés, et l'on connaît[177] assez que ce sont eux qui se sont mêlés de ce choix, puisque le mérite tout seul brille dans cette préférence. Aurez-vous quelque répugnance à récompenser de votre cœur celui à [G ij] [76] qui je dois la vie, et refuserez-vous Sostrate pour époux ?

ÉRIPHILE

Et de la main des dieux, et de la vôtre, Madame, je ne puis rien recevoir qui ne me soit fort agréable.

SOSTRATE

Ciel ! n'est-ce point ici quelque songe tout plein de gloire, dont les dieux me veuillent flatter ; et quelque réveil malheureux ne me replongera-t-il point dans la bassesse de ma fortune ?

Scène 3
CLÉONICE, ARISTIONE, SOSTRATE,
ÉRIPHILE, CLITIDAS

CLÉONICE

Madame, je viens vous dire qu'Anaxarque a jusqu'ici abusé l'un et l'autre Prince par l'espérance de ce choix qu'ils

---

177 *Connaître* : comprendre, se rendre compte.

poursuivent depuis longtemps, et qu'au bruit qui s'est répandu de votre aventure, ils ont fait éclater tous deux leur ressentiment contre lui, jusque-là que, de paroles en paroles, les choses se sont échauffées, et il en a reçu quelques blessures, dont on ne sait pas bien ce qui arrivera. Mais les voici.

Scène 4   [77]

IPHICRATE, TIMOCLÈS, CLÉONICE,
ARISTIONE, SOSTRATE, ÉRIPHILE, CLITIDAS

ARISTIONE

Princes, vous agissez tous deux avec une violence bien grande, et si Anaxarque a pu vous offenser, j'étais pour vous[178] en faire justice moi-même.

IPHICRATE

Et quelle justice, Madame, auriez-vous pu nous faire de lui, si vous la faites si peu à notre rang dans le choix que vous embrassez[179] ?

ARISTIONE

Ne vous êtes-vous pas soumis l'un et l'autre à ce que pourraient décider, ou les ordres du Ciel, ou l'inclination de ma fille ?

TIMOCLÈS

Oui, Madame, nous nous sommes soumis à ce qu'ils pourraient décider, entre le Prince Iphicrate et moi, mais non pas à nous voir rebutés tous deux.

---

178 J'étais femme à vous.
179 Si vous respectez si peu notre rang de princes en donnant votre fille au
     simple général Sostrate.

ARISTIONE

Et si chacun de vous a bien a pu se résoudre à souffrir une préférence[180], que vous arrive-t-il à tous deux, où vous ne soyez préparés, et que peuvent[181] importer à l'un et à l'autre les intérêts de son rival ?

IPHICRATE

Oui, Madame, il importe : c'est quelque con[G iij][78] solation de se voir préférer un homme qui vous est égal, et votre aveuglement est une chose épouvantable.

ARISTIONE

Prince, je ne veux pas me brouiller avec une personne qui m'a fait tant de grâce que de me dire des douceurs ; et je vous prie, avec tout l'honnêteté qu'il m'est possible, de donner à votre chagrin[182] un fondement plus raisonnable ; de vous souvenir, s'il vous plaît, que Sostrate est revêtu d'un mérite qui s'est fait connaître à toute la Grèce, et que le rang où le Ciel l'élève aujourd'hui va remplir toute la distance qui était entre lui et vous.

IPHICRATE

Oui, oui, Madame, nous nous en souviendrons ; mais peut-être aussi vous souviendrez-vous que deux Princes outragés ne sont pas deux ennemis peu redoutables.

TIMOCLÈS

Peut-être, Madame, qu'on ne goûtera pas longtemps la joie du mépris qu'on fait de nous.

---

180 À supporter que la préférence soit donnée à l'autre.
181 Le pluriel *peuvent* est régi par le sujet *les intérêts*. À partir de 1682 on a *que peut importer*, qu'il faut alors considérer dans l'emploi impersonnel (il importe), qui est d'ailleurs celui d'Iphicrate dans sa réponse.
182 Irritation.

ARISTIONE

Je pardonne toutes ces menaces aux chagrins d'un amour qui se croit offensé, et nous n'en verrons pas avec moins de tranquillité la fête des jeux Pythiens. Allons-y de ce pas, et couronnons par ce pompeux spectacle cette merveilleuse journée.

SIXIÈME INTERMÈDE   [79]
Qui est la solennité des jeux pythiens

Le théâtre est une grande salle en manière d'amphithéâtre, ouvert d'une grande arcade dans le fond, au-dessus de laquelle est une tribune fermée d'un rideau ; et dans l'éloignement paraît un autel pour le sacrifice. Six hommes habillés comme s'ils étaient presque nus, portant chacun une hache sur l'épaule, comme ministres du sacrifice, entrent par le portique, au son des violons, et sont suivis de deux Sacrificateurs musiciens, d'une Prêtresse musicienne, et leur suite.

LA PRÊTRESSE   [G iij] [80]
Chantez, peuples, chantez en mille et mille lieux
Du dieu que nous servons les brillantes merveilles ;
            Parcourez la terre et les cieux.
Vous ne sauriez chanter rien de plus précieux,
            Rien de plus doux pour les oreilles.

UNE GRECQUE
À ce dieu plein de force, à ce dieu plein d'appâts,
            Il n'est rien qui résiste.

AUTRE GRECQUE
Il n'est rien ici-bas
Qui par ses bienfaits ne subsiste.

AUTRE GRECQUE
Toute la terre est triste
Quand on ne le voit pas.

LE CHŒUR
Poussons à sa mémoire
Des concerts si touchants,
Que du haut de sa gloire
Il écoute nos chants.

PREMIÈRE ENTRÉE DE BALLET   [81]

Les six hommes portant les haches font entre eux une danse[183] ornée de toutes les attitudes que peuvent exprimer des gens qui étudient leur force, puis ils se retirent aux deux côtés du théâtre pour faire place à six voltigeurs.

DEUXIÈME ENTRÉE DE BALLET

Six voltigeurs[184] font paraître en cadence leur adresse sur des chevaux de bois, qui sont apportés par des esclaves.

---

183 Une gavotte, danse d'origine populaire, gaie et à rythme binaire, ici probablement assez vive.

184 En équitation, la *voltige* désigne l'ensemble des exercices, des sauts acrobatiques exécutés sur un cheval au galop ou arrêté ; elle s'enseignait sur des chevaux de bois. Furetière indique que *voltiger*, c'est « faire les

TROISIÈME ENTRÉE DE BALLET

Quatre conducteurs d'esclaves amènent en cadence douze esclaves qui dansent, en marquant la joie qu'ils ont d'avoir recouvré leur liberté.

QUATRIÈME ENTRÉE DE BALLET

Quatre hommes et quatre femmes armés à la grecque font ensemble une manière de jeu pour les armes.

La tribune s'ouvre, un héraut, six trompettes et un timbalier se mêlant à tous les instruments, annonce avec un grand bruit la venue d'Apollon.

LE CHŒUR   [82]
            Ouvrons tous nos yeux
            À l'éclat suprême
            Qui brille en ces lieux.

            Quelle grâce extrême !
            Quel port glorieux !
            Où voit-on des dieux
            Qui soient faits de même ?

Apollon, au bruit des trompettes et des violons, entre par le portique, précédé de six jeunes gens, qui portent des

---

exercices sur le cheval de bois pour apprendre à y monter à cheval et à en descendre légèrement, ou à faire divers tours qui montrent l'agilité et la dextérité du cavalier ». Les voltigeurs font ici leur prestation sur une musique écrite dans le ton solennel de ré majeur et sur des rythmes pointés.

lauriers entrelacés autour d'un bâton, et un soleil d'or au-dessus avec la devise royale[185] en manière de trophée. Les six jeunes gens, pour danser avec Apollon, donnent leur trophée à tenir aux six hommes qui portent des haches, et commencent avec Apollon une danse héroïque[186], à laquelle se joignent en diverses manières les six hommes portant les trophées, les quatre femmes armées avec leurs timbres[187], et les quatre hommes armés avec leurs tambours, tandis que les six trompettes, le timbalier, les Sacrificateurs, la Prêtresse et le Chœur de musique accompagnent tout cela en s'y mêlant par diverses reprises ; ce qui finit la fête des jeux Pythiens, et tout le divertissement.

CINQUIÈME ET DERNIÈRE ENTRÉE [83]
DE BALLET

APOLLON, ET SIX JEUNES GENS DE SA SUITE.

Chœur de musique.

---

185 On connaît cette devise du roi Louis XIV : *Nec pluribus impar* – c'est-à-dire, en tenant compte du fait que le corps de la devise est un soleil qui éclaire la terre (une devise est en effet composée d'une figure, ou corps, et de paroles, ou âme) : « il n'est pas inférieur à plusieurs » soleils ; comprenons : il est capable de gouverner plusieurs royaumes en même temps.

186 Sans doute la pyrrhique, danse armée inventée par le fils d'Achille, « pour s'en aider dans la guerre », dit Furetière.

187 *Timbre* : tambour de forme arrondie. Mais il pourrait s'agir aussi de *jeux de timbres*, petits instruments composés de lames, coupes ou autres objets vibrants, mis en action par le frappement et produisant un son aigu et cristallin, comme les définit le *Trésor de la langue française*.

POUR LE ROI,
représentant le SOLEIL[188].

Je suis la source des clartés,
Et les astres les plus vantés
Dont le beau cercle m'environne
Ne sont brillants et respectés
Que par l'éclat que je leur donne.

Du char où je me puis asseoir
Je vois le désir de me voir
Posséder la nature entière,
Et le monde n'a son espoir
Qu'aux seuls bienfaits de ma lumière.

Bienheureuses de toutes parts,
Et pleines d'exquises richesses
Les terres où de mes regards
J'arrête les douces caresses.

POUR MONSIEUR LE GRAND,
Suivant D'APOLLON.

Bien qu'auprès du soleil tout autre éclat s'efface,
S'en éloigner pourtant n'est pas ce que l'on veut,
Et vous voyez bien, quoi qu'il fasse,
Que l'on s'en tient toujours le plus près que l'on peut.

---

188 Rappelons que les vers qui suivent sont des vers d'application, imprimés
avant le spectacle (finalement le roi ne dansa pas), et non destinés à la
représentation.

POUR LE MARQUIS DE VILLEROY,   [84]
Suivant D'APOLLON.

De notre maître incomparable
Vous me voyez inséparable,
Et le zèle puissant qui m'attache à ses vœux
Le suit parmi les eaux, le suit parmi les feux.

POUR LE MARQUIS DE RASSENT,
Suivant D'APOLLON.

Je ne serai pas vain[189] quand je ne croirai pas
Qu'un autre mieux que moi suive partout ses pas.

FIN

---

189 *Vain* : vaniteux.

ANNEXE

Livret du *Divertissement royal* :
Les Amants magnifiques

LE
DIVERTISSEMENT
ROYAL,

Mêlé de comédie, de
musique, et d'entrée
de ballet

À PARIS,

Par ROBERT BALLARD, seul imprimeur
du Roi pour la musique

M. DC. LXX.
Avec privilège de sa Majesté.

LE DIVERTISSEMENT ROYAL[1]

AVANT-PROPOS

Le roi, qui ne veut que des choses extraordinaires dans tout ce qu'il entreprend, s'est proposé de donner à sa cour un divertissement qui fût composé de tous ceux que le théâtre peut fournir ; et pour embrasser cette vaste idée, et enchaîner ensemble tant de choses diverses, SA MAJESTÉ a choisi pour sujet deux Princes rivaux, qui dans le champêtre séjour de la vallée de Tempé, où l'on doit célébrer la fête des jeux Pythiens, régalent à l'envi une jeune Princesse et sa mère de toutes les galanteries dont ils se peuvent aviser.

PREMIER INTERMÈDE [4]

Le théâtre s'ouvre à l'agréable bruit de quantité d'instruments, et d'abord il offre aux yeux une vaste mer, bordée de chaque côté de quatre grands rochers, dont le sommet porte chacun un Fleuve, accoudé sur les marques de ces sortes de déités. Au pied de ces rochers sont douze Tritons

---

1 On trouvera ici quelques compléments d'annotation. Pour l'essentiel, se reporter à l'annotation du texte des *Amants magnifiques*, qui précède immédiatement.

de chaque côté, et dans le milieu de la mer quatre Amours montés sur des dauphins, et derrière eux le dieu Éole élevé au-dessus des ondes sur un petit nuage. Éole commande aux Vents de se retirer, et tandis que les Amours, les Tritons, et les Fleuves lui répondent, la mer se calme, et du milieu des ondes on voit s'élever une île. Huit Pêcheurs sortent du fond de la mer avec des nacres de perles, et des branches de corail, et après une danse agréable vont se placer chacun sur un rocher au-dessous d'un Fleuve. Le Chœur de la musique annonce la venue de Neptune, et tandis que ce dieu danse avec sa suite, les Pêcheurs, les Tritons et les Fleuves accompagnent ses pas [5] de gestes différents, et de bruits de conques de perles. Tout ce spectacle est une magnifique galanterie, dont l'un des princes régale sur la mer la promenade des Princesses.

NEPTUNE, LE ROI.

Six dieux marins. Monsieur le Grand, le marquis de Villeroy, le marquis de Rassent, M. Beauchamp, les Sieurs Favier et La Pierre.

Huit Fleuves. Messieurs Beaumont, Fernon l'aîné, Noblet, Serignan, David, Aurat, Devellois et Gillet.

Douze tritons. Messieurs Le Gros, Hédouin, Don, Gingan l'aîné, Gingan le cadet, Fernon le cadet, Rebel, Langez, Deschamps, Morel et deux Pages de la Musique de la Chapelle.

Quatre Amours. Quatre Pages de la Musique de la Chambre.

Éole. Monsieur Estival[2].

---

2   Voix de basse.

Huit Pêcheurs. Messieurs Jouan, Chicanneau, Pezan l'aîné, Magny, Joubert, Mayeux, La Montagne et Lestang.

RÉCIT D'ÉOLE   [B] [6]

Vents, qui troublez les plus beaux jours,
Rentrez dans vos grottes profondes ;
Et laissez régner sur les ondes
Les Zéphyres et les Amours.

UN TRITON[3]

Quels beaux yeux ont percé nos demeures humides ?
Venez, venez, Tritons, cachez-vous, Néréides.

TOUS LES TRITONS

Allons tous au-devant de ces divinités,
Et rendons par nos chants hommage à leurs beautés.

UN AMOUR[4]

Ah ! que ces princesses sont belles !

UN AUTRE AMOUR

Quels sont les cœurs qui ne s'y rendraient pas ?

UN AUTRE AMOUR

La plus belle des immortelles,
Notre mère, a bien moins d'appas.

CHŒUR

Allons tous au-devant de ces divinités,
Et rendons par nos chants hommage à leurs beautés.

---

3   Voix de basse. Je reprends, ici et dans la suite, des indications données par les notes de l'édition des GEF.
4   Chanté par une voix de dessus.

UN TRITON[5]   [7]
Quel noble spectacle s'avance !
Neptune le grand dieu, Neptune avec sa cour
Vient honorer ce beau jour
De son auguste présence.

CHŒUR
Redoublons nos concerts,
Et faisons retentir dans le vague des airs
Notre réjouissance.

POUR LE ROI,
représentant NEPTUNE
Le Ciel entre les dieux les plus considérés
Me donne pour partage un rang considérable,
Et, me faisant régner sur les flots azurés,
Rend à tout l'univers mon pourvoir redoutable.

Il n'est aucune terre, à me bien regarder,
Qui ne doive trembler que je ne m'y répande ;
Point d'États qu'à l'instant je ne pusse inonder
Des flots impétueux que mon pouvoir commande.

Rien n'en peut arrêter le fier débordement,
Et d'une triple digue à leur force opposée
On les verrait forcer le ferme empêchement,
Et se faire en tous lieux une ouverture aisée.

Mais je sais retenir la fureur de ces flots   [8]
Par la sage équité du pouvoir que j'exerce,
Et laisser en tous lieux, au gré des matelots,

---

5   Voix de basse ou de baryton.

La douce liberté d'un paisible commerce.

On trouve des écueils parfois dans mes États,
On voit quelques vaisseaux y périr par l'orage ;
Mais contre ma puissance on n'en murmure pas,
Et chez moi la vertu ne fait jamais naufrage.

Pour Monsieur le Grand.
L'empire où nous vivons est fertile en trésors,
Tous les mortels en foule accourent sur ses bords,
Et pour faire bientôt une haute fortune,
Il ne faut rien qu'avoir la faveur de Neptune.

Pour le Marquis de Villeroy.
Sur la foi de ce dieu de l'empire flottant
On peut bien s'embarquer avec toue assurance ;
Les flots ont de l'inconstance,
Mais le Neptune *est constant.*

Pour le Marquis de Rassent.
Voguez sur cette mer d'un zèle inébranlable,
C'est le moyen d'avoir Neptune *favorable.*

LE PREMIER ACTE   [9]
de la comédie
qui se passe dans l'agréable solitude
de la vallée de Tempé.

SECOND INTERMÈDE

La confidente de la jeune Princesse lui produit trois danseurs, sous le nom de pantomimes ; c'est-à-dire qui expriment par leurs gestes toutes sortes de choses. La Princesse les voit danser, et les reçoit à son service.

Trois pantomimes. Messieurs Beauchamp, Saint-André et Favier.

LE SECOND ACTE
de la comédie.

TROISIÈME INTERMÈDE

Le théâtre est une forêt, où la Princesse est invitée d'aller ; une Nymphe lui en fait les honneurs en chantant, et pour la divertir on lui joue une petite comédie en musique, dont voici le sujet : Un Berger se plaint à [C] [10] deux Bergers ses amis des froideurs de celle qu'il aime ; les deux amis le consolent. Et comme la bergère aimée arrive, tous trois se retirent pour l'observer. Après quelque plainte amoureuse elle se repose sur un gazon, et s'abandonne aux douceurs du sommeil ; l'amant fait approcher ses amis pour contempler les grâces de sa Bergère, et invite toutes choses à contribuer à son repos. La Bergère, en s'éveillant, voit son Berger à ses pieds, se plaint de sa poursuite. Mais, considérant sa constance, elle lui accorde sa demande, et consent d'en être aimée en présence des deux Bergers amis. Deux Satyres arrivant se plaignent de son changement et, étant touchés de cette disgrâce, cherchent leur consolation dans le vin.

LES PERSONNAGES DE LA PASTORALE

La Nymphe de la vallée de Tempé. Mademoiselle Des
Fronteaux.
Tircis. M. Gaye.
Lycaste. M. Langez.
Ménandre. M. Fernon le cadet.
Caliste. Mademoiselle Hilaire[6].
Deux satyres. Messieurs Estival et Morel.

PROLOGUE

LA NYMPHE DE TEMPÉ
Venez, grande Princesse, avec tous vos appas.
Venez prêter vos yeux aux innocents ébats
Que notre désert vous présente ;
N'y cherchez point l'éclat des fêtes de la cour :
On ne sent ici que l'amour,
Ce n'est que d'amour qu'on y chante.

Scène PREMIÈRE

TIRCIS
Vous chantez sous ces feuillages,
Doux rossignols pleins d'amour,
Et de vos tendres ramages
Vous réveillez tour à tour
Les échos de ces bocages.

---

6   Cette célèbre cantatrice, habituée des spectacles de Lully et Molière,
avait une voix de mezzo soprano, dirions-nous.

Hélas ! petits oiseaux, hélas !
Si vous aviez mes maux vous ne chanteriez pas.

Scène DEUXIÈME   [12]
LYCASTE, MÉNANDRE, TIRCIS

LYCASTE
Hé quoi ! toujours languissant, sombre et triste ?

MÉNANDRE
Hé quoi ! toujours aux pleurs abandonné ?

TIRCIS
Toujours adorant Caliste,
Et toujours infortuné.

LYCASTE
Dompte, dompte, Berger, l'ennui qui te possède.

TIRCIS
Eh ! le moyen, hélas !

MÉNANDRE
Fais, fais-toi quelque effort.

TIRCIS
Eh ! le moyen, hélas ! quand le mal est trop fort ?

LYCASTE
Ce mal trouvera son remède.

TIRCIS
Je ne guérirai qu'à ma mort.

LYCASTE et MÉNANDRE
Ah ! Tircis !

TIRCIS   [13]
Ah ! Bergers !

LYCASTE et MÉNANDRE
Prends sur toi plus
d'empire.

TIRCIS
Rien ne me peut plus secourir.

LYCASTE et MÉNANDRE
C'est trop, c'est trop céder.

TIRCIS
C'est trop, c'est trop souffrir.

LYCASTE et MÉNANDRE
Quelle faiblesse !

TIRCIS
Quel martyre !

LYCASTE et MÉNANDRE
Il faut prendre courage.

TIRCIS
Il faut plutôt mourir.

LYCASTE
Il n'est point de bergère
Si froide et si sévère,

> *Dont la pressante ardeur*
> *D'un cœur qui persévère*
> *Ne vainque la froideur.*

MÉNANDRE   [D] [14]
> *Il est, dans les affaires*
> *Des amoureux mystères,*
> *Certains petits moments*
> *Qui changent les plus fières,*
> *Et font d'heureux amants.*

TIRCIS
> *Je la vois, la cruelle,*
> *Qui porte ici ses pas ;*
> *Gardons d'être vus d'elle.*
> *L'ingrate, hélas !*
> *N'y viendrait pas.*

Scène TROISIÈME

CALISTE
> *Ah ! que sur notre cœur*
> *La sévère loi de l'honneur*
> *Prend un cruel empire !*
> *Je ne fais voir que rigueurs pour Tircis,*
> *Et cependant sensible à ses cuisants soucis,*
> *De sa langueur en secret je soupire,*
> *Et voudrais bien soulager son martyre.*
> *C'est à vous seuls que je le dis,*
> *Arbres, n'allez pas le redire.*

> *Puisque le Ciel a voulu nous former*   [15]
> *Avec un cœur qu'Amour peut enflammer,*

Quelle rigueur impitoyable
Contre des traits si doux nous force à nous armer,
Et pourquoi sans être blâmable
Ne peut-on pas aimer
Ce que l'on trouve aimable ?

Hélas ! que vous êtes heureux,
Innocents animaux, de vivre sans contrainte,
Et de pouvoir suivre sans crainte
Les doux emportements de vos cœurs amoureux !
Hélas ! petits oiseaux, que vous êtes heureux
De ne sentir nulle contrainte,
Et de pouvoir suivre sans crainte
Les doux emportements de vos cœurs amoureux.

Mais le sommeil sur ma paupière
Verse de ses pavots l'agréable fraîcheur ;
Donnons-nous à lui tout entière :
Nous n'avons point de loi sévère
Qui défende à nos sens d'en goûter la douceur.

Scène QUATRIÈME   [16]
TIRCIS, LYCASTE, MÉNANDRE

TIRCIS
Vers ma belle ennemie
Portons sans bruit nos pas,
Et ne réveillons pas
Sa rigueur endormie.

TOUS TROIS
Dormez, dormez, beaux yeux, adorables vainqueurs,

Et goûtez le repos que vous ôtez aux cœurs.
Dormez, dormez, beaux yeux.

TIRCIS

Silence, petits oiseaux,
Vents, n'agitez nulle chose.
Coulez doucement, ruisseaux,
C'est Caliste qui repose.

TOUS TROIS

Dormez, dormez, beaux yeux, adorables vainqueurs,
Et goûtez le repos que vous ôtez aux cœurs.
Dormez, dormez, beaux yeux.

CALISTE   [17]

Ah ! quelle peine extrême !
Suivre partout mes pas.

TIRCIS

Que voulez-vous qu'on suive, hélas !
Que ce qu'on aime ?

CALISTE

Berger, que voulez-vous ?

TIRCIS

Mourir, belle Bergère,
Mourir à vos genoux,
Et finir ma misère ;
Puisque en vain à vos pieds on me voit soupirer,
Il y faut expirer.

CALISTE

Ah ! Tircis, ôtez-vous, j'ai peur que dans ce jour

La pitié dans mon cœur n'introduise l'amour.

LYCASTE et MÉNANDRE, *l'un après l'autre.*
         Soit amour, soit pitié,
         Il sied bien d'être tendre;
         C'est par trop vous défendre
         Bergère, il faut se rendre.
         À sa longue amitié;
         Soit amour, soit pitié,
         Il sied bien d'être tendre.

                CALISTE   [E] [18]
         C'est trop, c'est trop de rigueur.
         J'ai maltraité votre ardeur
         Chérissant votre personne;
              Vengez-vous de mon cœur,
              Tircis, je vous le donne.

                TIRCIS
Ô Ciel! Bergers! Caliste! ah! je suis hors de moi!
Si l'on meurt de plaisir, je dois perdre la vie.

                LYCASTE
         Digne prix de ta foi.

                MÉNANDRE
              Ô sort digne d'envie!

                Scène CINQUIÈME
   DEUX SATYRES, TIRCIS, LYCASTE, CALISTE

                PREMIER SATYRE
Quoi, tu me fuis, ingrate, et je te vois ici

De ce Berger à moi faire une préférence ?

DEUXIÈME SATYRE
Quoi, mes soins n'ont rien pu sur ton indifférence,
Et pour ce langoureux ton cœur s'est adouci ?

CALISTE   [19]
Le destin le veut ainsi ;
Prenez tous deux patience.

PREMIER SATYRE
Aux amants qu'on pousse à bout
L'amour fait verser des larmes.
Mais ce n'est pas notre goût,
Et la bouteille a des charmes
Qui nous consolent de tout.

DEUXIÈME SATYRE
Notre amour n'a pas toujours
Tout le bonheur qu'il désire.
Mais nous avons un secours,
Et le bon vin nous fait rire
Quand on rit de nos amours.

TOUS
Champêtres divinités,
Faunes, Dryades, sortez
De vos paisibles retraites ;
Mêlez vos pas à nos sons,
Et tracez sur les herbettes
L'image de nos chansons.

En même temps six Dryades et six Faunes sortent de leurs demeures, et font ensemble une danse agréable, qui s'ouvrant tout d'un [20] coup, laisse voir un Berger et une Bergère qui font en musique une petite scène d'un dépit amoureux.

DÉPIT AMOUREUX
CLIMÈNE, PHILINTE

PHILINTE
Quand je plaisais à tes yeux,
J'étais content de ma vie,
Et ne voyais roi ni dieux
Dont le sort me fît envie.

CLIMÈNE
Lorsqu'à toute[7] *autre personne*
Me préférait ton ardeur,
J'aurais quitté la couronne
Pour régner dessus ton cœur.

PHILINTE
Une[8] *autre a guéri mon âme*
Des feux que j'avais pour toi.

CLIMÈNE
Un autre a vengé ma flamme
Des faiblesses de ta foi.

---

7   L'orignal porte *Lorsque toute*, qui n'est pas possible ; il faut corriger.
8   Il faut corriger l'original *Un*.

PHILINTE

Cloris qu'on vante si fort
M'aime[9] d'une ardeur fidèle.
Si ses yeux voulaient ma mort,
Je mourrais content pour elle.

CLIMÈNE   [21]

Myrtil, si digne d'envie,
Me chérit plus que le jour,
Et moi je perdrais la vie
Pour lui montrer mon amour.

PHILINTE

Mais si d'une douce ardeur
Quelque renaissante trace
Chassait Cloris de mon cœur
Pour te remettre en sa place... ?

CLIMÈNE

Bien qu'avec pleine tendresse
Myrtil me puisse chérir,
Avec toi, je le confesse,
Je voudrais vivre et mourir.

TOUS DEUX ENSEMBLE

Ah ! plus que jamais aimons-nous,
Et vivons, et mourrons en des liens si doux.

TOUS LES ACTEURS
de la comédie chantent

Amants, que vos querelles
Sont aimables et belles !

---

9   L'original *Mesme* est manifestement fautif ; je corrige.

Qu'on y voit succéder
De plaisirs, de tendresse !
Querellez-vous sans cesse   [F] [|22]
Pour vous raccommoder !

Amants, que vos querelles
Sont aimables et belles ! etc.

Les Faunes et les Dryades recommencent leur danse,
que les Bergères et Bergers musiciens entremêlent de leurs
chansons, tandis que trois petites Dryades et trois petits
Faunes font paraître dans l'enfoncement du théâtre tout
ce qui se passe sur le devant.

LES BERGERS ET BERGÈRES

Jouissons, jouissons des plaisirs innocents
Dont les feux de l'amour savent charmer nos sens.
Des grandeurs, qui voudra se soucie,
Tous ces honneurs, dont on a tant d'envie,
Ont des chagrins qui sont trop cuisants.
Jouissons, jouissons des plaisirs innocents
Dont les feux de l'amour savent charmer nos sens.

En aimant tout nous plaît dans la vie ;
Deux cœurs unis de leur sort sont contents ;
Cette ardeur de plaisirs suivie
De tous nos jours fait d'éternels printemps.
Jouissons, jouissons des plaisirs innocents   [23]
Dont les feux de l'amour savent charmer nos sens.

Six Dryades. Les Sieurs Arnald, Noblet, Lestang,
Favier le cadet, Foignard l'aîné et Isaac.

Six Faunes. Messieurs Beauchamp, Saint-André, Magny, Joubert, Favier l'aîné et Mayeux.

Un Berger musicien. Monsieur Blondel.

Une Bergère musicienne. Mademoiselle de Saint-Christophe.

Trois petites Dryades. Les Sieurs Bouilland, Vaignard et Thibaud.

Trois petits Faunes. Les Sieurs La Montagne, Daluseau et Foignard.

LE TROISIÈME ACTE
de la comédie

QUATRIÈME INTERMÈDE

Le théâtre représente une grotte où les Princesses vont se promener, et dans le temps qu'elles y entrent, huit statues, portant chacune un flambeau à la main, font une danse variée de plusieurs belles attitudes, où elles demeurent par intervalles.

Huit Statues. Messieurs Dolivet, Le Chantre, Saint-André, Magny, Lestang, Foignard l'aîné, Dolivet fils et Foignard le cadet.

LE QUATRIÈME ACTE   [24]
de la comédie

CINQUIÈME INTERMÈDE

Quatre pantomimes, pour épreuve de leur adresse, ajustent leurs gestes et leurs pas aux inquiétudes de la jeune Princesse.

Quatre pantomimes. Messieurs Dolivet, Le Chantre, Saint-André et Magny.

LE CINQUIÈME ACTE
de la comédie

SIXIÈME INTERMÈDE
Qui est la solennité des jeux Pythiens

Le théâtre est une grande salle en manière d'amphithéâtre, ouverte d'une grande arcade dans le fond, au-dessus de laquelle est une tribune fermée d'un rideau ; et dans l'éloignement paraît un autel pour le sacrifice. Six hommes presque nus, portant chacun une hache sur l'épaule, comme ministres du sacrifice, entrent par le portique au son des violons, et sont suivis [25] de deux Sacrificateurs musiciens, et d'une Prêtresse musicienne.

La Prêtresse. Mademoiselle Hilaire.

Deux Sacrificateurs. Messieurs Gay et Langez.

LA PRÊTRESSE

Chantez, peuples, chantez en mille et mille lieux
Du dieu que nous servons les brillantes merveilles ;
Parcourez la terre et les cieux,
Vous ne sauriez chanter rien de plus précieux,
Rien de plus doux pour les oreilles.

UNE GRECQUE

À ce dieu plein de force, à ce dieu plein d'appâts,
Il n'est rien qui résiste.

AUTRE GRECQUE

Il n'est rien ici-bas
Qui par ses bienfaits ne subsiste.

AUTRE GRECQUE

Toute la terre est triste
Quand on ne le voit pas[10].

LE CHŒUR[11]   [G] [26]

Poussons à sa mémoire
Des concerts si touchants,
Que du haut de sa gloire
Il écoute nos chants.

Les six hommes portant des haches font entre eux une danse ornée de toutes les attitudes que peuvent exprimer des gens qui étudient leur force, puis ils se retirent aux deux côtés du théâtre pour faire place à six Voltigeurs, qui en cadence font paraître leur adresse sur des chevaux de bois, qui sont apportés par des Esclaves.

---

10 Les rôles des Grecques étaient chantés par des hommes.
11 Formé de 23 chanteurs.

Six hommes portant des haches.
Messieurs Dolivet, Le Chantre, Saint-André, Magny,
Foignard l'aîné et Foignard le cadet.

Six Voltigeurs. Messieurs Joly, Doyat, de Launoy,
Beaumont, Du Gard l'aîné et Du Gard le cadet.

Quatre Conducteurs d'Esclaves.
Messieurs Leprestre et Jouan,
Les Sieurs Pesan l'aîné et Joubert.

Huit Esclaves. Les Sieurs Paysan, La Vallée, Pezan
le cadet, Favre, Vaignard, Dolivet fils,
Girard et Charpentier.

[27] Quatre femmes et quatre hommes, armés à la
grecque, font ensemble une manière de jeu pour les armes.

Quatre hommes armés à la grecque.
Les Sieurs Noblet, Chicanneau, Mayeux
et Desgranges.

Quatre femmes armées à la grecque.
Les Sieurs La Montagne, Lestang, Favier,
le cadet et Arnald.

La tribune s'ouvre, un Héraut, six Trompettes et un
Timbalier se mêlant à tous les instruments[12], annonce avec
un grand bruit la venue d'Apollon.

Un Héraut. Monsieur Rebel.

---

12 L'entrée du Héraut se fait avec un « prélude de trompettes et autres
instruments » sur le ton guerrier de ré majeur.

Six Trompettes. Les Sieurs La Plaine, Lorange, Du Clos, Beaupré, Carbonnet et Ferrier.

Un Timbalier. Le Sieur Daicre.

LE CHŒUR

Ouvrons tous nos yeux
À l'éclat suprême
Qui brille en ces lieux.

Quelle grâce extrême !
Quel port glorieux !
Où voit-on des dieux
Qui soient faits de même ?

[28] Apollon au bruit des trompettes et des violons entre[13] par le portique, précédé de six jeunes gens, qui portent des lauriers entrelacés autour d'un bâton, et un soleil d'or au-dessus avec la devise royale en manière de trophée. Les six jeunes gens, pour danser avec Apollon, donnent leur trophée à tenir aux six hommes qui portent les haches, et commencent avec Apollon une danse héroïque[14], à laquelle se joignent en diverses manières les six hommes portant les trophées, les quatre femmes armées avec leurs timbres, et les quatre hommes armés avec leurs tambours, tandis que les six Trompettes, le Timbalier, les Sacrificateurs, la Prêtresse et le Chœur de musique accompagnent tout cela en s'y mêlant par diverses reprises ; ce qui finit la fête des jeux Pythiens, et tout le divertissement.

---

13   L'entrée d'Apollon passe au plus réservé ré mineur.
14   La danse d'Apollon, majestueuse, aux rythmes pointés, sera suivie d'un « menuet pour les trompettes ».

APOLLON. Le Roi

Six jeunes gens. Monsieur Le Grand, le marquis de
Villeroy,
le marquis de Rassent, Messieurs Beauchamp, Raynal et
Favier.

Chœur de musique.

Messieurs Le Gros, Hédouin, Estival, Don, Beaumont,
Bony, Gingan l'aîné, Fernon l'aîné,
Fernon le cadet, Rebel, Gingan le cadet, Des[29]champs,
Morel, Aurat, David, Devellois, Serignan et quatre Pages
de la Musique de la Chapelle
et deux de la Chambre.

POUR LE ROI,
représentant le SOLEIL.

JE suis la source des clartés,
Et les astres les plus vantés,
Dont le beau cercle m'environne,
Ne sont brillants et respectés
Que par l'éclat que je leur donne.

Du char où je me puis asseoir
Je vois le désir de me voir
Posséder la nature entière,
Et le monde n'a son espoir
Qu'aux seuls bienfaits de ma lumière.

Bienheureuses de toutes parts,
Et pleines d'exquises richesses
Les terres où de mes regards
J'arrête les douces caresses.

Pour Monsieur le Grand.

Bien qu'auprès du soleil tout autre éclat s'efface,
S'en éloigner pourtant n'est pas ce que l'on veut,
  Et vous voyez bien, quoi qu'il fasse,
Que l'on s'en tient toujours le plus près que l'on peut.

Pour le marquis de Villeroy.

  De notre maître incomparable
  Vous me voyez inséparable,
Et le zèle puissant qui m'attache à ses vœux
Le suit parmi les eaux, le suit parmi les feux.

Pour le marquis de Rassent.

Je ne serai pas vain quand je ne croirai pas
Qu'un autre mieux que moi suive partout ses pas.

FIN

INDEX NOMINUM[1]

---

1   Les critiques contemporains sont distingués par le bas-de-casse.

INDEX DES PIÈCES DE THÉÂTRE

TABLE DES MATIÈRES

MONSIEUR
DE
POURCEAUGNAC

LES AMANTS MAGNIFIQUES

Achevé d'imprimer par Corlet,
Condé-en-Normandie (Calvados),
en Décembre 2022
N° d'impression : 179037 - dépôt légal : Décembre 2022
Imprimé en France